Les Chemins secrets
de
Gabrielle Roy

DU MÊME AUTEUR

CHANT À LA NUIT (avec Jean Carfantan). Scénario de court-métrage d'après la vie et l'œuvre du poète romantique Aloysius Bertrand. Studio «L'Oiseau de Nuit», Paris 13e, 1982.

DANTE ET PÉTRARQUE DANS LES ANNÉES DE PÈLERINAGE DE FRANZ LISZT, Mémoire de maîtrise, Bibliothèque de l'Université de Rennes II Haute-Bretagne, Rennes, 1985.

L'HOMME ET LA NATURE DANS L'ŒUVRE DE GABRIELLE ROY, Mémoire de D.E.A., Bibliothèque de l'Université de Rennes II Haute-Bretagne, Rennes, 1987; repris dans *Études Canadiennes: Publications et Thèses Etrangères*, coll. «Canada» de la Bibliothèque Nationale du Canada, Ottawa, 1995.

L'HOMME ET LA NATURE DANS L'ŒUVRE DE GABRIELLE ROY, Thèse de doctorat de 3e cycle, Centre de Documentation Historique et Littéraire du Meiller (C.D.H.L.M. 73), Meiller, 1994.

«UNE VISITE GUIDÉE DE SAINT-BONIFACE PAR LOUIS RIEL ET GABRIELLE ROY», Revue Francophone *Sol'Air* no 8, Nantes, mai-août 1995, pp. 146-172.

PROPOS D'IMAGE (avec Pierre Fénard). Textes sur une manifestation paysanne en Bretagne. Éditions du Centre Régional Pédagogique (C.R.D.P. 22), Saint-Brieuc, 1998.

LES ENFANTS DE LA LUNE (avec Pierre Fénard). Portraits de «voyageurs» hors du commun (à paraître).

LOUIS MURIEL, COMPAGNON D'ARMES DU GÉNÉRAL BIGEARD (en préparation).

Ismène Toussaint

Les Chemins secrets de Gabrielle Roy

Témoins d'occasions

Stanké

Données de catalogage avant publication (Canada)

Vedette principale au titre:

Les chemins secrets de Gabrille Roy: témoins d'occasion

ISBN 2-7604-0452-8

1. Roy, Gabrielle, 1909-1983 - Appréciation - Manitoba. 2. Roy, Gabrielle, 1909-1983. I. Toussaint Ismène.

PS8535.O95Z6 1999   C843'.54   C99-940050-9
PS9535.O95Z6 1999
PQ3919.R69Z6 1999

Photo de la couverture: Alain Stanké

Couverture et cahier photos: Les Éditions Stanké (Daniel Bertrand)

Infographie: Composition Monika, Québec

© 1998, Les Éditions internationales Alain Stanké, 1999

Dépôt légal: Bibliothèque nationale du Québec, 1999

ISBN 2-7604-0452-8

Les Éditions internationales Alain Stanké bénéficient du soutien financier du Conseil des Arts du Canada et de la Société de développement des entreprises culturelles (SODEC) pour leur programme de publication.

IMPRIMÉ AU QUÉBEC (CANADA)

«(...) Le fait que je sois né et que j'aie vécu dans la région de La Montagne, à Swan Lake, le village voisin de Somerset où elle a passé des moments si heureux avec les Landry, est le seul lien très *ténueux* que j'ai avec Gabrielle Roy.

Ses passages sur le paysage manitobain sont pour moi ses plus beaux, ses plus poétiques, et tellement vrais! Elle a su capter la grandeur et le drame de l'espace manitobain, des prairies : la qualité de la lumière éblouissante, le jeu des nuances et des subtilités, les dimensions infinies...

Comme fils de fermier qui a passé de longues journées dans le vent et sous le soleil des prairies, ses textes me touchent profondément, car ils évoquent des expériences personnelles vécues qui sont, je crois, la source d'inspiration prédominante dans mon travail. La lumière naturelle et les jeux d'espace sculptés par ceux-ci sont, pour moi, les éléments essentiels de la composition architecturale.»

Étienne Gaboury
(Lettre à l'auteur, du 11 juin 1998)

«Par mes œuvres, j'ai contribué à édifier un Temple à la Francophonie. Mais Saint-Boniface a besoin d'une nouvelle Cathédrale. Que votre ouvrage en soit la première pierre!»

Marie-Anna Roy, sœur de Gabrielle
(à l'auteur, peu de temps avant sa mort, le 3 avril 1998)

À Marie-Anna Roy, pour sceller sa réconciliation avec Gabrielle.

À mon ami Christian Leroy (1931-1993), la voix d'or de la radio francophone, trop tôt envolée dans le grand vent des plaines.

Aux habitants de Saint-Boniface et des villages manitobains, «fragiles lumières» qui continuent d'éclairer ma route.

PRÉFACE

Gabrielle Roy est sans contredit l'une des personnalités littéraires les plus marquantes de sa génération. Malgré une existence envahie par l'impératif de l'écriture et en dépit du succès de son œuvre, cette femme étonnante a vécu, presque toute sa vie durant, sous le signe de la discrétion.

J'ai eu la chance d'être son dernier éditeur – un rôle que j'ai exercé durant de nombreuses années avec application, dans un climat de grande sympathie et de fidélité. Cette relation s'est rapidement doublée d'une profonde amitié, devenue d'évidence, et qui a toujours fait autorité dans tous nos rapports subséquents.

Secret et silence ont été pratiqués par Gabrielle Roy comme une muraille de protection.

Jamais elle ne voulait parler d'elle aux journalistes ni aux aspirants biographes, prétendant que son œuvre se suffisait à elle-même et que ses livres avaient leur propre vie. Sa mort, survenue le 13 juillet 1983, m'a causé la plus vive affliction.

Voilà pourquoi le projet d'Ismène Toussaint a tout de suite attiré mon attention. D'emblée, j'ai vu que cette journaliste, d'origine française, entretenait à l'égard de Gabrielle Roy des sentiments presque filiaux, pleins de tendresse et de respect. Je fus surpris de constater qu'elle n'a pas hésité à traverser l'Océan pour venir s'établir au Manitoba afin d'étayer une thèse de doctorat sur l'un de ses auteurs préférés. Persuadée que tout écrivain a deux œuvres: celle écrite et celle vécue, Ismène Toussaint devint une Manitobaine d'adoption, se fit une foule d'amis et de connaissances dans l'entourage survivant de l'auteur de *Bonheur d'Occasion* et réussit à parcourir LES CHEMINS SECRETS DE GABRIELLE ROY afin de nous livrer ici un puzzle d'une très grande richesse qui nous aidera à mieux connaître la romancière que nous aimons tous.

Pour rédiger ces pages, Ismène Toussaint a dû adopter successivement les rôles de journaliste, confidente, confesseur laïque et portraitiste. En effectuant son travail, elle s'est efforcée d'être aussi claire qu'un critique littéraire expliquant la mécanique de la création et aussi rigoureuse qu'une enquêteuse ne laissant rien passer. On remarquera aussi qu'en recueillant les témoignages, elle s'est toujours attachée à garder sa liberté d'esprit tout en se maintenant dans l'attitude d'émerveillement qui sied à Gabrielle Roy. L'immense entreprise de recoupement auquel elle s'est livrée auprès de sources inédites et exclusives est d'autant plus remarquable qu'elle l'a menée avec admiration, tempérée d'une fascination critique. Parlant des œuvres de la romancière, Ismène Toussaint, à l'image d'Henry Miller, peut dire: «*Ces livres étaient vivants et ils m'ont parlé.*»

La qualité des témoignages rapportés dans ces pages permettra enfin de lever le voile – comme il ne l'a encore jamais été jusqu'ici – sur la femme méconnue qui se dissimule derrière le grand auteur. Je croyais bien connaître Gabrielle Roy. En lisant l'ouvrage d'Ismène Toussaint, je me suis rendu compte que j'ignorais bien des choses sur son passé. J'ai découvert, grâce aux propos qu'elle a fidèlement rapportés ici, des figures inoubliables comme celle de Marie-Anna Roy, la sœur, également écrivain, de Gabrielle; Annette Saint-Pierre, sa fille spirituelle au Manitoba; Simone et Marie Côté, les vraies élèves de la Petite Poule d'Eau; Philippe Cardinal, qui a inspiré le jeune cow-boy Médéric de *Ces Enfants de ma Vie*, ce livre merveilleux que j'ai eu l'immense bonheur de publier personnellement au Canada et en France pour la première fois.

Je vous félicite et vous remercie, Ismène Toussaint, car votre travail nous apporte ce supplément de chaleur dont les innombrables admirateurs de Gabrielle Roy avaient grand besoin.

Alain Stanké

UN ALBUM DE FAMILLE POUR GABRIELLE ROY

Gabrielle Roy n'aurait pas aimé ce que j'ai fait là.

Du moins le pensais-je il y a quelques années, alors qu'étudiante au Manitoba, sa province natale située au cœur-même du Canada, je commençais à chercher des gens susceptibles de m'éclairer sur sa personnalité.

En effet, m'était toujours restée en tête une phrase de la préface d'Alain Stanké à *Gabrielle Roy par elle-même* de M.G. Hesse, devenu mon ouvrage de référence: *«Elle comprenait (...) mal que l'on puisse attacher plus d'importance à l'écrivain qu'à ses écrits».*[1]

Puis, au fil du temps, je me suis dit qu'un auteur chez lequel la vie et l'œuvre sont si *«inextricablement liés»*[2]; qui, après maintes hésitations, avait fini par se lancer dans la rédaction de son autobiographie – *La Détresse et L'Enchantement* – puis, à l'approche de la mort, manifesté le désir que l'on écrive un jour son histoire; enfin, dont les romans laissent deviner une tentative désespérée de réconciliation avec le passé, ne jugerait pas déplacé que quelqu'un tente de retrouver les premiers – et donc les derniers – témoins de son vécu au Manitoba. À la condition, toutefois, que cette enquête ne participe pas d'un état d'esprit malsain, voyeur ou propre à provoquer le scandale. En ce qui me concerne, j'espère ne pas avoir franchi les limites qu'imposait une démarche de ce genre.

À l'heure où les spécialistes de la romancière, tout comme le grand public, semblent découvrir le rôle primordial que joua le Manitoba dans la formation de la sensibilité littéraire et dans l'œuvre de Gabrielle Roy, un recueil de témoignages sur cette période encore mal connue de son existence me paraît arriver à point nommé.

Avant tout, je tiens à souligner que je ne me suis nullement intéressée à cet écrivain pour complaire à quelque phénomène de mode ou pour répondre à un engouement illusoire et passager de ma part. Je signale ici que j'utilise et tout au long de cet ouvrage le terme «écrivain» et non «écrivaine» ou «auteure» (voire «authoresse») dont on essaya de l'affubler de son vivant. Gabrielle Roy répugnait à utiliser ces néologismes soi-disant pétris de rectitude politique pour affirmer son talent. Ce dernier lui suffisait à établir sa crédibilité en tant que créatrice, en tant que femme. Je respecte donc ses volontés.

Primo, mon indépendance d'esprit m'a toujours tenue à l'écart des caprices de l'instant et des trompeuses tentations de l'éphémère.

Secundo, il faut bien savoir que, malgré l'obtention du Prix Fémina en 1947 pour *Bonheur d'Occasion*, et, trente ans plus tard, de celui des Culture et Bibliothèques pour tous de Paris pour *Ces Enfants de Ma Vie* (Éditions Internationales Alain Stanké), Gabrielle Roy demeure une parfaite inconnue dans mon pays d'origine. Non seulement la plupart des centres de documentation ne possèdent que ses tout premiers ouvrages, rarement empruntés selon les dires de leurs responsables, mais ses œuvres n'ont fait l'objet d'aucune réédition depuis une vingtaine d'années. Leur diffusion discrète par les Éditions du Seuil, la publication de *La Détresse et L'Enchantement* (Éditions Arléa) en 1986, et la relance de *Ces Enfants de Ma Vie* (Éditions de Fallois) en 1994, ne semblent avoir suscité l'attention que d'une poignée d'enseignants et d'étudiants disséminés dans les quinze départements d'études canadiennes-françaises de l'Hexagone.

Tertio, ma prédilection pour la romancière date de l'époque – déjà un peu ancienne – où, tout en poursuivant mon métier de journaliste dans divers hebdomadaires régionaux, j'ai choisi de consacrer des études de troisième cycle à la littérature canadienne-française et à l'œuvre de Gabrielle Roy en particulier. C'est après avoir éprouvé un véritable coup de foudre pour la *Montagne Secrète* que je me suis penchée avec davantage d'intérêt sur la personne même de cet écrivain, me prenant d'une passion grandissante pour la femme et l'être humain.

Depuis, si je lui ai fait de nombreuses infidélités avec d'autres auteurs, je suis régulièrement revenue me plonger en ses pages comme dans une source regénératrice de foi, d'optimisme et d'espérance.

Une bourse d'études m'ayant été octroyée sur concours par le Conseil international des Études canadiennes (C.I.E.C.) et mon travail universitaire étant pratiquement achevé, j'ai commencé, dans les années quatre-vingt-dix, à sillonner la province du Manitoba en quête de celles et ceux qui avaient connu, rencontré, fréquenté, ou tout simplement croisé Gabrielle Roy, et dont elle s'est parfois – et même souvent – inspirée pour créer ses personnages romanesques. Une quête rendue sérieusement ardue par le fait que ses contemporains étaient morts, moribonds, malades, dispersés à travers tout le territoire ou qu'ils l'avaient quitté. En outre, par pudeur, réserve ou crainte de n'avoir rien à dire, près d'une vingtaine d'entre eux ont refusé de collaborer à ce projet.

Mes investigations m'ont menée au creux des *«petits chemins de terre»* chers à l'auteur, ceux-là même qu'elle avait arpentés bien des années plus tôt, femme perpétuellement avide de contacts avec les habitants de la campagne, d'émotions nées du spectacle de la nature, d'inspiration pour ses œuvres, et surtout de réponses au mystère de sa destinée.

Une succession d'heureux hasards m'a mise en présence d'un nombre assez conséquent de ses proches: membres de la famille, anciens camarades de classe, collègues de travail, élèves, spectateurs de théâtre, amis, amis reniés et relations. Laissant la part belle à l'inattendu et à l'anecdote inédite, j'ai orienté principalement mes questions à ces témoins providentiels sur les circonstances de leur rencontre avec l'écrivain, sa personnalité, ses goûts, sa vocation, ses rapports avec les autres, ses amours...

M'est apparu également indispensable d'évoquer la vision qu'elle a donné d'eux dans ses écrits autobiographiques, comme la «transformation» qu'elle leur a fait subir dans ses romans. Effectivement, si maints spécialistes de Gabrielle Roy nous ont jusqu'à présent découragés de chercher des «modèles» dans son œuvre – *«toute ressemblance avec une personne ou des circonstances réelles ne serait qu'une coïncidence due à l'inspiration de l'auteur, à ses observations, mais non voulue par lui»* renchérit la mise en garde de l'édition française de *La Petite Poule d'Eau*

(Éditions Flammarion) – il est hors de doute que les gens de son entourage ont servi, sinon de types absolus, du moins de «points de départ» à la création de caractères originaux. L'écrivain elle-même ne s'en cache pas qui, dans *La Détresse et L'Enchantement*, lève à diverses reprises un coin du voile sur l'origine de ses héros. Ainsi lui est-il arrivé d'utiliser un être vivant pour composer plusieurs figures fictives et inversement, un personnage imaginaire a-t-il résulté de la fusion de différents individus ayant bel et bien existé.

* * *

Ce qui m'a frappée au cours de cette enquête, c'est non seulement la disponibilité et l'enthousiasme de mes informateurs à exprimer leur point de vue sur Gabrielle Roy – attitude qui me donne à penser qu'elle devait posséder une personnalité hors du commun – mais encore leur étonnante mémoire: d'aucuns ne relatent-ils pas ici des événements remontant à plus de soixante ans?

De fait, si le temps a arrangé, embelli, idéalisé ou au contraire émoussé, effacé, terni en eux l'image de la romancière, les seules erreurs ou invraisemblances que j'ai relevées dans leur discours ne concernaient que des détails de seconde importance: titres d'œuvres, noms de lieux ou de personnes, dates... Pour le reste, leurs souvenirs étaient d'une clarté, d'une limpidité et d'une exactitude auxquelles je ne m'attendais guère.

De la même manière, j'ai été sensible à la grande probité dont tous sans exception ont fait montre à mon endroit. Au demeurant, nul n'a jamais cherché à mentir, à tricher, à dissimuler ou bien encore à inventer des faits dans le dessein de se valoriser, voire de tirer malhonnêtement parti de leurs liens avec l'auteur. J'en veux – entre autres – pour preuves les déclarations, les péripéties qui se recoupent d'un récit à l'autre et qui, nonobstant les contradictions inhérentes au tempérament de tout écrivain, s'unissent pour offrir un portrait relativement homogène de Gabrielle Roy.

Par conséquent, c'est avec un plaisir non exempt de fierté que je livre aujourd'hui au public l'intégralité de ces quarante et un témoignages, accompagnés de photographies anciennes et contemporaines, les unes cédées par divers organismes et particuliers, les autres prises par mes soins.

Achronologiques, relevant du langage parlé et transcrits sous forme de notes dans mes carnets, ils étaient évidemment impubliables dans leur état originel. Afin de les rendre plus attrayants, je les ai donc recomposés, pareils à de petites histoires, et rédigés pour être lus par un large public. Que l'on se rassure néanmoins: dans la nécessaire limitation d'une matière par trop abondante, rien d'essentiel n'a été ajouté, modifié, omis ou supprimé.

Bien au contraire, je me suis toujours efforcée de respecter les opinions et jugements de mes interlocuteurs, comme les expressions typiques qui ornent de façon à la fois poétique et pittoresque leur langue maternelle. Ces dernières sont indiquées en italiques.

* * *

Logiquement, une entreprise telle que la mienne dépend du degré de lumière nouvelle qu'elle projette sur la nature et l'évolution de l'écrivain.

Loin de moi l'idée d'avoir voulu percer ici «l'énigme Gabrielle Roy». *«Mon âme a son secret, ma vie a son mystère»*: ce vers de Félix Arvers[3] peut-il correspondre à quelqu'un d'autre mieux qu'à cette femme cent fois décrite comme déchirée entre ses aspirations à un idéal inaccessible et une douloureuse inadaptation à la matière, constamment tendue dans l'impossible résolution de ses contraires? Ce mystère, il convient de le protéger, et même de l'entretenir. La gloire d'un auteur se nourrit aussi – et surtout – de légendes...

En ouvrant une autre porte sur le monde de la romancière, j'ai simplement pensé qu'une série de témoignages comme celle-ci aiderait à accéder à une meilleure connaissance d'elle sur le plan humain et littéraire, ainsi que de son développement: son enfance, sa jeunesse, son éducation, ses premiers pas d'institutrice, ses débuts de comédienne et d'écrivain.

De manière identique, sans avoir la prétention d'analyser le déroulement ou le mécanisme créateur de son œuvre – dont l'architecture demeure puissamment originale et complexe – des éléments, même épars, devraient nous permettre de comprendre le détail des romans; notamment ceux qui confirment l'authenticité de certains événements, et réciproquement.

Par conséquent, je tiens à remercier du fond du cœur mes inter-viewés, ainsi que leur famille, qui, sollicités sans relâche, ont fait preuve d'une rare patience et générosité à mon égard. Qu'ils soient assurés que, quels que soient la teneur et la consistance de leur témoignage, leurs ori-gines, catégorie socio-professionnelle, niveau d'études et formation, TOUS m'ont appris quelque chose de nouveau sur la romancière. À tel point que, relisant leurs confidences spontanées, parfois teintées d'une émouvante candeur, j'ai presque envie de m'écrier: «Tenez, Gabrielle Roy, voici votre famille!»

I

LA FAMILLE

La famille de Gabrielle Roy était semblable à toutes les autres familles. Ni meilleure ni pire...

Elle a connu des moments de grâce avec ses festins joyeux partagés autour de la table dominicale et de violents règlements de compte, fruits de la gêne et de l'humiliation, de l'envie et de la frustration et sans doute, au départ, de profonds malentendus.

Marqués au coin du destin et de la fatalité, il ne faut pas perdre de vue que ses membres furent d'abord et avant tout des victimes...

Victimes de la misère, les grands-parents paternels, Joseph Roy et Marcellina Morin, humbles cultivateurs farouchement enracinés dans leur terre du Comté de Beaumont (à l'est de Lévis, Québec) où ne poussent que des épinettes et des cailloux; de même, les aïeux maternels, Elie Landry et Emilie Jeansonne, besogneux agriculteurs de Saint-Alphonse de Rodriguez (région des Laurentides) qui s'embarqueront dans la folle aventure de la «Ruée vers l'Or Blond» de ce Manitoba[1] déroulant à l'infini le miracle-mirage de ses champs de blé.

Victimes du devoir, le père, Léon, qui, après des années de bons et loyaux services au sein du gouvernement fédéral, se verra confisquer son emploi d'agent de colonisation; aussi, la mère, Mélina, affligée d'une trop nombreuse progéniture qu'elle s'efforcera néanmoins d'élever dans la dignité et le souci des apparences.

Victimes de leur époque – la Grande Dépression – les trois frères, Joseph, Rodolphe et Germain, que les démons de l'instabilité, du chômage et de l'impécuniosité poursuivront longtemps sur leur route.

Victimes de leur condition de jeunes filles modestes, les quatre sœurs, Anna, Marie-Anna (Adèle), Clémence et Bernadette dont, respectivement, un mariage décevant, l'errance, la maladie et l'entrée au couvent ruineront les ambitions.

Victime enfin, Gabrielle elle-même, que son apparente «bonne étoile» ne protègera pas toujours de l'échec et de la désillusion: la privation de sa langue maternelle dès sa seconde année d'école[2], une carrière théâtrale brutalement interrompue, une union bancale, sans oublier cette pernicieuse maladie de poitrine qui s'attachera jour après jour à elle et finira par l'emporter dans la tombe.

Figures tragiques et pathétiques, étrangement attachantes, les acteurs de la vie de l'écrivain ne sont pas pour autant les «ratés sociaux» que l'on nous a trop souvent présentés. En effet, que ce soit par la fuite, réelle ou rêvée, le voyage, la recherche de la solitude, la prière, le jeu ou l'alcool, tous, à un moment ou à un autre, se révolteront. Contre leur «état» de francophones mi-québécois mi-manitobains exilés sur un îlot – Saint-Boniface[3] – cerné par l'immense mer anglophone; contre leur condition insupportable de prisonniers coincés entre le *«haut ciel»*[4] du Manitoba et *l'horizon sans fin»*[5] des plaines qui semblent leur fermer toute perspective d'avenir; contre les hivers trop rudes et les étés trop brûlants; contre l'ennui et le dénuement, le désespoir et le désœuvrement.

Mais même manquée, leur vie ne fut pas inutile. Jouant, quoique maladroitement, des ombres et des lumières de leur personnalité, comme de cette nature «artiste» – dont ils avaient tous plus ou moins hérité – ils tenteront d'apporter leur pierre à cette formidable entreprise d'édification des provinces de l'Ouest et de peindre de nouvelles couleurs les lointains *«sans cesse changeants»*[6] du Manitoba.

Surtout, on leur doit – et là n'est pas le moindre de leurs mérites – d'avoir inspiré à leur benjamine toute une galerie de personnages à la fois forts et pitoyables, étonnants d'humanité et de vérité, qui continuent aujourd'hui encore d'émouvoir des milliers de lecteurs dans le monde. Ce seul constat m'autorise à affirmer qu'ils furent, eux aussi à leur manière, des «grands».

* * *

Dans ses relations avec sa famille, on retrouve, inévitablement, les sentiments extrêmes et ambivalents qui caractérisent la nature profonde de Gabrielle: amour, inimitié.

Certes, elle a aimé ces êtres complexes et torturés, mais à sa façon: c'est à dire avant tout par l'écriture et en maintenant volontairement une distance géographique conséquente entre elle et eux. Jolie, cultivée, élevée comme une petite bourgeoise, elle s'était très tôt sentie différente d'eux et appelée, peut-être, à une plus haute destinée: à vingt-huit ans, *«l'oiseau»*[7] s'envolait du nid pour ne plus y revenir qu'en de rares occasions.

Elle a adoré sa mère qu'elle ne se pardonnera jamais d'avoir abandonnée à son triste sort pour s'en aller courir le vaste monde. Elle dit avoir sincèrement aimé son père, ce pauvre vieux à l'allure fatiguée comme les roses de son jardin[8]. Elle a correspondu avec ses sœurs Anna et Marie-Anna à qui l'attachait un lien singulier, passionnel, tissé de brouilles et d'immanquables réconciliations. Elle a vénéré Bernadette, au point d'en faire presque une petite sainte d'image pieuse, et pris soin jusqu'à la fin de ses jours de la malheureuse Clémence, atteinte de déficience mentale. Elle a regretté de n'avoir pas mieux connu ses frères au passé agité et si peu conforme. Enfin, et surtout, elle a éprouvé une véritable dévotion pour la famille Landry: ses grand-parents, son oncle Excide, sa tante Luzina, ses cousins et leurs descendants, les Jubinville, tous issus, comme elle l'écrit dans *La Détresse et L'Enchantement*, d'une *«race plus légère, rieuse, rêveuse, (...) un peu aérienne, aimante, tendre et passionnée».* Ces deux foyers incarneront à ses yeux un idéal de famille unie, équilibrée et sans histoire, dont *La Petite Poule d'Eau* se voudra le reflet attendri.

* * *

Cependant, Gabrielle était bien trop lucide et avisée pour ne pas se rendre compte que son milieu constituait un obstacle à la poursuite de sa carrière littéraire et de son épanouissement personnel. Sans aller jusqu'à reprendre la célèbre formule d'André Gide: *«Familles, je vous hais!»*, elle ne se privera pas de déclarer dans *La Détresse et L'Enchantement* qu'elle en avait *«assez»* de leurs *«tiraillements perpétuels, la plupart d'entre elles ne cherchant qu'à noyer celui qui tendait à s'en dégager.»*

21

Enfant, elle aura souffert de grandir dans une atmosphère empoisonnée par de sempiternelles querelles, l'humeur sombre d'un père avec lequel elle communiquait peu et les difficultés pécuniaires des uns et des autres.

Jeune fille, elle se rebellera contre ce petit monde enfermé dans des préjugés symbolisés par le portrait de ses grands-parents paternels, *«gens tourmentés, sévères (et) jansénistes»*[9] avec lesquels elle ne se sentait aucune affinité.

Adulte, la jalousie d'Anna et de Marie-Anna formera le centre d'un drame dont elle sortira douloureusement meurtrie.

L'image négative qu'elle conservera longtemps de ses proches transparaît dans *Bonheur d'Occasion*, qui amplifie à l'excès la pauvreté, les souffrances et les épreuves endurées par les Roy.

*   *   *

Comme chez sa sœur Marie-Anna, la parentèle demeure l'une des principales obsessions de Gabrielle qui, sans cesse, dévide et envide ce thème sur la trame de son œuvre. À tel point que je me suis parfois demandée si, blessée dès sa prime enfance, l'écriture, chez elle, ne fut pas autre chose que la longue et douloureuse recherche d'une autre famille, une «vraie», sans laquelle elle ne pouvait vivre.

Elle s'invente des modèles: *La Petite Poule d'Eau*, bien-sûr, mais aussi *Rue Deschambault* – où résonne toutefois l'écho assourdi des problèmes du clan Roy – *La Route d'Altamont* (débarrassée de la présence sans doute trop encombrante du père) ou bien encore *De Quoi t'ennuies-tu, Éveline?* qui réunit dans un décor idyllique – la Californie – les innombrables neveux de l'héroïne.

Puis, dépassant le cadre étroit de la famille fictive, son rêve s'étend aux «étrangers», aux habitants du Canada, et bientôt à tous les hommes de la planète qui, par-delà leurs différences de langue, de couleur et de religion, constituent une sorte de grande fratrie universelle: *Un Jardin au Bout du Monde, Fragiles Lumières de la Terre*. Noyau sacré, source d'amour, racine de l'être, ciment de la société, la famille, chez Gabrielle, procède d'une vision à la fois humaniste et chrétienne.

À la fin, visiblement insatisfaite, inassouvie, cette double quête affective et littéraire ramène l'écrivain à son point de départ: c'est à dire à sa famille de sang. Comme si son «salut» ou plutôt la réponse à son lancinant questionnement intérieur résidait dans une ultime tentative pour se réconcilier avec elle, se faire pardonner sa «désertion» passée et peut-être aussi recréer le climat de bonheur et d'entente qui présida jadis aux réunions de la rue Deschambault[10]. Minimisant les défauts de ses semblables, excusant leurs travers, pardonnant leurs fautes, elle s'emploie, dans *la Détresse et L'Enchantement* suivie de *Le Temps qui m'a Manqué*, à les réhabiliter non seulement aux yeux de ceux qui les ont connus, mais aussi à leurs propres yeux et par là-même, aux siens. Un autre écrit autobiographique, *Ma Chère Petite Sœur – Lettres à Bernadette*, ouvre quelques unes de ses pages sur l'espérance mystique d'un paradis où tous, anciens, contemporains et descendants, se retrouveraient dans la fusion harmonieuse des sexes et des générations. Mais un paradis dont elle ne sait trop bien qu'il n'existe, hélas! que dans le ciel de son imagination.

* * *

Qu'en est-il, à présent, de la famille manitobaine de Gabrielle?

Des intimes, il ne subsistait plus, au début de mon enquête, que sa sœur Marie-Anna, alors quasi centenaire (j'ai toujours répugné à arracher Clémence, hospitalisée dans un foyer pour personnes âgées, aux songes bleu-nuit[11] de son univers intérieur). Fidèle miroir de son antipathie à l'égard de Gabrielle, son double témoignage révèle néanmoins les efforts louables qu'elle commit, les quinze dernières années de sa vie, pour s'amender.

Une belle-sœur, des cousins (décédés entre temps, eux aussi), des petits-cousins, une nièce ainsi qu'une lointaine parente représentent également les Roy et les Landry – Jubinville, disséminés depuis des décennies à travers tout le Canada et les États-Unis.

Peu au fait des tribulations jadis vécues par les habitants de la rue Deschambault – si ce n'est de la mésentente qui sépara progressivement les deux sœurs – tous s'accordent pour reconnaître, au rebours de Marie-Anna Roy, que la romancière possédait *«un grand sens de la famille»*. Tant par l'inépuisable générosité dont elle fit preuve envers Clémence, que par l'écoute affectueuse qu'elle ne cessa de leur prêter tout au long de son existence.

Il est vrai que Gabrielle entretint toujours de meilleures relations avec les membres de la famille plus éloignés et ceux de la seconde génération qu'avec ses pairs. Pourquoi? Vraisemblablement parce qu'elles étaient fondées sur un sentiment désintéressé – ce qui ne fut peut-être pas le cas des frères et sœurs de l'écrivain! – le respect de sa «différence» (son tempérament d'artiste) et une admiration sincère pour son œuvre. En outre, cette grande solitaire s'accommodait à merveille du triple rôle de mère, d'institutrice et de conteuse que lui assignaient les plus jeunes.

Enfin, une autre belle-sœur (disparue depuis lors), un beau-frère et un petit-cousin par alliance ont accepté de parler au nom des Carbotte encore vivants. Si les rapports entre l'auteur et sa belle-famille demeurèrent relativement froids et distants, c'est, suppose-t-on, qu'ils reposaient sur une regrettable méconnaissance mutuelle.

* * *

Sans doute Gabrielle n'a-t-elle jamais trouvé ni réussi à recréer, par l'écriture, la famille de ses rêves. Mais qu'elle les ait aimés, encensés ou blâmés, et parfois les deux en même temps, elle a porté jusqu'au plus haut degré son intérêt passionné pour ses proches en les immortalisant presque tous dans ses romans ou encore dans l'histoire de sa vie.

Aujourd'hui, se distinguent parmi eux de brillants intellectuels: écrivain, professeurs, instituteurs, diplômée de Lettres, psychiatre, Supérieur de couvent, religieuses, et des travailleurs manuels tout aussi méritants: gérant d'un *magasin général*, infirmière, cheminot, agriculteur occasionnel, femmes au foyer. Ils sont les derniers héritiers du lien unique et privilégié qui les unit jadis à leur célèbre parente. Pareils aux facettes vivantes et colorées d'un kaléidoscope, leurs propos se mêlent, se recoupent, s'écartent ou s'opposent et, de temps en temps, s'arrêtent sur une image: celle d'une Gabrielle en famille, rayonnante de cette paix, de cette joie et de ce bonheur auxquels elle aspirait tant, qu'elle voulait tant donner...

MARIE-ANNA ROY (1893-1998) GRANDE SŒUR REBELLE ET ÉCRIVAIN MAUDIT

> *« Une jeune fille superbe, éclatante de beauté... un être pourchassé, fuyant de plus en plus loin jusqu'à aboutir à ce que nous appelions les villages de misère d'Adèle... »*
>
> La Détresse et l'Enchantement

Née à Saint-Léon[1] (au sud-ouest du Manitoba) à la fin du siècle dernier, Marie-Anna, quatrième des enfants Roy, nous a quittés récemment à l'âge de cent-cinq ans. Institutrice, elle rompit très tôt avec son milieu familial et traîna trente-cinq ans durant l'existence errante et épuisante d'une institutrice-nomade à travers les immenses plaines de la Saskatchewan et de l'Alberta. Insoumise, incomprise, rejetée par la société rigide et puritaine de son époque, elle ne trouva le bonheur, semble-t-il, que dans l'écriture de romans, d'ouvrages documentaires et historiques et de textes à caractère autobiographique dont la valeur commence seulement à être perçue aujourd'hui[2].

«Sœur ennemie» de Gabrielle, Marie-Anna multiplia pendant quarante ans marques d'amour et marques de haine à son égard dans le seul dessein de partager un peu de sa gloire. Obsédée de réalisme littéraire et biographique, elle prétendra cependant n'avoir cherché qu'à rétablir la *«vérité des faits»* face aux *«fictions délirantes»* imaginées par sa benjamine.

Dans sa nouvelle *«Pour Empêcher un Mariage» (Rue Deschambault)*, inspirée d'un événement réel, la célèbre romancière a campé sa sœur sous les traits de Giorgianna, fille désobéissante et révoltée. La véritable Adèle apparaît également dans son autobiographie, *La Détresse et L'Enchantement* suivie de *Le Temps qui m'a Manqué*, comme une enseignante enjouée mais instable, autoritaire et têtue, somme toute peu digne d'affection.

Toutefois, la fréquentation prolongée de «l'enfant terrible» de la famille Roy m'a permis de constater qu'elle possédait, heureusement, quelques belles qualités.

Une enfant trop imaginative

Gabrielle est née maladive, ma mère[3] manquait de lait. Néanmoins, vers l'âge de cinq ou six ans, elle est devenue une fillette ravissante, intelligente et très gentille de surcroît. Elle était câline et drôle, tout le monde l'adorait! Moi aussi, je l'aimais beaucoup, notre petite Gabrielle!

Le soir, dans la salle à manger de la maison, maman avait coutume de nous lire toute l'Histoire du Canada et de la Déportation des Acadiens. Papa[4], quant à lui, évoquait des souvenirs remontant à l'époque où nous habitions «La Maison Rouge», à l'angle des rues du Collège – l'actuelle rue Langevin – et La Vérendrye, à Saint-Boniface.

Malheureusement, Gabrielle a hérité de ma mère Mélina son imagination débordante, sa *loufoquerie* et sa propension à la rêverie.

Une jeune fille aux prétentions trop élevées

En grandissant, ma sœur s'est révélée une jeune personne très ambitieuse; elle désirait par-dessus tout gagner beaucoup d'argent pour venir en aide à maman[5].

Dans le domaine sentimental, elle s'avérait tout aussi exigeante: souffrant d'un morbide besoin d'affection, elle aspirait à vivre un amour exceptionnel, éternel...[6]

Un «mauvais génie»: Le Docteur Marcel Carbotte[7]

Conséquence d'un tel état d'esprit, elle ne pouvait rencontrer qu'un homme dans le genre du Dr Marcel Carbotte... C'est lui le responsable de tous nos maux: non seulement il a détourné Gabrielle de notre famille, mais exercé une influence néfaste sur la santé de notre benjamine!

Lui ne souhaitait qu'une seule chose: poursuivre ses études de médecine à Paris, car il manquait de pratique. Seulement, l'argent nécessaire à la réalisation de son rêve lui faisait cruellement défaut. Gabrielle, par contre, en avait gagné beaucoup grâce au succès de *Bonheur d'Occasion*. Cet homme le savait et l'a épousée uniquement pour cette raison!

Cependant, trop soucieux de brûler les étapes, Marcel était encore loin de *«boire le vin enivrant»* de la célébrité. En France, il passait son temps à se promener avec sa femme et cette occupation coûtait cher[8]. De retour à Montréal, il a eu une peine énorme à se faire une place, beaucoup d'autres médecins ayant poursuivi, eux aussi, des études en Europe. Comme il ne rapportait pas assez d'argent à la maison, Gabrielle était obligée d'écrire continuellement.

Pendant ce temps, je menais l'existence éprouvante et misérable d'une institutrice-pionnière à travers les Prairies de l'Alberta, mais jamais ne me serais abaissée à quémander le moindre *cent* auprès de ma cadette[9].

Une œuvre erronée

Si vous vous penchez attentivement sur l'œuvre de Gabrielle, vous constaterez que tout, chez elle, n'est qu'imagination.[10] Or, en littérature, il est indispensable d'effectuer un tri; vraisemblance et observation doivent demeurer au premier plan des préoccupations de l'écrivain. Quantité de faux souvenirs émaillent l'autobiographie de ma sœur, *La Détresse et L'Enchantement*. Dans la scène du «Bal du Gouverneur», par exemple, elle transpose à tel point les anecdotes rapportées par Maman que son récit frise le ridicule! De plus, elle revient incessamment sur elle-même et ce chapelet de sempiternelles litanies atteint très vite les limites du supportable.[11]

Pour Michel Billerey, un ami enseignant en Alberta, toute forme d'excès, en art, apparaît fade et rebutante. Gabrielle, pour sa part, ne s'embarrassait d'aucune philosophie, elle n'a jamais su se limiter ni trouver le *«juste milieu»* prôné par Saint-Thomas d'Aquin et Aristote. Aussi est-elle demeurée dans les ténèbres, éloignée du Beau, du Bien et de la Vérité qui constituent, selon moi, le fondement de l'œuvre littéraire et de la vie en général. Elle n'a pas compris que c'est dans son propre cœur que l'on découvre le *«rameau d'or»* célébré par le poète Virgile.

Dans sa jeunesse, ma sœur avait subi l'ascendant nuisible des agnostiques: celui de ses amis les Boutal[12], tout d'abord, qui l'ont mal influencée au temps où elle jouait la comédie au Cercle Molière[13], puis celui des intellectuels québécois qu'elle fréquentait pendant ses années de journalisme à Montréal[14].

Jean Gautier[15], l'ancien Supérieur de la Maison provinciale des Sulpiciens à Paris, m'écrivait que la lecture de Gide, Malraux ou Sartre entraînait la perte irrémédiable de la foi. Un Canadien de sa communauté venait-il visiter la France? Systématiquement, il en repartait l'esprit rempli de doute quant à l'existence de notre Créateur.

Un écrivain exclusif et désillusionné

Je le répète, je l'aimais beaucoup, notre petite Gabrielle. Seulement, à une époque, elle a déchiré, profané, dirais-je même, une lettre qui rendait compte de mon œuvre littéraire. Elle a également tenté de détruire *Le Pain de Chez Nous*[16], un ouvrage dans lequel je rétablissais l'exacte vérité sur l'histoire de notre famille, ma sœur n'ayant jamais compris la grandeur ni la misère des pauvres, ni d'ailleurs cru en celles-ci![17]

Entre nous, la séparation était inévitable: le manuscrit qu'elle a essayé de brûler était sacré pour moi; il est ainsi, dans la vie, des gestes, des actes, que rien ne répare...[18]

Tout le drame vient de ce que Gabrielle voulait être le seul écrivain de la famille. Dans son enfance, elle avait été trop gâtée, on lui soutenait qu'elle était un génie...[19]

Bien plus tard, je lui ai téléphoné pour lui proposer de nous revoir, mais elle m'a répondu: *«Cela va dépendre de ma santé!»*. En fait, selon ma sœur Bernadette[20], elle avait décidé de rompre avec moi sous prétexte que je lui avais fait *«trop de mal»*. J'ai relaté l'histoire de la dégradation progressive de nos relations dans *Indulgence et Pardon*[21].

Peu de temps avant sa mort, Gabrielle m'a confié, toujours par téléphone[22], que la vie d'écriture et de réceptions qu'elle avait menée l'avait soumise à rude épreuve: *«Ce que j'ai eu ne vaut pas la peine que je me suis donnée»* répétait-elle avec une infinie tristesse[23]. Sur les photographies que je possédais d'elle à ce moment-là, elle avait un visage épouvantable.

Quant à Marcel, il aurait été assurément plus heureux s'il était resté à Saint-Boniface pour *graduer* et pratiquer sa médecine. Mais il ne faut pas réveiller le «tigre des mauvais souvenirs»...

Pour finir, Gabrielle a été foudroyée par un infarctus du myocarde et s'est faite incinérer[24]. Cette dernière volonté m'a, pour ma part, profondément choquée.

Elle aurait dû se reposer au cours de son existence. Hélas! son ambition l'a perdue: ne m'avait-elle pas confessé un jour que son seul but, dans la vie, était de *«créer une œuvre immortelle afin de remercier Dieu du fond de son éternité?»*

SOEUR ROSE-ÉLIANE LANDRY
(1916-1995)
UNE COUSINE SOUS LE CHARME
DE GABRIELLE

> *«Mes trois cousines étaient en bas, au pied de deux petits arbres, assises sur des chaises de cuisine. C'étaient des petites filles élevées pieusement et sévèrement(...). La troisième lisait dans un gros livre à voix pointue et monocorde...»*
>
> Mon Chapeau Rose (Rue Deschambault)

Septième enfant d'Excide Landry – le frère de Mélina Roy-Landry – et de Luzina Major, Alberta était la cousine germaine de l'auteur. Après une enfance passée à Somerset (dans le sud-ouest du Manitoba), elle entra sous le nom de «Rose-Éliane» chez les Sœurs des Saints Noms de Jésus et de Marie (SNJM) et devint professeur de mathématiques.

De sept ans la cadette de Gabrielle, la religieuse demeura toute sa vie profondément attachée à celle dont la personnalité la fascinait. Et réciproquement, la romancière voua toujours une affection sans réserves à Sœur Rose-Éliane en qui elle voyait sans nul doute une digne descendante de ces Landry, êtres rêveurs et d'une gaieté mélancolique. La silhouette de la petite fille studieuse et appliquée qu'elle fut est furtivement esquissée dans *«Mon Chapeau Rose» (Rue Deschambault)*.

Une fragile petite citadine en pleine nature

Gabrielle passait ses vacances d'été chez nous, à Somerset, alors qu'elle était en dixième, onzième et douzième année scolaire. L'air de la campagne lui profitait. À cette époque, en dehors de moi, *restaient* encore *sur* la ferme[1] mon père[2], ma mère[3], ma sœur Léa[4], ainsi que deux de mes frères, Cléophas[5] et Germain[6].

Ma tante Mélina avait coutume d'aider aux battages[7]. Une fois son ouvrage terminé, elle s'asseyait dans une *chaise-berceuse* et nous racontait ses voyages[8].

Une «fermière modèle»

De ce côté-là, Gabrielle ressemblait beaucoup à sa mère; lorsqu'elle a été nommée institutrice à Cardinal[9] (au sud-ouest du Manitoba), dans les années 1929-1930, elle venait passer le week-end à la maison et nous contait toutes sortes d'histoires intéressantes.

Elle participait un peu au ménage et aux travaux de la ferme. Je ne me rappelle pas si elle lisait ou écrivait déjà en ce temps-là, par contre, je me revois *l'achalant* sans cesse pour qu'elle vienne jouer avec moi.

Elle pratiquait également le piano. Elle ne manifestait pas un grand talent, paraît-il, mais moi étant toute petite, je trouvais qu'elle jouait merveilleusement bien. Et puis, vous ne pouvez imaginer comme elle était belle, penchée sur cet instrument, avec ses cheveux naturellement frisés et ondulés!

Toute la famille aimait Gabrielle car elle était véritablement charmante. D'ailleurs, elle a toujours voulu et su se faire apprécier pour elle-même, et non pour l'argent que lui avait rapporté le succès de *Bonheur d'Occasion*.

Un grand sens de la famille

À l'exception des contes et de la musique, ma cousine adorait monter à cheval. Dans *La Détresse et L'Enchantement*, elle évoque les promenades qu'elle effectuait en compagnie de Nel, notre petite jument. Ses longues courses à travers la campagne la menaient fréquemment chez son grand-père maternel, Cléophas[10], qui demeurait à Saint-Léon. Il était l'époux de la fameuse «Mémère Major»[11] qui «*tirait au thé*». Gabrielle leur vouait un profond respect.

Toutefois, ma cousine délaissait volontiers l'équitation pour se lancer dans de grandes randonnées pédestres dans les chemins[12]. C'est ma sœur Léa, sa bonne amie et confidente, qui l'accompagnait le plus souvent. Elles s'entendaient si bien toutes les deux que la famille entonnait inlassablement: «*Comment est-ce qu'elles s'aiment!*»

Léa a connu un destin très différent de celui de Gabrielle: elle s'est mariée, a eu deux enfants, a travaillé chez Eaton, le célèbre grand magasin. Néanmoins, les deux femmes ne se sont jamais perdues de vue: elles s'écrivaient, se téléphonaient pour les fêtes, et Léa a même séjourné à plusieurs reprises chez Gabrielle, dans son appartement de Québec[13], tout d'abord, puis à son chalet de Petite-Rivière – Saint-François[14], dans le Comté de Charlevoix.

En outre, la romancière a toujours entretenu d'excellentes relations avec ma sœur aînée, Éliane, qui vivait avec son mari, Laurent Jubinville, et leurs enfants à Camperville (au nord du Manitoba).

Ainsi, en 1936, avait-elle mis à profit ses congés d'été pour faire la classe à ses petits-cousins. Ils raffolaient littéralement d'elle, en particulier Denise, notre future Denise du Saint-Sauveur, qui manifestait une étonnante soif de connaissances, et que Gabrielle a immortalisée dans *La Petite Poule d'Eau* sous les traits de la petite Joséphine. Songez aux larmes et aux regrets qui ont dû succéder au départ de cette maîtresse d'école improvisée!

Ce sont à la fois ce séjour de vacances exceptionnel et ses deux années d'enseignement à l'Île de la Poule d'Eau que l'écrivain a tenté de faire revivre dans son roman.

Dans sa maturité, à l'occasion d'un des nombreux séjours que lui imposait sa santé au sud des États-Unis, notre grande voyageuse s'est arrêtée un jour à Sarrasota (Floride), chez mon frère Philippe[15]. Sa femme Ethel et lui-même m'ont confié avoir beaucoup *joui de* sa compagnie.

Le retour au «pays Landry»

À la fin des années soixante, l'auteur et moi-même avons eu l'occasion de nous revoir à Saint-Boniface, au chevet de sa sœur Bernadette, alors très malade[16]. Elle n'avait pas du tout changé, c'était toujours la Gabrielle que nous avions aimée, chaleureuse et enjouée!

Un jour, alors que nous effectuions le tour du parc de l'Académie Sainte-Marie[17] où je réside, elle s'est écriée, toute émerveillée: «*C'est une oasis en plein cœur de Winnipeg!*»[18]

Une autre fois, une religieuse nous a emmenées dans une campagne où l'on jouait une pièce adaptée de l'une de ses œuvres. Elle s'est révélée absolument enthousiasmée, enchantée par la représentation!

Enfin, dans les années soixante-dix, elle a manifesté le très vif désir de retourner à notre ferme de Somerset. En découvrant que le petit bois de feuillus qui l'entourait jadis avait été abattu, elle a éprouvé un réel chagrin[19]. Plus tard, c'est la maison elle-même qui a entièrement disparu.

Les pèlerinages de Gabrielle sur les lieux de son passé[20], ses fréquentes visites à notre famille et ses réactions à fleur de peau ne constituent-ils pas la preuve irréfutable qu'elle est toujours demeurée fidèle aux Landry et à ses racines manitobaines?

UN COUSIN DANS LA TOURMENTE : CLÉOPHAS LANDRY (1910-1998) LE COCHER DE GABRIELLE

> *«... Une autre fois que nous revenions en berlot, le froid nous saisit si cruellement, mon cousin et moi, assis côte à côte sur l'unique siège, que nous nous sommes enfouis sous les peaux, les ramenant par-dessus nos têtes, et avons laissé aux chevaux le soin de se débrouiller seuls...»*

La Détresse et L'Enchantement

Né à Saint-Léon, Cléophas, le cinquième des enfants Landry, s'établit tout d'abord comme fermier dans la région de Somerset puis ouvrit une épicerie en Colombie-Britannique. Marié à Nora Lemieux, il eut deux fils, Guy[1] et Marcel (mort en 1956).

Durant l'année où Gabrielle enseigna à Cardinal, le jeune homme servit de «chauffeur» à sa cousine, effectuant chaque semaine l'aller et le retour entre le village et la ferme familiale, en tout temps et toutes saisons.

Aussi la romancière n'oublia-t-elle pas ce cousin au courage et à la serviabilité auxquels elle rendit hommage dans *La Détresse et L'Enchantement*. Sans doute est-ce également à lui qu'elle songea en écrivant ses nouvelles *«La Tempête» (Rue Deschambault)* et *«De la Truite dans L'Eau Glacée» (Ces Enfants de Ma Vie)* qui font revivre la nuit étrange et poétique qu'ils passèrent tous deux dans une carriole à chevaux perdue dans les petits chemins de neige du Manitoba.

«Cousin Cousine»

Gabrielle et moi nous sommes connus dès notre plus tendre enfance à la ferme de mes parents. Elle venait régulièrement nous rendre visite de Winnipeg avec sa mère, parfois aussi avec ses sœurs, et passait tous ses étés chez nous.

Je n'ai pas de souvenirs vraiment précis de cette époque mais, dans l'ensemble, Gabrielle était plutôt du genre insouciante et boute-en-train, toujours gaie et de bonne humeur. Exactement comme ma tante Mélina, en fait! Pour ma part, je m'entendais très bien avec elle et j'aimais déjà l'écouter raconter des histoires.

Une mémorable tempête de neige

Plus tard, lorsqu'elle est devenue institutrice à Cardinal, c'est moi qui, la plupart du temps, allais la chercher le vendredi après la classe. Je la ramenais à notre ferme puis la reconduisais le dimanche après-midi jusqu'à son école.

C'était un trajet de seize kilomètres que nous effectuions en une heure et demie environ, dans une voiture couverte, tirée par des chevaux.

À ce propos, un événement survenu en plein cœur de l'hiver m'a marqué pour le reste de mes jours... Un soir où la tempête ne nous permettait plus de discerner ni ciel ni terre ni route, nous nous sommes perdus, Gabrielle et moi[2]. Toute la nuit, nous avons tourné en rond dans la campagne et c'est seulement aux alentours de six heures, le lendemain matin, que nous avons retrouvé le chemin de la maison[3]. Heureusement, nous étions si bien protégés dans la *cabane close* qu'à aucun moment nous n'avions ressenti les atteintes du froid![4]

«Tendre Cousine»

Malgré les ennuis et les contretemps, ma parente ne se départait jamais de son sourire. C'était une jeune fille charmante, dont la seule présence suffisait à nous remplir de joie. Nous l'aimions tous beaucoup et elle nous le rendait bien.

Il lui arrivait parfois de partager avec nous quelques anecdotes relatives à sa vie professionnelle. Elle évoquait alors l'école de Cardinal, son enseignement, ses élèves. J'avais l'impression que l'avenir de ces enfants la préoccupait au plus haut point.

Toutefois, c'est ma sœur Léa, sa préférée, qui jouissait du privilège exclusif de ses confidences d'ordre plus personnel. Bras-dessus bras-dessous, les deux jeunes femmes partaient pour de longues promenades sur les routes ou les sentiers des environs et *jasaient* des heures durant.

Inoubliable Gabrielle

La marche ne constituait pas l'unique distraction de ma cousine à Somerset. En effet, je me rappelle fort bien qu'elle adorait faire de l'équitation. Pour moi, c'était une très bonne cavalière. La preuve: elle n'est jamais tombée!

Lors de ses folles chevauchées à travers champs, elle ne manquait jamais de s'arrêter à Saint-Léon, chez notre grand-mère Major, ou bien chez moi, lorsque j'ai acquis ma propre exploitation agricole.

Comme vous le voyez, je ne conserve que de beaux souvenirs de Gabrielle, pareils à de chères photographies un peu jaunies et fanées. Je regrette de ne l'avoir jamais revue après son départ pour l'Europe, si ce n'est, brièvement, à l'occasion des funérailles de sa mère à Saint-Boniface[5].

UN FIDÈLE PETIT SOLDAT :
LE COUSIN GERMAIN LANDRY
(1917-1996)

> *« Le plus jeune fils de mon oncle, qui habite au village, à deux milles et demi, y vient l'été chaque jour à heure fixe, de même qu'un fonctionnaire à son bureau, labourer, herser, ensemencer les terres et, en temps et lieu, faucher, moissonner, tout cela, bien entendu à la machine, lui tout seul... »*

> La Détresse et L'Enchantement

Germain, le benjamin des Landry, naquit à Saint-Léon et grandit à son tour dans la ferme parentale. Après avoir servi dans les Forces aériennes pendant la Deuxième Guerre mondiale, il devint instituteur. Marié à Madeleine Forbacher, il eut deux filles, Germaine[1] et Lorraine[2].

Bien qu'il n'ait entretenu que des relations épisodiques avec Gabrielle, il conserva une inaltérable affection à celle qui, dans sa prime enfance, avait su combler le manque de présence maternelle à la maison.

Dans *La Détresse et L'Enchantement*, la romancière ne cache pas non plus son admiration pour ce cousin-pionnier qui, tout en exploitant son propre ranch, n'en cultivait pas moins, entièrement seul, les immenses terres de Somerset, abandonnées depuis la mort d'Excide. Un labeur qui requérait jadis l'ardeur et le dévouement d'une armée de paysans.

Une «petite maman» de substitution

Dans mon enfance, Gabrielle nous rendait fréquemment visite avec sa mère Emilie, c'est à dire ma tante Mélina, et sa sœur Clémence[3].

Je ne me rappelle pas grand-chose d'elle à cette époque, sinon que mes frères, mes sœurs et moi-même étions tous très heureux de la recevoir dans notre maison «orpheline», Maman étant morte l'année de mes cinq ans.

Marcheuse infatigable et conteuse hors-pair

En 1929 et 1930, alors qu'elle était institutrice à Cardinal, un village situé à quinze kilomètres d'ici, Gabrielle venait régulièrement à pied jusqu'à notre ferme, partie suivant le tracé de la voie ferrée, partie à travers champs. Elle effectuait même ce périple en hiver, mais ne nous rejoignait dans ce cas-là que pour le *dîner*. Toutefois, mon frère Cléophas la reconduisait le dimanche soir ou de bonne heure le lundi matin pour l'ouverture de la classe.

Malgré la mauvaise saison, le voyage s'accomplissait sans difficultés en voiture à cheval. Cependant, il y avait des jours où la tempête faisait rage et où il fallait quand même arriver à l'heure à l'école. Gabrielle offrait alors un peu d'argent à mon frère. Pour la petite histoire, sachez que, des années plus tard, je l'ai entendu se plaindre qu'elle lui devait encore deux dollars.

En ce temps-là, ma sœur Rose-Éliane et moi-même passions nos soirées littéralement suspendues aux lèvres de Gabrielle. En effet, une fois la vaisselle terminée, notre cousine nous asseyait près du four de la cuisine et nous racontait des tas d'histoires. Elles nous passionnaient à tel point que, les jours suivants, nous ne vivions plus que dans l'attente fébrile de leur dénouement! Je me souviens que *Robinson Crusoë* figurait au nombre de ces récits.

Cavalière émérite mais piètre pianiste

Non seulement Gabrielle adorait les contes mais encore la pratique de l'équitation. Dans ces années-là, nous possédions une petite jument, Nel, que l'on m'avait personnellement chargé de dresser. C'était un animal très intelligent: à peine avait-il deviné l'intention de Gabrielle de le monter, qu'il s'enfuyait au triple galop à travers les pâturages! Et croyez-moi, le rattraper relevait d'un authentique exploit!

Gabrielle chevauchait Nel jusqu'à Saint-Léon où elle rendait visite à notre grand-père Cléophas. Cette longue excursion était aussi, pour elle, l'occasion de jouir pleinement de la nature. Elle adorait en effet les fleurs sauvages, les oiseaux et s'intéressait à toutes les bêtes qui batifolaient à la ronde.

Lorsque Gabrielle était lasse de nous raconter des histoires ou de monter à cheval, elle s'asseyait au piano. Mais elle n'était pas une musicienne aussi accomplie que mes sœurs Éliane, Léa et Alberta qui avaient étudié cet instrument pendant une année ou deux au couvent de Saint-Léon et accompagnaient sans partitions mes frères au violon. Ma cousine, pour sa part, s'avérait bien incapable de les suivre en jouant uniquement à l'oreille!

Une journaliste débordée

Aux alentours de 1942, les Forces aériennes dans lesquelles je m'étais engagé ont fait quelque temps escale à Cap-de-la-Madeleine (Québec).

Un jour, j'ai profité d'une permission pour téléphoner à Gabrielle qui travaillait déjà depuis plusieurs années à Montréal. Elle m'a fixé un rendez-vous mais, arrivé à l'adresse indiquée, j'ai trouvé ma cousine tellement affairée que c'est à peine si nous avons pu échanger quelques propos. Elle parlait sans cesse à une tierce personne qui tapait à la machine. L'endroit où je me trouvais devait être une maison d'édition ou quelque chose comme cela[4].

Hélas! À aucun moment Gabrielle n'a réussi à se libérer pour venir dîner avec moi ou pour m'inviter chez elle. L'existence se montrait particulièrement dure envers elle en ces années de guerre où elle n'avait pas encore publié *Bonheur d'Occasion* ni rencontré l'homme de sa vie.

La fidélité des Landry

À plusieurs reprises, ma sœur Léa a également rendu visite à Gabrielle dans *l'Est*. Mais entre temps, notre cousine était devenue la femme du Dr Marcel Carbotte et grâce aux ventes de son premier ouvrage, avait pu s'acheter un chalet dans les montagnes, au nord de Québec.

Lorsque notre romancière s'est éteinte, plusieurs de mes neveux Jubinville sont allés assister à ses funérailles. La mère de Gabrielle étant, comme on le sait, une Landry, ils représentaient la famille maternelle de la défunte: c'est sans doute la raison pour laquelle le pauvre Dr Carbotte, qui avait tant entendu parler d'eux par son épouse, les a reçus avec les plus grands égards.

SOEUR DENISE JUBINVILLE, LA STUDIEUSE JOSÉPHINE DE LA PETITE POULE D'EAU

«(...) cette sauvage enfant que la vue de tout étranger contraignait à se glisser entre les roseaux..»

La Petite Poule d'Eau

Troisième enfant de Laurent Jubinville[1] et d'Éliane Landry[2], Denise voue une reconnaissance profonde à celle qui l'initia, dans sa petite enfance, aux arcanes de la langue française et du savoir.

Modeste, cependant, elle omet de préciser que son intelligence précoce et son insatiable appétit de connaissances inspirèrent à la romancière le personnage de Joséphine, la brillante sauvageonne de *La Petite Poule d'Eau*, farouchement déterminée à quitter son île pour devenir institutrice. Personnage dont elle partagerait la vedette avec Simone Côté, une jeune fille que Gabrielle rencontra réellement à l'occasion de son séjour à La Poule d'Eau.

À la différence de Joséphine, la petite-cousine de l'auteur ne se fit pas enseignante mais religieuse chez les Sœurs du Saint-Sauveur et consacra son existence à soigner les malades. Elle est aujourd'hui Supérieure de sa communauté à Saint-Boniface.

Les nouveaux pionniers

À l'époque de la Grande Dépression, Gabrielle, qui était très amie avec ma mère, Éliane, nous a rendu visite à deux reprises à Camperville[3], sur les bords du Lac Winnipegosis.

N'ayant pas trouvé de travail à Somerset, mon père, Laurent Jubinville, avait été *référé* comme homme à tout faire auprès de la Mission indienne des Oblats de ce village, et y vivait de l'élevage et du bûcheronnage.

À notre arrivée, toute la famille avait logé dans l'établissement des religieux lui-même, puis nous avions progressivement emménagé dans une maison de *logs*[4].

Une maîtresse d'école inattendue

C'est là que Gabrielle nous a rejoints pour la première fois aux vacances d'été 1936. J'avais alors six ans et allais déjà à l'école, seule petite fille blanche parmi les enfants indiens. Cependant, comme tous les cours étaient dispensés en anglais, vous imaginerez aisément ma joie lorsqu'un soir, ouvrant son syllabaire, Gabrielle a commencé à m'apprendre l'alphabet en français. Bientôt, c'est à tous mes frères et sœurs qu'elle s'est mise à faire la classe dans cette langue!

Pour ma part, j'étais fort intéressée par l'enseignement de ma cousine. Peut-être est-ce elle qui a semé dans mon esprit ce goût très vif que j'ai toujours manifesté pour les études.

L'année suivante, alors qu'elle exerçait son magistère sur l'Île de la Poule d'Eau, Gabrielle est revenue séjourner quelque temps à la maison. Maman l'avait chargée de nous surveiller pendant qu'elle partait accoucher de notre sœur Monique[5] à Winnipegosis[6], un village situé à une cinquantaine de kilomètres de notre ferme.

Tous, nous vouions une sincère affection à notre «gardienne» qui nous traitait très bien. Toutefois, cette dernière ne cachait pas sa préférence pour Marielle[7], notre benjamine, qui avait les mêmes cheveux blonds frisés qu'elle. Gabrielle s'amusait tout le temps avec elle et l'habillait comme une *catin*.

Dans *La Détresse et L'Enchantement*, notre ancienne «institutrice» évoque ces heureux et irremplaçables instants passés auprès de nous, ses petits-cousins. Quant à moi, je la revois tantôt partant seule en randonnée, tantôt se baignant dans le lac en notre compagnie, toujours *vivace*, toujours pleine d'entrain et de bonne humeur.

La grande migratrice

En 1938, toute notre famille est retournée à Somerset. Gabrielle, pour sa part, était déjà partie depuis un an pour l'Europe. Elle n'en écrivait pas moins fidèlement à Maman qui suivait de loin son long périple et s'inquiétait dès qu'elle ne recevait plus de ses nouvelles.

Gabrielle la journaliste n'a pas reparu chez nous avant 1942, année où elle a effectué un reportage sur les Doukhobors[8] pour le compte du *Bulletin des Agriculteurs*. À ce moment-là, Maman collectionnait tous ses articles et me les donnait à lire. Pensez si j'étais fière: c'est MA cousine qui les écrivait!

En fait, nous avons dû attendre les années soixante pour bénéficier des visites plus régulières de l'écrivain. À Saint-Adolphe, un village situé au sud de Winnipeg où nous résidions désormais, je l'entends encore s'exclamer face aux arbres qui entouraient la maison: «*Les saules sont en train de changer de couleur, ils ont des écorces rouges à certains endroits et jaunes à d'autres!*» Elle était très sensible aux métamorphoses de la nature qui l'intriguaient et l'amusaient tout à la fois.

Par ailleurs, il me semblait qu'elle traversait des périodes difficiles, notamment à cause de sa santé, mais ne laissait jamais paraître devant nous la moindre de ses inquiétudes.

La maladie de l'écriture

En 1975, lors d'un voyage en Gaspésie, Maman et moi avons rendu la politesse à Gabrielle en nous arrêtant pour quelques heures à son appartement de Québec. C'est la seule occasion qui m'ait été donnée de rencontrer son mari, le Dr Marcel Carbotte. Ce dernier m'a fait l'effet d'un homme original mais timide, s'effaçant volontiers pour laisser l'auteur converser avec ses invités.

J'ai revu ma cousine pour la dernière fois au début des années quatre-vingt, avec ma sœur Céline. Sa santé avait beaucoup décliné mais notre présence semblait la combler de joie et, chose à peine croyable chez une personne d'un âge aussi avancé, elle avait en train toutes sortes de projets littéraires. Elle venait d'ailleurs de faire paraître un nouvel ouvrage[9].

Le seul regret que j'éprouve, c'est de n'avoir pas mieux connu Gabrielle au cours de son existence. Hélas! l'éloignement et ma carrière d'infirmière ne me permettaient pas d'entretenir des relations véritablement suivies avec elle.

Par contre, ma sœur Céline l'a davantage fréquentée et a eu l'insigne privilège de l'accompagner jusqu'à sa dernière demeure...

GUY JUBINVILLE :
LA VOIE DE L'ÉMOTION

« Les vrais enfants de la Petite Poule d'Eau, je les ai pris,
pour une bonne part, chez ma cousine de Camperville... »
La Détresse et L'Enchantement

Sixième enfant de Laurent et d'Éliane Jubinville, Guy effectua toute sa carrière dans les chemins de fer. Bien qu'il ait, lui aussi, peu connu Gabrielle, c'est avec un attendrissement touchant qu'il évoque la femme sensible et l'incorrigible conteuse qu'elle était. La romancière, quant à elle, devait tout particulièrement chérir ce petit-cousin, revivant à travers lui les jours heureux qu'elle avait passés à Camperville, avant son départ pour l'Europe.

L'enfant sans mémoire

Des visites de Gabrielle à Camperville, je ne conserve aucun souvenir, pour la bonne et simple raison qu'en 1936-1937, j'étais encore un nourrisson.

Des premiers temps de ma jeunesse, il ne me reste, d'ailleurs, que des images assez floues: celle de mes parents, accablés de soucis car, en cette période de Grande Dépression, la vie était dure pour un jeune couple qui commençait; celle de maman, toujours inquiète lorsque mon père, bûcheron à la Mission Indienne des Oblats, effectuait, en pleine tempête de neige, des expéditions en cabane jusqu'à Duck Bay, à une vingtaine de kilomètres de notre ferme.

De la réalité à l'œuvre d'imagination

Si je ne me rappelle nullement des séjours de Gabrielle à la maison, je sais, par contre, qu'elle a utilisé de nombreux événements de notre vie quotidienne dans son roman *La Petite Poule d'Eau*. En outre, elle s'est inspirée de plusieurs membres de notre famille pour créer ses personnages. Ainsi, son héroïne, Luzina, ressemble-t-elle étonamment à Maman; je serais, du reste, presque tenté d'affirmer que c'est elle que l'auteur décrit. Les petits Tousignant, quant à eux, présentent les mêmes traits de caractère que mes frères et sœurs. Enfin, les heures de classe et les jeux dans l'île ne sont-ils pas une réminiscence des activités que Gabrielle organisait lors de ses vacances chez nous?

Un autre de ses ouvrages, *La Route d'Altamont*, emprunte beaucoup à l'histoire de la famille Landry-Jubinville. Personnellement, j'ai reconnu certains paysages de notre région maternelle, en particulier les terres de mon grand-père Excide sur lesquelles j'allais travailler lorsque j'étais adolescent. En ce temps-là, j'ai entendu dire que, dans sa jeunesse, Gabrielle adorait marcher le long de la voie ferrée qui reliait Winnipeg à Somerset[1].

Humaine et intarissable Gabrielle

En fait, les premiers véritables souvenirs que j'ai de ma cousine remontent à l'époque où nous habitions Saint-Adolphe. Environ deux fois par an, elle avait coutume d'effectuer une courte villégiature chez maman. Si vous aviez vu comme elle était heureuse de se retrouver parmi nous! Elle ne cessait de parler, contant toutes sortes d'histoires sur son chalet de Petite-Rivière-Saint-François et s'informant, dans les moindres détails, de ce que devenait chacun d'entre nous. Elle voulait absolument tout savoir! Elle était très curieuse, mais dans le bon sens du terme. Pour ma part, je la trouvais fort sympathique, pas gênante pour rien au monde.

Une anecdote vous en apprendra long sur la gentillesse qui était la sienne: à l'automne qui a précédé le décès de ma première femme, Lucile Aubin[2], elle est venue à la maison et m'a offert un exemplaire dédicacé d'un de ses livres.

En 1976 ou 1977, je ne m'en rappelle plus exactement, j'ai décidé de lui rendre une visite-surprise avec ma seconde femme, Gilberte Proteau, et son frère, Gérald, qui était encore étudiant. Depuis longtemps, ce dernier brûlait d'envie de faire connaissance avec la romancière mais ne savait comment s'y prendre.

En nous apercevant sur le seuil de son appartement, à Québec, Gabrielle est restée littéralement ébahie de joie et de stupeur. Nous avons *jasé* tout l'après-midi. Ma cousine parlait toujours beaucoup, et avec force détails. Elle a posé de multiples questions sur notre famille et échangé nombre d'impressions sur ses livres avec mon beau-frère. Car elle continuait toujours à écrire...

Quoique souffrant d'une maladie de cœur, elle paraissait très en forme ce jour-là. Elle ne cessait, par contre, de déplorer l'absence de son mari que, pour ma part, je n'avais encore jamais rencontré: «*Si Marcel était ici! Si Marcel était ici!*». Ce sont d'ailleurs les dernières paroles que j'ai entendu prononcer par Gabrielle: nous ne nous sommes jamais revus. Elles résonnent encore aujourd'hui dans mon âme...

CÉLINE JUBINVILLE,
LA FILLE SPIRITUELLE DE GABRIELLE

*«(...) Céline, fort aimable, nous a emmenés tous, moi,
ma mère, les enfants en auto aux Écureuils, joli village en
bordure du fleuve (...) Nous avons fait une promenade
ravissante par une journée d'automne aux coloris saisis-
sants.»*

Ma Chère Petite Sœur – Lettres à Bernadette

*«L'affection que je ressens pour Gabrielle est héréditaire, c'est Maman
qui me l'a transmise...»* Céline, neuvième enfant de Laurent et d'Éliane
Jubinville, ne pouvait nous offrir plus belle confidence sur la romancière, elle qui passa une grande partie de son existence à son écoute.

Malades toutes deux, aussi littéraires l'une que l'autre, les deux
femmes avaient tout pour s'entendre, pour se comprendre, et s'adoraient. Dans les dernières années de sa vie, Gabrielle fit d'ailleurs de sa
petite-cousine son interlocutrice privilégiée, allant même jusqu'à partager avec elle un peu de son expérience créatrice.

Des allusions à ce que furent leur amitié, leurs promenades et leurs
rencontres parsèment la correspondance de l'écrivain avec sa sœur Bernadette.

Une visite peu ordinaire

C'est à l'été 1947 que Gabrielle est entrée pour la première fois
dans ma vie. Sa visite à notre vieille et humble demeure de Somerset
avait suscité une vive émotion au sein de la famille; et quoique âgée seulement de cinq ans à cette époque, je n'ai jamais oublié l'extraordinaire
atmosphère de fête qui règnait dans le salon.

Gabrielle m'était apparue comme une jeune femme en perpétuelle
ébullition. Ses larges gestes, ses mouvements de tête, son flot de paroles
et ses éclats de rire trahissaient chez elle une sensibilité vibrante et pleine

de verve. Son mari, le Dr Marcel Carbotte, qui l'avait accompagnée ce jour-là, offrait, lui aussi, l'image d'un homme à la forte personnalité. Sa stature de géant et sa voix très grave avaient profondément intimidé la fillette que j'étais.

Les confidences d'Éliane-Luzina

Il faut dire aussi que ma mère évoquait souvent devant nous cette Gabrielle qui avait naguère quitté le Manitoba et acquis une renommée littéraire mondiale. C'est donc à travers les souvenirs d'Éliane que j'ai fait la connaissance de ma cousine.

Si elle rendait rarement visite aux Roy, à Saint-Boniface, Maman, par contre, avait reçu Gabrielle tout un été à Camperville, une petite localité où notre famille s'était réfugiée au plus fort de la crise économique des années trente.

Elle avait particulièrement apprécié les efforts déployés par la jeune institutrice pendant son séjour pour inculquer les rudiments de la grammaire française et de la dictée à mes aînés René[1], Alain[2] et Denise. Sans doute ceux-ci pourront-ils vous en raconter plus long que moi sur le sujet car je n'étais pas encore de ce monde...

Bien des années plus tard, Gabrielle m'a confié à son tour les impressions qu'elle avait conservées de ces vacances un peu hors du commun. Pour elle, l'événement le plus marquant demeurait sans conteste son arrivée, lorsque Maman l'avait accueillie, un bébé en pleurs dans les bras[3]. Ce poupon devait être ma sœur Marielle ou mon frère Guy. Maman, paraît-il, le faisait sautiller en répétant: *«chéti! chéti!»* — une abréviation de l'adjectif «chétif».

Des relations très suivies

En août 1962, j'ai quitté le Manitoba pour aller préparer une maîtrise de Lettres à l'Université Laval de Québec. Depuis de longues années déjà, Gabrielle et Marcel vivaient au cœur de la Vieille capitale.

Malgré notre timidité, et sans doute pour obéir aux consignes de notre mère, ma sœur Monique – qui était professeur d'anglais – et moi-même sommes entrées en contact avec eux.

Dès l'automne suivant, tous deux nous ont rendu visite dans le modeste sous-sol que nous partagions rue Despins, dans le quartier

Limoilou de la Basse-Ville. À la suite de cette rencontre, Gabrielle nous a téléphoné pour s'enquérir à la fois de nos projets et des membres de notre famille, disséminés à travers tout le pays.

En novembre de la même année, mes parents ont effectué un voyage dans *l'Est*. S'étant attardés plusieurs jours à Québec, ils sont devenus les hôtes privilégiés de Cousine Gabrielle, sur la Grande Allée[4].

Le mois suivant, je suis entrée en urgence à l'hôpital pour soigner une otite aiguë. À peine rétablie, j'ai dû subir une opération à la cheville qui m'a clouée au lit pendant une semaine. C'étaient les premières atteintes de cette maladie rhumatismale qui allait tenir, par la suite, une place si importante dans ma vie.

Un beau matin, j'ai vu arriver un gros bouquet de fleurs dans ma chambre, accompagné d'un message de Gabrielle et de Marcel. Ont suivi, quelques jours plus tard, un coup de téléphone puis une longue visite de leur part. Moi qui adorais Gabrielle au point de vouloir consacrer mon mémoire de maîtrise à un aspect de son œuvre, combien m'avaient comblée ces délicates marques d'attention!

Une cousine philosophe

Malheureusement, en janvier 1963, mes problèmes de santé m'ont contrainte à abandonner mes études et à retourner chez mes parents, au Manitoba. La mort dans l'âme, j'ai passé un coup de téléphone à Cousine Gabrielle pour l'informer de cet état de fait. Elle s'en est tout d'abord désolée avec moi; puis, à mon plus grand étonnement, m'a prédit que cette épreuve allait s'avérer riche d'un enseignement que l'Université serait bien incapable de me donner.

Pendant des mois et des années, ces sages paroles m'ont permis de ne pas désespérer face aux échecs, réels ou imaginaires, et de demeurer toujours attentive aux leçons que nous dispensent les aléas de l'existence.

Afin de remercier Gabrielle, j'ai tressé pour elle, durant ma convalescence, un tapis de petites *lisières* de *guenilles* multicolores que je lui ai offert par l'intermédiaire de ma sœur Monique[5].

La grande amitié

En 1968, je suis revenue m'établir dans cette charmante ville de Québec avec mon mari, Michel de Repentigny[6], et nos deux enfants,

Paul[7] et Claude[8], respectivement âgés de deux et trois ans. Nous avons tout d'abord élu domicile à Sainte-Foy puis, en 1971, nous sommes installés dans une maison que nous avions fait bâtir à Cap-Rouge, dans la banlieue ouest de la Vieille capitale.

À ce tournant de notre existence, Gabrielle et moi avons resserré nos liens d'amitié. Pour ma part, j'ai toujours éprouvé un bonheur intense à écouter et à échanger des idées, même brièvement, avec ma cousine. Le plus souvent, c'est elle qui m'appelait au téléphone. Je lui donnais des nouvelles fraîches de mes parents, de mes frères et sœurs, de mes oncles et tantes. Parfois, celles-ci déclenchaient un flot de réminiscences; elle me racontait alors son enfance rue Deschambault, ses années d'enseignement au Manitoba ou bien des aventures cocasses qu'elle avait vécues lors de ses voyages en Europe et dans d'autres provinces du Canada.

Escortée par le «grand Marcel» – ainsi l'appelions-nous – Gabrielle nous a rendu visite à plusieurs reprises dans notre spacieuse propriété de Cap-Rouge. À peine avait-elle franchi la porte du jardin qu'elle s'asseyait sur la *chaise-berceuse*. Et là, les mains solidement appuyées sur les larges accoudoirs, les pieds effleurant à peine le sol, elle allait et venait pendant des heures.

Elle avait des yeux immenses, d'une couleur indéfinissable, à la fois bleu-gris et verts, très mobiles, tantôt curieux et vifs, tantôt tristes et nostalgiques.

À l'été 1972, Gabrielle nous a invités à son tour à passer une journée dans son chalet de Petite-Rivière-Saint-François, qui dominait le Saint-Laurent[9]. Pour ma part, j'étais enchantée de découvrir enfin le domaine de ma cousine. Elle m'a emmenée faire le tour du propriétaire tout en retraçant l'histoire de chaque parterre, de chaque arbre. Par moments, elle attirait mon attention sur les innombrables variations de l'eau et de la lumière dans les montagnes. Je la sentais tout à son aise dans ce cadre naturel exceptionnellement riche.

Ce jour-là, nous avons improvisé un pique-nique dans la cuisine pendant que les deux garçons s'ébattaient sur le terrain. Paul, le plus jeune, qui s'était laissé apprivoiser par le «grand Marcel», s'est longuement balancé avec lui à l'ombre des beaux bouleaux blancs. Cette journée d'été passée en compagnie des Carbotte compte au nombre des souvenirs les plus précieux de ma vie...

Dans le «laboratoire» privé de l'écrivain

Au fil du temps, mes relations avec Gabrielle ont évolué vers une plus grande complicité intellectuelle. Petit à petit, la romancière m'a fait pénétrer dans son univers intérieur, partageant parfois même avec moi les «secrets de fabrication» de ses ouvrages.

Ainsi m'a-t-elle confirmé que Luzina, l'héroïne de *La Petite Poule d'Eau*, lui avait été inspirée par ma mère Éliane. La principale préoccupation de celle-ci, au cours de son existence, ayant été de donner une éducation à sa ribambelle d'enfants.

Elle m'a également confié l'affection quasi maternelle qu'elle éprouvait envers l'un de ses personnages, l'humble caissier *Alexandre Chenevert*. Pour elle, cette œuvre était beaucoup plus achevée que *Bonheur d'Occasion*, laquelle, pourtant, lui avait valu bien des honneurs!

En outre, elle m'a décrit les circonstances qui avaient présidé à la naissance de *La Route d'Altamont*. Elle m'a indiqué les détails qu'elle avait dû retrancher ou, au contraire, mettre en valeur. Parlant de ses romans, elle revivait pleinement l'époque où elle *prenait de grandes marches* à travers les champs et les *boisés* d'Excide, mon grand-père maternel.

Parfois, Gabrielle s'emportait contre les exigences de son métier, laissant libre cours à son exaspération face aux attentes des éditeurs et des médias. Elle se sentait peu de goût pour les obligations sociales et refusait de se plier à toute contrainte. Elle m'avait confié sa décision irrévocable: consacrer sa vie à son œuvre, et à elle seule. Toutes les invitations, toutes les sollicitations dont elle était l'objet lui volaient son temps, son énergie, à elle qui ne voulait qu'écrire – activité qui, du reste, lui coûtait déjà beaucoup.

Le couronnement de toute une œuvre

En mars 1971, Cousine nous a invités, mon mari et moi, à assister à une cérémonie de l'Assemblée nationale, au cours de laquelle on lui a remis le Prix David. Fort intimidée par le caractère officiel des lieux et de l'événement, j'ai vivement apprécié le fait que Gabrielle et Marcel viennent nous saluer, alors qu'ils étaient pressés de tous côtés par les personnalités les plus en vue de la province.

Dans ma mémoire résonne encore le discours de réception prononcé par ma cousine. Elle avait un timbre de voix particulier, assez traînant et peu distinct, de sorte que, malgré le secours du micro, on l'entendait à peine au fond de la salle. De petite taille, elle disparaissait totalement au milieu de l'honorable assistance qui se tenait debout, le verre à la main, comme suspendue à ses lèvres.

À cette occasion, j'ai été émerveillée par la description que Gabrielle nous a donné des fastueuses enceintes du Château Frontenac. Par ailleurs, elle a évoqué le ravissement qui devait saisir nos ancêtres à l'audition des récits véridiques ou imaginaires des *raconteurs*. À travers cet exemple, sans doute voulait-elle rappeler le rôle irremplaçable que joue, depuis des temps immémoriaux, le créateur littéraire au sein de la société.

Splendeurs et misères du grand âge

En vieillissant, Gabrielle n'a jamais rien perdu de ses passions ni de ses emportements. Ainsi, en 1979, peu de temps avant son premier infarctus[10], m'a-t-elle téléphoné pour aborder avec moi le problème du fossé des générations[11]. «*C'est de la foutaise!* s'exclamait-elle, *nous avons tous besoin les uns des autres et les écarts d'âge ne doivent en aucune façon constituer un obstacle entre nous!*»

Et de citer en exemple la rencontre qu'elle venait d'effectuer du jeune poète québécois Pierre Morency[12]. Celui-ci l'avait invitée, avec un autre écrivain-débutant, Jacques Poulin[13], dans une cabane d'où il observait les oiseaux à Saint-François de L'Isle, face au Cap Tourmente[14]. Le jour J, tous trois s'étaient retrouvés dans l'abri où brûlait un bon feu. Et pendant de longues heures, ils avaient contemplé le fleuve sans parler. Quoique impressionnés par la réputation internationale de la vieille dame, les deux garçons l'avaient chaleureusement félicitée pour sa disponibilité et son enthousiasme, demeurés intacts.

Cependant, Gabrielle a commencé à se plaindre de fatigues et de malaises chroniques. Aux crises d'asthme et de tachycardie se sont bientôt jointes de violentes douleurs arthritiques qui l'ont contrainte à ralentir son rythme d'écriture. Elle se révoltait littéralement contre les limites que lui imposait son grand âge.

Néanmoins, ma cousine a cessé très vite de se lamenter lorsqu'elle a pris conscience du véritable martyre que j'endurais, quant à moi, depuis mon adolescence. Afin de se redonner du courage, elle a même passé toute une nuit à se répéter mentalement: «*Pauvre Céline! Pauvre*

Céline!». Inutile de vous dire à quel point ce témoignage d'affection m'avait touchée...

Moralement, l'écrivain a aussi souffert jusqu'à la fin de sa vie des heurts qui divisaient les membres de sa famille. En effet, si elle entretenait des relations harmonieuses avec Bernadette, la religieuse, il n'en était malheureusement pas de même avec ses autres frères et sœurs. Elle ne comprenait pas que des personnes du même sang ne parviennent pas à s'entendre et enviait énormément l'esprit d'entraide et de solidarité qui régnaient au sein de ma propre famille. Elle attribuait cette réussite à la patience et aux qualités exceptionnelles dont avait fait preuve ma mère Éliane tout au long de son existence.

Une formidable communicatrice

Jusque dans les derniers moments de sa vie, Gabrielle est demeurée en contact avec moi par téléphone, mais aussi de vive voix. Nos entretiens tournaient essentiellement autour de sa santé et de son travail créateur. Elle a toujours fort aimablement dédicacé ses livres à mes enfants. Et partageait tout avec moi: ses repas, ses joies, ses peines. À la fin, elle ne vivait plus que dans les souvenirs que ressuscitait en elle l'écriture de *La Détresse et L'Enchantement.*

Si je devais ajouter quelque chose, je dirais simplement que Gabrielle est l'une des personnes qui m'ont le plus marquée au monde. À l'instar des admirateurs de son œuvre, j'apprécie ses hautes qualités de style mais l'attachement, la tendresse que je lui ai portés, que je lui porte encore, font évidemment toute la différence.

Lettres de Gabrielle Roy à Céline Jubinville

Don de Céline Jubinville, voici la lettre que lui adressa Gabrielle pour la remercier du petit tapis qu'elle lui avait fabriqué au cours de sa convalescence. Le ton de cette correspondance est à l'image du cadeau qui semble avoir touché la romancière jusqu'au fond de l'âme: coloré, chaleureux, tissé d'optimisme et d'insouciante gaieté.

Québec, le 8 février 1964

Chère Céline,

Je n'ai jamais de toute ma vie, eu d'aussi joli petit tapis que celui que Monique m'a apporté récemment de ta part. Je l'ai mis au beau milieu de mon salon devant un grand fauteuil de tissu grège, et il fait si bon effet que tout le monde en rentrant s'exclame «Oh le joli tapis». Au point que c'est lui qu'on remarque en premier lieu et qu'il éclipse tout par ses couleurs gaies, son dessin qui fait penser quelque peu aux peintures abstraites et encore par sa bonne humeur, s'il n'est pas trop osé de parler de bonne humeur à propos d'un tapis. Chère Céline, j'ai l'impression que je pourrais en vendre cent pareils dès demain si je voulais.

Malgré tout le plaisir que m'a apporté ce gentil tapis, je suis peinée d'apprendre que ta santé te donne encore soucis et ennuis. Peut-être est-ce un pays chaud qu'il te faudrait et des bains de mer quotidiens. Je sais, cela peut avoir l'air de te demander la lune, pourtant, tu verras, ce sera peut-être favorable un jour. En tout cas, je te le souhaite de tout mon cœur, en espérant que les moyens suffiront pour l'accomplissement de ce projet.

Toutes mes amitiés à ta mère ainsi qu'à tous dans la famille.

Gabrielle

Céline Jubinville m'a également confié la lettre de condoléances que Gabrielle lui fit parvenir quelques jours après le décès de sa mère, survenu le 16 juin 1977.

Au-delà du caractère quelque peu littéraire de ce message, on sent percer la douleur sincère de l'écrivain qui a perdu en Éliane la compagne de ses jeunes années, mais aussi le vif désir de consoler sa petite-cousine. Fine portraitiste, la romancière tente de lui restituer une image fidèle de la défunte, femme positive et mère aimante, telle qu'on la retrouve dans *La Détresse et L'Enchantement* ou encore à travers l'inoubliable Luzina de *La Petite Poule d'Eau*.

Petite-Rivière-Saint-François, le 25 juin 1977

Chère Céline,

Je viens t'embrasser de tout cœur et t'offrir de partager si c'était possible, l'infinie peine qui t'a frappée. J'ai appris le départ de notre douce Éliane par Marcel, hier tout juste rentré d'un voyage au Manitoba! Dans la soirée, j'ai appelé Léa avec qui j'ai eu une longue conversation et qui m'a appris tous les détails. De cette fin, douce au fond, de ta si chère Maman, on peut dire qu'elle lui ressemble, comme elle calme, sans bruit, raisonnable.

Mais je sais que pour l'instant cela ne peut guère calmer le chagrin qui t'habite. Que dire chère Céline! On est si impuissant devant ce mystère jamais éclairé, au fond, de la mort. Moi-même j'avais tellement d'affection et depuis si longtemps pour ta mère qu'elle m'aide à mesurer ce que doit être le chagrin de ses enfants de l'avoir perdue. Mais est-elle perdue? Le grand amour qu'elle avait pour ses enfants, pour tant d'êtres autour d'elle, l'amour que nous avions pour elle, est-ce perdu cela, est-ce mort? Il y a une force qui défie la mort, la seule sans doute. Ah! mais j'ai peur de te paraître prédicante et de n'écrire au fond que des mots creux.

Je songe à la belle fête auprès du lac que vous aviez organisée en témoignage de tendresse envers votre mère, et je pleurerais avec vous tous.

Fais part, si tu le veux bien, à la famille, frères et sœurs, de ma profonde sympathie et du désir que j'ai de la marquer à tous. Moi aussi je perds en Éliane quelqu'un que j'aimais infiniment, une partie presque de ma jeunesse, car j'ai connu ta mère bien avant toi. Elle était belle et gracieuse que c'en était incroyable. Surtout quand elle se mettait au piano pour jouer quelque air un peu langoureux car elle était romantique au possible. Cepen-

dant, elle avait aussi ce côté réaliste, pratique, ce jugement sûr qui s'est affermi en elle tout au long de sa vie.

Je t'embrasse de nouveau, chère Céline, et j'essaie de partager ta peine du mieux que je peux. Je tâcherai de te joindre au téléphone un peu plus tard.

Gabrielle

ARTHUR ET LÉONA CORRIVEAU
(1919-1995)
DANS L'INTIMITÉ DE GABRIELLE

> *« Il faut t'avouer que Rodolphe, il y a quelques années,*
> *faisait le tour de mes amis et connaissances – y compris*
> *Marcel, sa sœur Léona, et en cachette de moi pour en*
> *obtenir de l'argent. Mais tâchons d'oublier ces pénibles*
> *souvenirs. »*
>
> Ma Chère Petite Sœur – Lettres à Bernadette

Née Carbotte, Léona était la belle-sœur de Gabrielle. Dans la correspondance publiée à ce jour, la romancière n'y fit que rarement allusion – et jamais dans son œuvre. Elle n'entretint pas moins des relations courtoises avec elle, tout comme avec son mari, Arthur Corriveau, qui enseignait l'anglais à l'École Normale d'Instituteurs de Winnipeg.

À l'inverse du ton plus direct de son épouse, destiné, peut-être, à masquer quelque douleur, son témoignage se révèle émouvant et indulgent.

Toutefois, je n'ai pas oublié, pour ma part, l'émotion de Léona, lorsque, le 13 octobre 1989, Mr Gerald Holms, représentant du ministère des Richesses naturelles de la province, lui remit un certificat commémoratif qui officialisait la naissance d'une nouvelle île dans la Rivière Poule d'Eau du Manitoba: «Gabrielle-Roy Island»[1].

Les noces de Gabrielle

Léona Corriveau: Avant sa rencontre avec mon frère à Saint-Boniface, en 1947, Arthur et moi n'avions jamais entendu parler de Gabrielle. À cette époque-là, nous vivions en Saskatchewan et n'avions eu, par la presse, que de faibles échos de la publication de *Bonheur d'Occasion*.

Toutefois, nous nous trouvions au Manitoba lorsque Marcel et la romancière nous ont annoncé leur mariage pour le 30 août de la même année. Comme nous ne nous attendions pas du tout à cet événement, nous avons été évidemment très surpris. La cérémonie s'est déroulée en l'Église Saint-Émile de Saint-Vital (à l'est de Winnipeg), dans la plus stricte intimité, et c'est Monsieur le Curé Antoine d'Eschambault[2], un ami de mon frère, qui a donné la bénédiction nuptiale aux nouveaux époux.

Tout ce que je puis dire, c'est que ce mariage a été véritablement célébré au pas de course![3] Sans doute Gabrielle, devenue un auteur célèbre, cherchait-elle à préserver le plus possible sa vie privée.

De fidèles visiteurs

Arthur Corriveau: Tout au long de notre vie, les Carbotte et nous-même avons entretenu d'excellentes relations. Nous nous téléphonions pour chaque Noël et nous réunissions deux fois par an.

À Saint-Boniface, où nous avions depuis lors emménagé, Gabrielle et Marcel nous rendaient visite parfois ensemble, parfois séparément. Le plus souvent, mon beau-frère venait l'hiver, et ma belle-sœur l'été. Elle descendait aussi chez nous à chaque fois qu'elle était en quête d'un nouveau foyer pour Clémence. Son dernier séjour ici remonte à Noël 1975.

Chaque année, Léona et moi effectuions également une assez longue villégiature chez les Carbotte, à Petite-Rivière-Saint-François. Je me rappelle avoir passé une soirée particulièrement agréable en leur compagnie. Leur chalet était très plaisant et nous y prenions beaucoup de bon temps.

Une amoureuse inconditionnelle de la nature

Léona Corriveau: Moi, je me souviens que Gabrielle écoutait tous les bruits du jardin. C'est bien simple: elle avait toujours entendu quelque chose auquel personne n'avait prêté attention! Elle parlait aussi aux oiseaux et allait souvent marcher le long de la rivière. Elle adorait la nature et les animaux. Par contre, elle n'aimait pas du tout l'une de ses voisines, Mme X..., à laquelle l'opposait je ne sais trop quel différend!

Un joyeux drille mais un bourreau de travail

Arthur Corriveau: En 1951, c'est à dire quatre ans après son mariage, Gabrielle m'a prié un jour de la conduire jusqu'à la ferme des Landry à Somerset[4]. Elle était restée très attachée à sa famille maternelle. À notre retour, elle a vivement insisté pour revoir la petite école de Cardinal où elle avait enseigné une vingtaine d'années plus tôt. Comme nous nous étions engagés dans un chemin boueux et difficile, la voiture s'est mise à glisser à droite et à gauche. Je craignais que ma belle-sœur ne prenne peur. Mais bien au contraire, ce tangage la faisait littéralement rire aux éclats.«*C'est du plaisir!*» s'exclamait-elle. Cette anecdote pour vous montrer que Gabrielle était une personne charmante, très agréable, avec laquelle on pouvait facilement communiquer.

Pour le reste, toute sa vie était organisée en fonction de son travail littéraire et centrée sur ses écrits. Il fallait qu'elle se couche et se lève à telle heure, qu'elle effectue telle lecture, qu'elle rédige à tel endroit. Elle était très disciplinée. S'il en avait été autrement, jamais elle n'aurait pu produire son œuvre!

Une belle-sœur versatile

Léona Corriveau: C'est exact mais elle était tout de même un peu capricieuse! Elle ne voulait pas manger de ceci ni de cela, il ne fallait pas mettre de beurre dans les mets... Enfin, pour ma part, j'ai toujours attribué ces fantaisies au mal dont elle souffrait. La pauvre n'avait pas de santé!

L'hommage d'Arthur à Gabrielle

Arthur Corriveau: En 1965, on m'a demandé, dans le cadre du «Women's University Club»[5], de prononcer une conférence sur l'écrivain. J'ai donc présenté un roman qu'elle avait publié quatre ans auparavant: *La Montagne Secrète*. De toutes les œuvres de ma belle-sœur, c'est celle que je préfère le plus car, pour la première fois, elle nous expose une philosophie, une psychologie de la vie.

Un résumé de ma communication ayant paru dans l'hebdomadaire franco-manitobain *La Liberté* [6], Gabrielle en personne m'a téléphoné pour me féliciter et m'apporter des précisions supplémentaires.

Mort de Gabrielle et douleur de Marcel

Léona Corriveau: C'est en juillet 1983, à Québec, que j'ai vu Gabrielle et Marcel réunis pour la dernière fois. Mon frère avait une jambe dans le plâtre; ma belle-sœur, quant à elle, étouffait au sens propre du terme.

Très inquiet devant l'état de santé de sa femme, Marcel lui a conseillé de partir se reposer quelque temps chez Berthe Simard, leur voisine de Petite-Rivière-Saint-François[7].

Gabrielle paraissait avoir retrouvé le bonheur dans ce cadre qu'elle aimait par-dessus tout. Hélas! En l'espace d'une semaine ou deux, ses souffrances ont considérablement empiré. Mademoiselle Simard a dû appeler Marcel en urgence et la malheureuse s'est éteinte le 13 juillet à l'Hôtel-Dieu de Québec.

Après la mort de sa femme, mon frère a terriblement souffert de la solitude. *«Jamais je n'aurais cru que je pouvais autant pleurer!»* m'avait-il confié un jour.

Si Gabrielle et lui ne formaient pas un couple pour*«se mamourer»*, surtout en public, ils ne s'étaient cependant jamais quittés. À la maison, par contre, ils regardaient toujours ensemble la télévision avant que la romancière n'aille travailler dans sa chambre.

Certes, Arthur et moi n'oublierons jamais Gabrielle, ne serait-ce que parce qu'elle était la femme de mon frère. Nous l'aimions bien mais, que voulez-vous, on ne peut pas *être en amour par-dessus la tête* avec quelqu'un qu'on ne voit que deux fois par an! D'ailleurs, prétendre que nous l'avons très bien connue ne serait que pur mensonge.

ANTONIA ROY-HOUDE
«GABRIELLE, MA CHÈRE PETITE BELLE-SOEUR»

«Que ferions-nous sans elle (Antonia) si bonne, si géné-
reuse, une vraie sœur pour nous!»

Ma Chère Petite Sœur – Lettres à Bernadette

Fille cadette d'Émile Houde et d'Amélie Préfontaine, agriculteurs à Sainte-Rose du Lac[1] (au nord du Manitoba), Antonia épousa en 1929 Germain Roy[2], le frère de Gabrielle.

Après avoir effectué, comme son mari, une carrière dans l'enseignement, elle se retira au Québec, chez sa fille cadette Yolande[3], puis en Ontario.

Les lettres de l'écrivain à sa sœur Bernadette et le témoignage d'Antonia parlent d'eux-mêmes: les deux femmes se considéraient comme des sœurs et, miroirs l'une de l'autre, se renvoient l'image de leurs qualités communes, sensibilité, générosité et serviabilité.

Dans *La Détresse et L'Enchantement*, Gabrielle va presque même jusqu'à attribuer une âme de sainte à sa belle-sœur. En effet, afin d'oublier la pauvreté, les privations et la séparation d'avec son mari, «exilé» en Saskatchewan pendant la Grande Dépression, elle s'était entièrement dévouée à l'éducation de sa fille aînée, Lucille[4].

Plus tard, elle trouva encore à exercer son zèle apostolique en assistant Clémence, la sœur handicapée de l'auteur, et en soignant Bernadette jusqu'à sa mort.

Retour de Noces

C'est en 1929, peu de temps après mon mariage avec son frère Germain, que j'ai fait la connaissance de Gabrielle.

Au cours de notre lune de miel, nous nous sommes arrêtés tous deux rue Deschambault, où Mme Roy nous a servi un beau souper. Ma belle-mère était une femme encore jeune, d'un naturel agréable, qui aimait beaucoup son Germain: sans doute l'avait-elle un peu trop gâté dans son enfance mais il manifestait quand même un assez bon caractère! Monsieur Roy, malheureusement, était mort depuis plusieurs mois.

Par contre, Clémence et Gabrielle se trouvaient à la maison ce soir-là. La future romancière, alors âgée de vingt-ans, m'a accueillie avec une grande gentillesse et une simplicité courtoise. Elle paraissait très heureuse de m'avoir pour belle-sœur!

Le grand cœur de Gabrielle

D'ailleurs, toute sa vie, Gabrielle est restée la personne aimable et aimante que j'avais rencontrée pour la première fois à Saint-Boniface. J'en veux pour preuves les services qu'elle m'a rendus lorsqu'en 1971, à Winnipeg, j'ai été opérée d'une hernie du foie. N'écoutant que son bon cœur, elle est venue spontanément du Québec pour prendre soin de moi pendant toute la durée de ma convalescence. Elle logeait à l'hôtel et me rendait chaque jour visite. Elle préparait mon déjeuner, s'occupait de la maison, mettait mes affaires en ordre. Pensez comme j'avais apprécié cet acte de générosité!

Une piètre conductrice

Le souvenir le plus lointain que j'ai de Gabrielle demeure associé, dans mon esprit, à un *épisode* particulièrement cocasse.

Au début de mon mariage, elle avait décidé un jour de m'emmener faire un tour en voiture. Seulement, comme elle ne savait pas conduire, notre promenade s'est tout de suite achevée... dans un poteau, en plein cœur de Saint-Boniface! L'automobile refusant de redémarrer, une sérieuse inquiétude a commencé à nous envahir. En vain, d'ailleurs, puisqu'il n'y avait rien de cassé et que cet accident ne nous a absolument rien coûté! Nous en avons été quittes pour une belle peur mêlée de fous rires.

Le courage de Mélina

Avec les années, Gabrielle et moi sommes devenues très proches l'une de l'autre. Nous passions de longues heures ensemble à discuter de choses et d'autres ou à échanger des confidences sur nos familles respectives.

Durant toute sa jeunesse, ma belle-sœur n'avait cessé de se tourmenter au sujet de ses parents. En effet, à peine huit ans après la construction de sa maison, rue Deschambault, Monsieur Roy avait perdu son poste et ses employeurs l'avaient jugé trop âgé pour occuper de nouvelles fonctions[5]. À sa mort, Mme Roy s'était retrouvée avec une belle demeure mais sans un sou. Aussi, afin de subvenir aux besoins de sa famille, devait-elle chaque été aller moissonner, traire les vaches et ramasser des légumes chez son frère Excide, à Somerset.

Comme sa mère, Gabrielle aimait beaucoup la nature et l'accompagnait souvent à la ferme. Toutefois, elle ne manifestait que peu de goût pour les travaux agricoles et les animaux d'élevage, préférant *prendre de grandes marches* dans la campagne. Elle a toujours adoré la randonnée.

On ne rendra jamais assez hommage aux mérites de Mélina qui, pendant de longues années, a travaillé très durement pour ses enfants; en particulier pour Gabrielle, dont l'ambition était de partir un jour pour l'Europe. À cette époque, ma belle-sœur commettait toutes sortes d'excès, mais je ne vous raconterai pas cela ici...[6]

Des relations assidues

Gabrielle et moi, nous nous sommes fréquentées tout au long de notre existence. À chaque fois qu'elle venait à Winnipeg avec son mari, elle passait nous voir, Germain et moi. De mon côté, je suis *restée* à plusieurs reprises à Petite-Rivière-Saint-François.

Ensemble, nous avons toujours vécu de bons moments; de plus, cette parente exceptionnelle trouvait de l'intérêt à la moindre petite chose et mettait du piquant dans tout ce qu'elle racontait. Elle se plaisait surtout à évoquer sa famille et ses écrits, ces deux sujets n'étant-ils pas, d'ailleurs, chez elle, inséparables l'un de l'autre?

Peu de temps avant sa mort, Gabrielle nous a rendu visite à Saint-Boniface. Quant à moi, je l'ai revue pour la dernière fois au chalet: ce jour-là, je lui avais fait la surprise de lui amener ma petite-fille, Gisèle[7], qu'elle adorait. Quel qualificatif, sinon celui de «sœur», pourrait-il mieux définir ce que Gabrielle a toujours représenté pour moi?

YOLANDE ROY-CYR
OU LA NOSTALGIE DE GABRIELLE

«Hier, j'ai eu la belle visite de Yolande et Jean. (...) Tous deux sont beaux, heureux, en bonne santé et amoureux l'un de l'autre. Que c'est beau à voir, deux êtres qui s'aiment ainsi!»

Ma Chère Petite Sœur – Lettres à Bernadette

Fille cadette de Germain et d'Antonia Roy, Yolande est l'une de ces parentes privilégiées sur le berceau desquelles s'est penchée la fée littéraire Gabrielle et qui furent initiées très tôt aux Belles-Lettres. Étudiante en psychologie clinique, elle obtint brillamment son doctorat et exerce actuellement au bureau médical de la Gendarmerie Royale du Canada, à Ottawa.

Pourtant amies et confidentes, on apprend avec surprise qu'en fait, Gabrielle et Yolande échangeaient peu sur le chapitre de la littérature. Peut-être la romancière jugeait-elle sa nièce trop jeune pour comprendre son œuvre, nul ne le sait...

Néanmoins, les *Lettres à Bernadette* témoignent de l'affection quasi maternelle que Gabrielle portait à Yolande, décrite comme une belle jeune femme épanouie, raffinée et profondément pétrie de culture française.

Le grand amour

Il est très difficile d'évoquer une personnalité aussi riche et aussi complexe que celle de Gabrielle. Aussi me limiterai-je à vous livrer quelques impressions à son endroit.

Je n'étais guère plus âgée de cinq ans lorsque j'ai connu ma jeune tante. C'était en 1947, à l'époque de ses fiançailles avec le Dr Marcel Carbotte. Elle se rendait fréquemment chez sa sœur Anna[1], qui possédait une très jolie maison[2] au bord de la Rivière Rouge, à Winnipeg. Elle donnait rendez-vous à son futur mari dans le petit kiosque[3] du jardin et là, tous deux devisaient des jours durant à l'abri des regards indiscrets.

Gabrielle paraissait très amoureuse de Marcel et les sentiments que, de son côté, le médecin manifestait envers elle impressionnait vivement mon imagination d'enfant.

L'éveil littéraire de Yolande

À quelque temps de là, j'ai attrapé la rougeole, qui s'est traduite par une forte poussée de fièvre. Très inquiète devant l'aggravation de mon état, Gabrielle m'a remise entre les mains de son fiancé, lequel m'a soignée pendant plusieurs semaines avec un inlassable dévouement. Dès que j'ai recouvré la santé, ma tante m'a offert un exemplaire des *Fables* de La Fontaine afin de me faire prendre goût à la lecture et à la littérature.

Farouche et sauvage Gabrielle

La romancière et moi-même sommes restées en contact tout au long de notre existence. Cependant, il s'écoulait parfois de longues périodes durant lesquelles, très occupées, elle, par ses ouvrages, et moi, par mes enfants, nous ne nous fréquentions guère.

Gabrielle était une personne très *privée* qui préservait jalousement son intimité et surtout sa solitude[4]. Elle fuyait les relations mondaines et les obligations sociales, préférant rencontrer parents et amis chez elle ou bien chez eux.

Si elle correspondait régulièrement avec ma mère, Antonia, qu'elle considérait un peu comme sa sœur, elle ne m'a, en revanche, écrit qu'en de rares occasions. Le téléphone lui paraissait tellement plus simple!

Une âme modeste

Toutefois, Gabrielle s'est toujours montrée fort soucieuse de mon devenir: elle me demandait régulièrement où j'en étais dans mes études, quelles matières je préférais.

Nous parlions quelquefois de ses romans, mais malheureusement pas aussi souvent que je l'aurais souhaité. En effet, si ma tante encourageait nos questions, son œuvre demeurait un sujet sur lequel, en général, elle s'étendait peu[5]. Malgré la gloire qu'elle avait connue, elle est restée toute sa vie très humble en regard de ses écrits.

À cette époque, *Alexandre Chenevert* n'était pas encore mon ouvrage de prédilection, mais ma formation en psychologie m'a permis, au fil des années, de l'apprécier à sa véritable dimension de chef-d'œuvre. Aux environs de la trentaine, j'ai enfin livré le fruit de mes réflexions à Gabrielle, qui en a paru extrêmement touchée.

En 1961, lorsque je me suis installée dans l'Outaouais avec mon mari, Jean Cyr[6], la romancière est devenue l'un de nos hôtes les plus assidus. Par tradition, elle venait aussi passer les fêtes de Pâques chez nous.[7] Elle s'entendait à merveille avec nos deux enfants, Gisèle et Daniel[8], qui adoraient écouter ses histoires – même s'ils étaient encore trop petits pour les comprendre.

Grandeur et servitude de Gabrielle

Au cours de nos longues conversations, mes parents et moi évoquions parfois les autres membres de notre famille. À leur égard, je dois signaler la générosité peu commune dont Gabrielle a fait preuve durant toute son existence. Je prendrai pour seul exemple sa sœur Clémence, une handicapée mentale quelle avait prise entièrement à sa charge depuis la disparition de leur mère, en 1943. Jusqu'à son dernier souffle, la romancière a travaillé très durement pour cette malade qui ne pouvait vivre sans l'assistance d'un foyer médical[9].

Les malheurs de Gabrielle

Du fait de ses exceptionnelles qualités humaines, Gabrielle souffrait cruellement des conflits qui déchiraient le clan Roy. Non seulement elle se sentait impuissante à endiguer le flot de ressentiments de ses sœurs Anna et Marie-Anna, mais elle redoutait, à tort ou à raison, que certains de ses proches ne l'exploitent.

En dehors de ses problèmes familiaux, ma tante ne cachait pas l'inquiétude que lui inspirait son état de santé. En effet, de constitution fragile, elle était fréquemment sujette à la sinusite, aux allergies ainsi qu'à de douloureux troubles digestifs. De fait, elle mangeait peu – une soupe, un sandwich léger et une tasse de thé lui fournissant l'essentiel de sa subsistance.

Un amour universel

Quand Gabrielle ne nous rejoignait pas dans l'Outaouais, c'est nous qui allions séjourner chez elle, à Petite-Rivière-Saint-François. Un été, elle avait loué pour nous une maison voisine de la sienne afin que nous nous sentions plus indépendants durant notre villégiature. C'était une ravissante chaumière, perdue au milieu d'un champ de marguerites.

Ma tante ne semblait jamais aussi heureuse que lorsqu'elle retrouvait son terroir. Elle entretenait avec la nature les mêmes liens qu'avec ses personnages ; liens qu'elle a d'ailleurs décrits avec une rare sensibilité dans ses nombreux romans[10]. Elle s'extasiait devant les fleurs, rendait visite aux plantes sauvages, parlait au fleuve Saint-Laurent...

Parfois, l'écrivain m'invitait à partager son passe-temps favori: la marche à pied. Elle aimait surtout se promener le long des voies du chemin de fer. Chaleur excessive ou froid glacial, rien ne l'arrêtait! Un après-midi, elle avait même entraîné sous une pluie battante ma fille Gisèle qui n'était guère plus âgée de trois ou quatre ans. Je les revois encore franchir toutes deux la porte du chalet, la mine réjouie sous leur chapeau ruisselant d'eau.

Autant Gabrielle vouait un culte fervent à la nature, autant elle portait aux êtres humains un amour sincère et désintéressé. Elle recevait du courrier du monde entier et, au besoin, mettait les gens en contact les uns avec les autres.

Ainsi, lors de mon voyage en France, en 1968, m'avait-elle recommandée auprès d'une vieille dame qui pratiquait la restauration de tableaux anciens. Je suis persuadée que Gabrielle savait à l'avance que, de ma rencontre avec cette charmante Mme Hirn, allait naître une solide et durable amitié.

Avec les enfants, la romancière n'avait pas non plus sa pareille pour nouer des relations privilégiées et se faire aimer d'eux. Ne nous avait-elle pas attendu, Jean et moi, à la descente du paquebot qui nous ramenait d'une nouvelle escapade au Vieux-Pays[11], pour le seul plaisir de tenir notre petite Gisèle dans ses bras?

La fin de Gabrielle

En 1983, sachant que sa santé déclinait de jour en jour, mon mari et moi avons décidé d'aller passer quelque temps auprès de Tante

Gabrielle. Malheureusement, notre projet est tombé à l'eau et nous avons dû nous contenter d'un bref entretien téléphonique avec elle aux alentours du mois de mai.

J'ignore si Gabrielle pressentait que sa fin était proche. Toujours est-il qu'au début de l'été, elle a insisté auprès de ses médecins pour partir quelques semaines à Petite-Rivière-Saint-François.

À son retour, sa *condition* s'est rapidement dégradée. Après trois arrêts cardiaques, elle s'est éteinte à l'Hôpital de Québec.

Jean et moi avons éprouvé d'autant plus de chagrin qu'il ne nous a pas été possible non plus de nous rendre à ses funérailles...

Gabrielle demeure pour moi la tante dont je me suis sentie le plus proche. Malgré notre différence d'âge, je la considérais comme une amie et non comme l'une de ces parentes qui vous inspirent crainte, ennui ou respectueuse distance et auxquelles l'on rend visite plus par convention familiale que par véritable plaisir.

Alors que j'entre dans ma cinquante-quatrième année, cette tante hors du commun me manque encore aujourd'hui et probablement son absence me pèsera-t-elle jusqu'à la fin...

SŒUR BÉRÉNICE HOUDE :
UNE LOINTAINE ADMIRATRICE
DU PAYS DE LA POULE D'EAU

> *«(...) Un étrange pays mi-terre mi-eau, à quelque trois--*
> *cent milles au nord de Winnipeg, une basse plaine de joncs,*
> *de lacs, de rivières, survolés d'innombrables oiseaux (...)»*
>
> La Détresse et L'Enchantement

Sœur aînée d'Antonia Roy-Houde, Bérénice Houde est donc une parente par alliance de Gabrielle. Ancien professeur de français et d'anglais, elle a fêté en 1996 sa soixante-dixième année de profession religieuse chez les Sœurs de Notre-Dame-des-Missions, à Sainte-Rose-du-Lac. Désormais, elle se consacre à la prière, aux travaux manuels, au soin des malades ainsi qu'à la lecture... des œuvres de Gabrielle!

La rencontre entre la religieuse et l'écrivain fut très brève. Cependant – je l'ai déjà souligné – Gabrielle appartenait à cette catégorie de personnes qui, même si on ne les croise qu'une seule fois au cours de sa vie, laissent un souvenir impérissable. Sœur Bérénice fut impressionnée par la personnalité de la célèbre romancière, dont elle affirme qu'il émanait simplicité et humble sollicitude.

Une volonté de fer

Quoique je n'aie pas eu le bonheur de connaître intimement Gabrielle, j'ai toujours admiré la ténacité dont elle a fait preuve dans l'accomplissement de son destin littéraire.

Aujourd'hui, en fouillant dans mes boîtes de souvenirs, j'ai retrouvé, en plus d'articles et de portraits, la biographie que lui avait consacré François Ricard dans les années soixante-dix: *Gabrielle Roy* [1]. Ici, à Sainte-Rose-du-Lac, cet ouvrage ne se vend guère, même s'il offre une étude approfondie de la vie et de l'œuvre de notre romancière.

Portrait de l'écrivain en infirmière

Je n'ai rencontré Gabrielle qu'une seule et unique fois dans mon existence: c'était en 1971, chez ma sœur Antonia de Saint-Boniface, la veuve de Germain Roy, l'un des frères de la romancière. Il était décédé dix ans auparavant des suites d'un accident d'automobile[2].

Souffrant d'une hernie au foie, Antonia était alitée et après son opération, Gabrielle s'était déplacée aussitôt de Québec pour lui prodiguer des soins. À première vue, cette parente éloignée m'a fait l'effet d'une personne compatissante et prête à rendre service sans bruit, sans rien exiger en échange. J'ai immédiatement éprouvé un vif sentiment d'amitié pour elle.

Une fervente lectrice

Hélas! Nos relations ont duré l'espace d'une seule journée, Gabrielle voyageant énormément en ce temps-là et moi, ne bougeant guère de la communauté des Sœurs de Sainte-Rose-du-Lac.

Les nouvelles que j'ai reçues d'elle, par la suite, me parvenaient toutes ou presque par l'intermédiaire d'Antonia. En effet, elle correspondait régulièrement avec l'auteur car elle s'occupait de sa sœur Clémence durant ses longues absences de Saint-Boniface[3].

Toutefois, la lecture des romans de Gabrielle ne remplaçait-elle pas avantageusement toutes les lettres du monde? Dans *La Petite Poule d'Eau*, ses descriptions de la région des lacs où je vivais ont toujours exercé pour moi un étonnant pouvoir de fascination.

Je vous avouerai que je n'ai lu que quelques unes des œuvres de la romancière. Cependant, notre entretien m'a donné l'irrésistible envie de courir acheter chez le libraire toutes celles qui manquent à ma culture «royenne»!

ABBÉ DOM MARCEL CARBOTTE:
IMAGES DE GABRIELLE

> *«Dans la contemplation pure résidait peut-être la plus haute perfection. Prier sans cesse pour les hommes, simplement prier, ne serait-ce pas le choix supérieur?»*
>
> La Petite Poule d'Eau

Petit-cousin du mari de Gabrielle, portant d'ailleurs le même nom que lui, l'Abbé Dom Marcel Carbotte exerce les fonctions de Supérieur du Monastère des Trappistes de Notre-Dame-des-Prairies, à Holland (dans le sud-ouest du Manitoba).

Exceptionnellement, celui-ci a «enfreint» la règle de silence et d'isolement qui régit son ordre pour nous livrer ce court témoignage sur la romancière. Qu'il en soit aujourd'hui remercié. Comme tous ceux qui ont eu le privilège d'approcher l'écrivain au cours de leur existence, notre moine avait été vivement frappé par sa personnalité rayonnante et lumineuse.

Une maîtresse de maison modèle

Je ne puis guère vous renseigner au sujet de Gabrielle car je ne l'ai, pour ainsi dire, pas connue. Néanmoins, je vais essayer de me remémorer quelques détails la concernant...

En 1947, je n'étais encore qu'un enfant lorsqu'elle a épousé le Dr Marcel Carbotte, un cousin germain de mon père. Dès le début de leur mariage, les nouveaux époux sont partis pour l'est du Canada et ne sont jamais revenus au Manitoba, si ce n'est pour de courtes villégiatures.

Néanmoins, je conserve le souvenir d'une visite que mes parents et moi-même leur avons rendu, dans les années quarante, au chalet de Petite-Rivière-Saint-François. Tous deux nous ont accueillis avec beaucoup de gentillesse. Gabrielle, pour sa part, m'a fait l'effet d'une personne charmante, vive et fort enjouée.

Une interlocutrice de choix

La seule fois où j'ai revu Gabrielle, c'était en 1976 ou 1978, à l'occasion de ma tournée chez les Trappistines de Saint-Romuald, une petite localité de la rive sud de Québec. La romancière m'a rejoint à l'aumônerie du couvent sans son mari qui devait travailler ou se reposer. Notre rencontre m'a laissé une impression inoubliable, tant la conversation de Gabrielle était chaleureuse et intéressante.

Malheureusement, mes souvenirs s'arrêtent à ce dernier entretien: non seulement je n'ai jamais revu l'écrivain ni mon petit-cousin, mais ils n'ont jamais cherché à communiquer avec moi. D'une manière générale, ce n'étaient pas des gens qui écrivaient beaucoup[1].

II

LES CAMARADES DE CLASSE

Décédées, souffrantes, dispersées à travers le Canada, les États-Unis, voire même le monde entier, peu disposées à témoigner ou peu disponibles, les anciennes camarades de classe de Gabrielle Roy ont été difficiles à retrouver. En effet, trois voix seulement se sont jointes pour évoquer ses années de scolarité à l'Académie Saint-Joseph de Saint-Boniface puis à l'École Normale de Winnipeg.

Si, comme tout un chacun, Gabrielle a perdu de vue la majorité de ses compagnes d'école, elle est néanmoins restée fidèle à quelques unes d'entre elles[1].

Au nombre de ces privilégiées, figure Sœur Maria Prénovost dont l'écrivain dut autant apprécier les qualités artistiques que la simplicité, la gentillesse et la modestie. Quoique très admirative de l'intelligence, de la puissance de travail et de la réussite professionnelle de son amie, c'est en termes mesurés, évitant le piège un peu facile et surfait de l'hagiographie, que la religieuse «raconte» aujourd'hui celle-ci.

Très différente fut la relation de Marie-Ange Jalbert avec Gabrielle, qu'elle ne revit jamais au sortir de l'école secondaire. Cette charmante demoiselle d'origine ontarienne l'avait placée sur un piédestal et la considérait volontiers comme le «chef» de leur couple d'amis.

Enfin, trop brefs furent les rapports entre Gabrielle et Alice Willis pour que cette dernière ait pu nous faire bénéficier d'un récit détaillé de son passage à l'École Normale. Soyons-lui toutefois reconnaissants d'être demeurée attentive au devenir et à la carrière de sa camarade après que la vie les eut séparées!

* * *

De Gabrielle, c'est surtout l'image de l'élève brillante et supérieurement douée qu'ont conservée ses trois amies. En effet, si l'écrivain avait pris un «mauvais départ» – échec en partie dû à une puberté difficile et une ambiance familiale peu propice à la concentration[2] – elle s'était très largement rattrappée par la suite! *«Ce dut être vers l'âge de quatorze ans que j'entrais en étude comme on entre au cloître!»* lit-on dans *La Détresse et L'Enchantement.*

Cependant, l'instabilité inhérente au caractère et au comportement de Gabrielle n'a pas échappé au trio d'étudiantes qui la fréquentait.

Semblable, en apparence, à des centaines d'autres écolières, la jeune Bonifacienne s'est, en fait, très tôt révélée un être à part, différent, exceptionnel... Peut-être ses compagnes ont-elles inconsciemment décelé en elle ce *«signe de la céleste origine»* auquel George Sand, dans les *Lettres d'un Voyageur,* reconnaissait les artistes de «génie»...

À première vue, elle semble plutôt bien intégrée au milieu scolaire. Elle offre même l'exemple d'une élève particulièrement accomplie. Elle est travailleuse et s'applique pour faire honneur à ses parents, à ses maîtresses, aussi à la communauté franco-manitobaine toute entière qui, à cette époque, garde les yeux fixés sur ses meilleurs éléments.

Aimable, souriante, gracieuse, son esprit espiègle et boute-en-train la fait rechercher par ses égales. Sa beauté fascine, son charme subjugue, sa culture en impose. Ses dons de comédienne lui gagnent à la fois l'indulgence de ses professeurs et la sympathie spontanée de nombreuses camarades.

À l'École Normale, elle réussit même ce tour de force de se faire aimer et accepter par ses condisciples de langue anglaise réputées particulièrement méprisantes à l'égard des étudiantes francophones. En même temps, quelque chose surprend, «dérange», et qui plus est, déroute chez Gabrielle que l'on voit passer brusquement et sans explication du rire à la mélancolie, de l'exaltation au repliement sur soi, de la générosité à une réserve distante et farouche.

Pourtant simple et peu ostentatoire, elle paraît fière, consciente de sa valeur, et fuit le contact avec ces adolescentes plus préoccupées de distractions superficielles que de grandes discussions sur l'art et la littérature.

Amatrice de sport, de musique et de théâtre, elle sort cependant peu, s'enferme dans une salle de classe pour étudier ou, quitte à se tailler une réputation d'égoïste ou d'indifférente, se claquemure tout en haut de son «donjon», rue Deschambault.

Friande de fêtes, de jeux et de bons mots, c'est au fond une solitaire qui ne se plaît qu'en la compagnie de ses livres et cahiers. Dès lors, comment cette élève fantasque et trop studieuse ne serait-elle pas un peu jalousée et tenue à l'écart par ses camarades?

Car ce qui la marginalise encore davantage à leurs yeux, c'est cette boulimie de travail dont elle semble littéralement atteinte. Les commentateurs de son œuvre se sont longuement étendus sur le complexe d'infériorité dont elle souffrait et qui se traduisait, chez elle, par un besoin constant, fébrile et quasi obsessionnel de se dépasser. Visiblement, dès ses premières années de collège, Gabrielle, la battante, a une revanche – et même plusieurs – à prendre.

Sur sa famille, tout d'abord. Lasse d'être couvée, choyée, dorlotée et considérée comme une «petite chose» fragile, maladive, encombrante en un mot, elle s'est mise à étudier d'arrache-pied pour forcer le respect et l'admiration de son entourage. En outre, un serment ne la lie-t-elle pas à sa mère, par lequel elle s'est engagée à *«la venger de tant de sacrifices consentis à son avancement»*[3].

Sur la société anglophone ensuite. Que de larmes d'humiliation n'a-t-elle pas dû ravaler pour écrire une phrase comme celle qui ouvre *La Détresse et l'Enchantement*: «*Quand donc ai-je pris conscience pour la première fois que j'étais, dans mon pays, d'une espèce destinée à être traitée en inférieure?*» Dans le silence de la page blanche, cette douloureuse interrogation tombe comme le couperet d'un verdict: «coupable d'être née francophone!»

À quinze ans déjà, Gabrielle porte sur ses frêles épaules tout le poids des persécutions linguistiques, sociales et financières que le gouvernement inflige à sa communauté. Communauté dont, avant de se faire le chantre, elle se fait, en quelque sorte, le «messie», *«sauvant»*[4] sa classe, lors de la visite de l'inspecteur, par sa connaisance approfondie de la langue de Shakespeare, puis dénonçant publiquement, à l'École Normale, les contradictions et les injustices du système éducatif dominant[5].

Sur elle-même enfin. Très jeune, elle s'avère de la race des aventuriers, des découvreurs, des «conquérants» de la culture chers à André Malraux. Anticipant, d'une certaine façon, la femme de combats, de luttes et de défis littéraires qu'elle sera. Sans doute se mêle-t-il une bonne dose d'orgueil à cette course effrénée aux diplômes et au savoir, mais surtout l'irrépressible désir d'être reconnue comme la meilleure, toujours et en tout.

* * *

Si Gabrielle paraît avoir beaucoup compté pour plusieurs de ses camarades, on est, par contre, frappé de constater qu'elle n'y fait jamais aucune allusion dans son œuvre. Dans *La Détresse et L'Enchantement*, pas une anecdote, pas même un portrait qui immortaliserait le souvenir de l'une ou l'autre de ses compagnes préférées. Elle n'utilise que des termes très généraux pour les désigner: «*nous*», «*la classe*», «*peu de jeunes filles*»... Doit-on en conclure que l'auteur faisait peu de cas d'elle?

Assurément non, mais elle est de ces élèves qui, le nez éternellement plongé dans ses livres, ont relégué au second plan les sentiments de camaraderie qui les animent. Par ailleurs, dans son autobiographie, elle est bien trop occupée à décrire sa vertigineuse ascension pour laisser la part belle à qui que ce soit. Sa classe est devenue une scène de théâtre sur laquelle s'exhibe une seule et unique vedette, «Gabrielle Roy», les autres étant réduites au rang de spectatrices passives et médusées de ses éblouissantes prouesses.

Si on ne lui connaissait un cœur d'or, on serait tenté de lui prêter une ambition redoutable, démesurée...

Avec elle, une banale progression scolaire se transforme, de fait, en un véritable parcours du combattant, sorte de championnat ou de compétition sportive au cours de laquelle il lui faut remporter toujours plus de prix, toujours plus de trophées, toujours plus de récompenses, et cela, jusqu'à la victoire finale: la *graduation*, en douzième année. Sur deux pages et demi, elle s'étale complaisamment sur ses médailles, ses palmes, ses distinctions. L'on en retire, inévitable, l'agaçante impression que seul lui importe, dans la vie, le fait de plaire, de briller, de triompher. Même dans le chapitre qu'elle consacre à son année d'École Normale, elle ne mentionne à aucun moment ses compagnes. Elle se met continuellement en valeur et pose au martyre, ne retenant de son apprentissage que les mauvaises expériences qu'elle a vécues au contact de ses professeurs, de sa première inspectrice et de ses premiers élèves.

Certes, elle a des circonstances atténuantes: son père est âgé, sa mère peine à la tâche, ses frères et sœurs ne lui ont pas spécialement montré le meilleur exemple... Elle cherche par tous les moyens à s'évader de sa condition. Boursière de sa province, en perpétuel équilibre sur la corde raide, elle sait qu'au moindre faux pas, l'allocation chichement versée risque de lui échapper.

Mais tout de même, chère Gabrielle, les anciennes étudiantes qui vont à présent vous évoquer n'étaient-elles pas en droit d'attendre un peu plus de modestie, de compassion et de reconnaissance de votre part?

SOEUR MARIA PRÉNOVOST : GROS PLAN SUR GABRIELLE

> *« La collation des diplômes aurait lieu dans notre auditorium, parents et invités prenant place dans la salle, nous les «graduées», rangées, assises ou debout, sur la haute estrade, bien en vue du public, toutes les fougères du couvent déposées en arrière et autour de nous, de sorte que nous aurions l'air d'être quelque peu en forêt(...)»*
>
> La Détresse et L'Enchantement

Fille d'Avila Prénovost et d'Eugénie Kirouack, commerçants à Saint-Boniface, Maria se sentit très tôt «appelée» à la fois par Dieu et par le cinéma. Elle entra au Couvent des Sœurs des SNJM mais continua à se passionner pour l'univers du Septième Art.

Qui oserait imaginer que cette petite religieuse, d'apparence si frêle et si fragile, mena de main de maître une longue et fructueuse carrière au sein des milieux cinématographiques, depuis la création des premiers ciné-clubs locaux jusqu'à la direction de l'Office des Communications Sociales du diocèse de Saint-Boniface? Diplômée des Universités de New York, d'Ottawa et du Manitoba, ancien membre de la Commission Provinciale de Classification des Films, Sœur Maria croule aujourd'hui sous le poids des honneurs et des distinctions.

Son agenda, toujours bien rempli, ne l'empêcha nullement de rendre de longues visites à Gabrielle, son ancienne camarade et compagne de jeux, alors «naturalisée» québécoise. Et vice-versa: la romancière – qui, pourtant, sema tant d'amis au fil de sa route! – manquait rarement une occasion d'aller saluer au Manitoba celle qu'à Saint-Boniface on connaît mieux sous le nom de «Sœur Cinéma».

Une élève surdouée

J'ai eu la chance de fréquenter Gabrielle Roy tout au long de sa vie... Enfants, nous étions dans la même classe. Nous avons suivi ensemble nos trois premières années d'école primaire. Je me rappelle avoir *renouvelé* la troisième, alors que Gabrielle, elle, *a monté*.

Elle était toujours la première, personne ne pouvait la surpasser. C'était une élève supérieure, exceptionnelle, capable dans tous les domaines.

Elle était également la meilleure en français. À cette époque, le gouvernement interdisait l'enseignement de cette matière dans les écoles. Mais nos professeurs – pour la plupart des religieuses d'origine québécoise – contournaient adroitement la censure en ouvrant leur classe à huit heures et demi au lieu de neuf et en nous faisant cours jusqu'à dix heures dans notre langue maternelle[1].

Chaque année, un grand concours de français était organisé par l'Association d'Éducation des Canadiens Français du Manitoba (A.E.C.F.M.)[2] dans la province et chaque année, Gabrielle remportait tous les prix, toutes les bourses et toutes les médailles. Elle fait d'ailleurs brièvement allusion à celles-ci dans *La Petite Poule d'Eau*. Plus tard, elle m'a confié que c'était Sœur Diomède, son professeur de français de douzième année, qui lui avait donné le goût des Lettres et qu'elle lui devait toute sa carrière en littérature.

Mon amie était tout aussi brillante en catéchèse: la religion et l'Histoire de l'Église n'avaient plus de secrets pour elle. Par conséquent, c'est encore elle qui raflait toutes les récompenses lors du couronnement de la Reine de Mai; une distinction qui donnait lieu à de grandes réjouissances à Saint-Boniface, avec un défilé de dames d'honneur, de princesses et de petits pages.

À la fin de sa scolarité, Gabrielle figurait parmi les premières des quatre-cents élèves inscrites dans les écoles manitobaines; un véritable exploit, soit-dit entre nous, compte-tenu de la politique qui était alors menée à l'encontre des Canadiens Français!

À l'École Pédagogique ou École Normale[3] de Winnipeg, elle s'est à nouveau très rapidement hissée dans le peloton de tête. Les professeurs se montraient pourtant très exigeants en regard des étudiantes francophones. Mais la future institutrice maîtrisait aussi bien l'anglais que le français et possédait parfaitement les deux littératures.

Il n'est pas de hasard: si Gabrielle réussissait aussi bien dans ses études, c'est parce qu'elle travaillait énormément. Certes, elle aimait beaucoup s'amuser, discuter, *échanger des opinions*. De temps en temps, elle *prenait des marches* ou bien jouait avec moi des duos de piano. Mais parvenue à l'adolescence, elle a totalement cessé de se mêler aux cercles d'amies, et même d'aller à la patinoire. Elle avait ses intérêts propres et préférait se consacrer à ses études et à ses lectures plutôt qu'à des distractions de son âge...

Grandeur et décadence de la famille Roy

Sur le plan personnel, le père de Gabrielle et le mien faisaient tous deux de la politique, aussi nos familles se fréquentaient-elles volontiers...

Une anecdote remontant à notre enfance me revient tout à coup en mémoire: un jour, Mme Roy avait arrêté ma mère en pleine rue pour lui demander où elle avait acheté le petit chapeau que je portais. Elle désirait en effet tricoter le même pour sa fille. Mais Maman s'était offusquée de ce qu'elle considérait comme un grave manquement à la politesse...

Devenue adolescente, Gabrielle choisissait bien entendu elle-même ses toilettes et ses chapeaux. Je me souviens qu'une amie modiste, Agnès Gavert, lui avait brodé en lettres d'or, sur son couvre-chef en velours bleu-ciel, les noms de tous les auteurs français et anglais[4] qu'elle admirait.

Au début du siècle, M. Roy occupait encore un bel emploi au gouvernement fédéral. Il était chargé notamment d'accueillir les immigrants Doukhobors et de les aider à s'acclimater au pays.

Les Roy vivaient bien, très bien même, et possédaient une fort jolie maison. Vers la fin de sa vie, Gabrielle est venue revoir une dernière fois, rue Deschambault, le berceau de son enfance. Mais là, une vive déception l'attendait; en effet, la galerie, les pommiers et les beaux arbres avaient tous disparu. *«C'est pas chez nous!»* s'est exclamée l'écrivain avec une pointe de regret.

Lorsque Léon Roy a perdu son travail, toute la famille a sombré dans la pauvreté. Mais pas au point qu'a bien voulu nous le faire croire Marie-Anna[5]. Pour ma part, j'ai toujours été écœurée de l'entendre affirmer qu'elle était la seule à être venue en aide à ses parents et à ses frères et sœurs[6]! Or, à cette époque, elle enseignait très loin, en Alberta, et avait épousé un homme qui est parti avec tout l'argent du ménage[7].

Le père de Gabrielle a profondément souffert de sa mise à pied. Il en voulait au gouvernement et s'est noyé petit à petit dans la tristesse et la dépression. À son décès, sa fille fréquentait encore l'École Normale. On l'a rappelée en hâte à la maison car il n'existait pas de *salon funéraire* à Saint-Boniface. La pauvre Gabrielle était littéralement effondrée, anéantie. En effet, si elle s'était toujours sentie plus proche de sa mère, elle n'éprouvait pas moins une sincère affection pour son père. Quoique Marie-Anna ait prétendu le contraire, la disparition de ce dernier lui a causé un choc terrible.

La vie comme un roman d'apprentissage

Ses études terminées, Gabrielle a été nommée institutrice dans plusieurs villages manitobains, puis à l'École Provencher. Sa sœur Bernadette, quant à elle, enseignait à Kenora. Cette religieuse excellait dans l'art de la diction et c'est en grande partie sous son influence que mon amie est entrée au Cercle Molière.

Puis elle est partie pour l'Europe, où elle a commencé à gagner sa vie comme dame de compagnie. Afin d'arrondir ses fins de mois, elle écrivait des articles dans *La Liberté* et dans différents magazines[8].

C'est également à cette époque qu'elle a perdu la foi. Mais c'était un peu à la mode avant la guerre... À son retour au Canada, la jeune journaliste a voulu travailler à la radio mais la voix lui a manqué[9].

Un parfum de scandale

Je suis constamment restée en contact avec Gabrielle, car j'allais souvent à Montréal et à Québec effectuer des études d'appréciation des films de télévision pour Radio-Canada.

À la parution de *Bonheur d'Occasion*, les gens de Saint-Boniface ont traité l'œuvre de leur jeune concitoyenne de «*roman pornographique*»[10]. «C'est cela, notre Gabrielle dont on était si fiers? Quel chemin elle a pris!» entendait-on dire un peu partout.

L'écrivain n'a jamais digéré les critiques dont son premier livre avait été l'objet. Aussi revenait-elle toujours incognito dans sa ville natale. Elle descendait chez sa sœur, Anna Painchaud, ou bien dans la famille de son amie, l'institutrice Léonie Guyot.

En 1970, à l'occasion de la publication de *Rue Deschambault*, le célèbre Père Emile Legault[11], de passage à Saint-Boniface, a pris la défense de Gabrielle dans l'auditorium de l'Académie Saint-Joseph. À propos de *Bonheur d'Occasion*, il a rappelé le contexte économique qui prévalait dans les années quarante et expliqué le dessein de la romancière qui était d'aider les gens en faisant prendre conscience aux pouvoirs publics de la misère urbaine.

À peu près à la même période, Marie-Anna est allée rendre visite à Marie-Thérèse Goulet[12], écrivain et amie de sa sœur, dans l'intention de lui exprimer tous les griefs qu'elle avait accumulés à son égard. Sans plus de respect pour la pauvre femme aveugle, diabétique et amputée des deux jambes qui l'écoutait poliment sans rien dire, elle vitupérait Gabrielle, l'accusant de lui avoir volé ses notes sur *Rue Deschambault* et jurant de dénoncer un jour cette mystification.

Lorsque *Le Miroir du Passé* est sorti en librairie, mon amie a fait une attaque et s'est mise à dépérir. Marie-Anna n'avait pas de quoi être fière d'elle: non seulement ce n'est que le sixième ou septième éditeur qui avait accepté son ouvrage[13], mais celui-ci ne s'est même pas vendu!

Je n'achèverai pas cette évocation de Gabrielle sans glisser quelques mots sur celui qui fut le compagnon de sa vie, le Dr Marcel Carbotte. Je dirai simplement que c'était un homme modeste et sans façons, très pieux – il allait tous les jours à la messe – très bon pour les pauvres et très dévoué envers ses patients. Il avait épousé notre romancière dans la petite église Saint-Emile de Saint-Vital.

Pour ma part, si j'ai été, je pense, la première amie de Gabrielle, la dernière, Sœur Berthe Valcourt, demeure, paradoxalement, la meilleure qu'elle ait jamais eue dans toute son existence.

MARIE-ANGE JALBERT:
«REGRETTÉE GABRIELLE...»

> *«Nous étions douze à quinze, je pense, à terminer la dernière année, un groupe assez important en ce temps-là où peu de jeunes filles de notre milieu, faute de goût mais surtout de moyens, se rendaient même jusque là.»*
>
> La Détresse et L'Enchantement

Fille d'agriculteurs établis à Fort-Frances (dans la région de Thunderbay, au nord-ouest de l'Ontario), Marie-Ange Jalbert effectua sa scolarité à l'Académie Saint-Joseph de Saint-Boniface.

C'est là qu'elle fit la connaisance de Gabrielle. À l'opposé l'une de l'autre, les deux camarades ne se lièrent pas moins d'une amitié que seul, l'éloignement géographique parvint à dénouer, sans que leurs sentiments mutuels ne se refroidissent pour autant.

Tentée un temps par «l'aventure spirituelle», Marie-Ange entra comme novice chez les Sœurs du Carmel de Trois-Rivières avant de revenir à ses «premières amours»: l'agriculture, à la ferme de ses parents.

Pour l'ancienne cultivatrice, évoquer le souvenir de la brillante élève et de l'écrivain à succès que fut Gabrielle, est un véritable régal. Aujourd'hui encore, elle déplore que la vie ne leur ait jamais permis de se réunir.

Gabrielle à l'école

De 1926 à 1928, j'ai suivi les cours des *grades* onze et douze avec Gabrielle à l'Académie Saint-Joseph. En ce temps-là, ma compagne était une jolie jeune fille, plutôt joyeuse, qui aimait rire et *jaser*. Par contre, en classe, elle se montrait sage et appliquée, concentrant toute son attention sur les explications des professeurs. Son frère Germain et elle-même étaient des élèves très ambitieux. D'ailleurs, tous deux ne sont-ils pas devenus enseignants?

Parce qu'elle était toujours la première, Gabrielle ne jouissait pas d'une grande popularité auprès de nos camarades et se retrouvait parfois isolée *«une petite affaire»*. Cependant, comme elle était au-dessus de toute bassesse, elle ne faisait pas cas des jalousies qu'elle suscitait. Et pour ma part, je ne l'ai jamais entendu médire de ses condisciples.

Une jeune fille très personnelle

Tout au long de l'année du *grade* onze, nous avons été de bonnes amies, Gabrielle et moi. Oh! sans doute ne voyait-elle en ma compagnie qu'un agréable passe-temps – j'étais loin d'être aussi intellectuelle qu'elle et la plupart de ses discussions me passaient par-dessus la tête! – mais nous nous arrangions quand même bien toutes les deux...

Comme je retournais rarement chez moi en raison de la distance, Gabrielle m'avait invitée à passer une semaine de vacances, à Pâques, dans la maison de la rue Deschambault. Mon amie et moi *jasions* et allions nous promener en ville. Je me souviens aussi que nous avions été écouter une chorale à Trinity Church.

Ce qui m'a beaucoup surpris, au cours de ce séjour, c'est que Gabrielle ne se dévouait jamais pour seconder sa mère à la cuisine ou au ménage. Pour moi, en effet, c'était inconcevable que les enfants de la maison ne participent pas un tant soit peu aux tâches quotidiennes. Mais pour ma compagne, seuls comptaient ses livres et ses chers cahiers: *«Moi, je fais mes études. Clémence, elle, aide Maman!»* Ainsi en avait-elle décidé.

Pas étonnant que j'aie aussi peu eu l'occasion de discuter avec Mélina Roy! La pauvre femme était toujours occupée à la cuisine ou le nez plongé dans un ouvrage de couture.

En revanche, j'avais eu l'occasion d'apercevoir les frères de Gabrielle, Rodolphe[1] et Germain, ainsi que Clémence, qui paraissait très gênée. Mon amie ne parlait jamais de sa sœur Adèle[2]. Par contre, son autre sœur, Bernadette, m'avait enseigné au *grade* 6.

Une élève très sûre d'elle

Durant l'année du *grade* douze, nous n'avons guère trouvé le temps de nous voir, Gabrielle et moi, et nous étions, de ce fait, un peu moins amies. Il y avait bien trop de travail: pensez, douze sujets à étudier! Nous avions *«les mains pleines»*, comme on dit chez nous.

À la fin du dernier trimestre, se déroulaient un examen de français, organisé par l'Association d'Éducation des Canadiens Français du Manitoba, ainsi qu'un examen de catéchisme sanctionné par une médaille d'or que Mᵍʳ l'Évêque remettait à la meilleure élève. S'adressant à Gabrielle et à moi, Sœur Assiline, notre professeur d'histoire religieuse, avait déclaré: «*Vous pouvez réviser vos leçons ensemble si vous le souhaitez!*» Remplie d'assurance mais sans aucune forme d'arrogance ou de mépris, ma compagne s'était alors tournée vers moi: «*Si tu veux la médaille d'or, je te la laisse!*» «*Moi, je veux simplement passer mes examens...*» avais-je rétorqué.

Mais les prévisions de Gabrielle se sont révélé parfaitement exactes. À l'issue des épreuves, elle a remporté à 99 pour cent, la médaille de français et moi, à 91 pour cent, celle de catéchisme. Toutefois, j'estime que mon amie avait largement mérité sa récompense, car non seulement travaillait-elle fort depuis des années, mais s'était préparée à ses examens ses vacances durant. Elle s'entraînait dans la salle d'optique qui se trouvait non loin de notre classe et où jamais personne ne venait la déranger.

La dernière fois que j'ai aperçu Gabrielle, c'était le jour de notre *graduation*. Ensuite, nous ne nous sommes plus jamais revues ni écrit.

Séparées par la vie

Inutile de préciser combien je l'ai regretté! Mais nous étions toutes deux si occupées, toujours pressées! Mes diplômes obtenus, je suis retournée chez moi, à Fort-Frances, où m'attendait une rude besogne. Chaque année, ma mère était obligée de garder l'un ou l'autre d'entre nous pour l'aider à la ferme. Et c'est seulement tous les deux ans qu'elle nous envoyait apprendre le français à l'école.

Bien des années plus tard, j'ai entendu parler de Gabrielle par les journaux et lu *Bonheur d'Occasion* dont le grand nombre de descriptions m'a vivement frappée. Je me suis également rendue à plusieurs reprises dans *l'Est*. Je possédais bien l'adresse de mon ancienne condisciple, mais n'ai jamais pris le temps d'aller la *visiter*. Quelle sotte j'ai été!

Longtemps après, une religieuse qui revenait de chez Gabrielle m'a montré une photo d'elle. «*Est-ce qu'elle est comme çà?*» n'ai-je pu m'empêcher de m'écrier, effarée. Elle avait terriblement changé et vieilli et le cliché que je tenais dans mes mains la montrait sous un jour des plus défavorables. J'ai alors appris qu'elle était malade, qu'elle souffrait de mauvaises *secousses* au cœur.

L'année de sa mort, j'ai de nouveau eu l'occasion de voyager à Québec. Cette fois, j'ai témoigné à mon amie, par téléphone, mon désir de la rencontrer le jour-même. Hélas! elle ne se sentait pas assez en forme pour me recevoir: *«Je ne suis pas bien*, m'a-t-elle répondu, *il est impossible que tu me visites; si tu veux venir demain...»* Mais je devais impérativement repartir dans l'Ouest...

Gabrielle nous a quittés très peu de temps après. Si vous saviez comme je me suis reprochée de ne pas avoir prolongé d'une malheureuse matinée mon séjour à Québec! Mais c'est toujours comme cela.

La trahison d'une œuvre

Il y a sept ou huit ans, j'ai assisté à une projection, en version française, du film adapté de *Bonheur d'Occasion*. J'avoue avoir été profondément choquée par la scène d'amour qui y figurait. *«Ce n'est pas possible que Gabrielle ait écrit cela dans son livre*, ne cessais-je de me répéter intérieurement, *on a fait des changements, des ajouts!»* Moi qui ai bien connu l'auteur, je puis affirmer que c'était une personne saine, d'une moralité irréprochable, bien disposée à tous égards. Or, les images qui s'offraient à nos yeux étaient des plus déplacées et les acteurs apparaissaient *«sexy en diable»*![3] Dommage, car c'est le dernier souvenir que j'emporte de Gabrielle et qu'il me faut évoquer devant vous!

ALICE DAWSON – WILLIS :
«FLASH-BACK SUR GABRIELLE»

> *«Dans ma classe d'environ soixante-quinze élèves, nous*
> *n'étions que cinq ou six de langue française, dont deux*
> *jeunes filles de la campagne, si timides qu'un regard de la*
> *part de n'importe lequel de nos professeurs les faisait déjà*
> *rentrer sous terre.»*
>
> La Détresse et l'Enchantement

Fille de John-Thomas Willis et de son épouse Marjorie-Marcella, fermiers à Stonewall, un village situé à l'ouest de Winnipeg, Alice se destina très tôt à l'enseignement. Elle exerça ses fonctions d'institutrice pendant onze ans avant d'épouser son camarade de collège, Thomas Dawson, secrétaire de mairie, dont elle eut une fille. Aujourd'hui, l'ancienne maîtresse d'école avoue cultiver «l'art d'être grand-mère» auprès de ses deux petits-enfants. Alice est l'une des dernières survivantes parmi les anciennes camarades d'École Normale de Gabrielle.

Née «du bon côté de la barrière» – c'est-à-dire au sein de la communauté anglophone – elle ne semble pas avoir eu conscience des craintes, des doutes et des appréhensions qui présidèrent jadis à l'entrée de la jeune Bonifacienne dans cet établissement de langue anglaise. Les étudiantes francophones y étaient, en effet, mal considérées et devaient «faire leurs preuves» dix fois plus que les autres.

De Gabrielle, Alice n'a retenu que le côté à la fois *réservé et boute-en-train»* qui fascinait autant qu'il rebutait ses condisciples. Leur amitié ne dura que le temps de leur bref passage à l'École Normale – une année à peine – Néanmoins, ce témoignage nous montre, une fois de plus, combien la personne de Gabrielle demeure regrettée, et sa mémoire tendrement chérie.

Un goût prononcé pour le théâtre

J'ai rencontré Gabrielle Roy à l'École Normale d'Institutrices de Winnipeg, au cours du dernier trimestre 1928-1929. En ce temps-là, notre établissement était divisé en cinq classes: A,B,C,D et E. La future romancière et moi-même nous trouvions dans la quatrième section, alors réservée aux élèves titulaires du *grade* douze.

Je me rappelle d'une jeune fille particulièrement séduisante, douce et équilibrée. Toujours prompte à participer aux activités théâtrales et culturelles de l'école. Toujours tirée à quatre épingles aussi; c'est sa mère qui lui confectionnait ses vêtements.

La dure loi de la vie

Notre formation d'enseignantes durait dix mois. Mais comme cela arrive fréquemment, les liens de camaraderie que j'avais noués avec Gabrielle se sont distendus après la réception de nos diplômes et notre départ de l'École Normale; nous avons suivi chacune notre chemin.

Plus tard, j'ai appris que mon ancienne condisciple avait été envoyée dans des contrées reculées et dépourvues du confort le plus élémentaire. Elle devait trouver à se loger par elle-même, allumer son feu, balayer et effectuer de petits travaux de bricolage. Elle a d'ailleurs relaté ces différentes expériences dans ses ouvrages[1].

Une œuvre universelle

Quoique je n'aie jamais revu Gabrielle de toute mon existence, j'ai continué à manifester un vif intérêt pour elle à travers ses écrits. Non seulement ceux-ci reflètent les événements de notre vie quotidienne mais encore l'amour de leur auteur pour la nature. J'ai toujours été émerveillée par les descriptions qu'elle nous en a laissé.

En outre, son style n'est ni apprêté ni recherché. Tous ses ouvrages portent, bien au contraire, la marque du naturel et se lisent avec facilité. Même les gens de la campagne qui, pour la plupart, n'ont pas fréquenté trés longtemps l'école, ont su les apprécier à leur juste valeur.

«Comme le monde est petit!»

Un jour de juillet 1983, alors que j'étais en vacances en Alaska, j'ai entendu la nouvelle du décès de Gabrielle à la radio. Comme j'en avisais les membres du groupe qui m'accompagnait, une dame inconnue s'est alors exclamée tout fort: *«Mais c'est ma cousine!»*. Elle a paru très étonnée d'apprendre que j'avais connu personnellement l'auteur[2].

III

LES COLLÈGUES DE TRAVAIL

Disparues à tout jamais, éparpillées à la surface du Canada et d'autres pays, trop âgées pour recevoir des journalistes ou tout simplement peu enclines à parler, les anciennes collègues de travail de Gabrielle Roy se font rares, elles aussi. Par conséquent, il serait vain de vouloir peindre ici un portrait circonstancié de l'auteur institutrice. C'est seulement à travers les témoignages de ses élèves que celui-ci, petit à petit, se précisera.

Parmi les consœurs avec lesquelles l'écrivain entretint des liens durables[1], se détache la forte personnalité de Léonie Guyot. Quoique à l'opposé de Gabrielle, nature plutôt rêveuse et aventureuse, cette femme énergique, réputée pour avoir la tête solidement ancrée sur les épaules, partageait et comprenait mieux que quiconque sa passion pour l'art et la littérature. Dès leur première rencontre à l'École Provencher, la sympathie que les deux jeunes Manitobaines éprouvèrent l'une envers l'autre se transforma en une étroite et sincère amitié.

Très épisodiques, par contre, furent les relations de Gabrielle avec Marcelle Lemaire, une collègue éloignée qui professait dans de petits écoles de campagne. Mais la lecture et la poétisation des souvenirs aidant, elle n'hésite pas, aujourd'hui, à présenter la romancière comme sa *«grande amie»*.

* * *

Outre ses indéniables qualités humaines et intellectuelles, c'est sans doute l'enseignante prometteuse et motivée que ses compagnes ont le plus admiré chez Gabrielle. En effet, comme elle s'est révélée une excellente élève, elle se révèle, tout naturellement, une excellente institutrice. Avide d'amour et de reconnaissance, elle met dans l'exercice de ses fonctions, la même application acharnée qu'elle a mis naguère dans ses études – et qu'elle mettra, par la suite, dans l'écriture de son œuvre. Charmante envers tout le monde, ambitieuse, volontaire, sa conscience professionnelle parfois exagérée lui vaut les suffrages de ses homologues, de ses élèves et de leurs parents, ainsi que de brillantes notations de la part de ses supérieurs.

Toutefois, les deux éducatrices n'ont pas manqué d'être frappées par les zones d'ombre et de lumière qui se disputaient tour à tour le caractère de Gabrielle. Perpétuellement insatisfaite d'elle-même, versatile, angoissée, son excès de perfectionnisme annonce l'écrivain exigeant et tourmenté qu'elle sera. À la fin de sa brève carrière – huit ans, en tout – et alors que son attirance pour le théâtre et l'écriture l'entraîne déjà irrésistiblement sur une autre voie, ses sautes d'humeur, brutales et incompréhensibles, en font un être parfois difficile à vivre pour son entourage...

Si Gabrielle, on le sait, n'a jamais cité ses camarades de classe dans son œuvre autobiographique, elle a, de la même manière, passé sous silence toutes ses collègues de travail. Certes, elle n'en avait aucune à Marchand[2], à Cardinal et à la Poule d'Eau, mais l'on sait qu'elle en comptait au moins huit à l'École Provencher et participait à des congrès éducatifs où elle rencontrait régulièrement ses semblables.

Hélas pour elles! Dans *La Détresse et L'Enchantement*, le discours de la romancière demeure totalement centré sur sa carrière personnelle, dont elle n'est pas peu fière, d'ailleurs – «*(...) j'avais été une jeune institutrice appliquée à sa tâche, peut-être même excellente*», se targue-t-elle – sur sa conception de l'enseignement et ses relations avec ses élèves, petits immigrants de première année auxquels elle apparaît profondément attachée. À aucun endroit, l'on ne voit se profiler la silhouette d'une autre maîtresse d'école manitobaine.

Auparavant, se prenant elle-même comme sujet d'inspiration, elle s'est amplement projetée dans les personnages d'institutrices qui traversent son œuvre romanesque: Christine de *Rue Deschambault*, la narratrice anonyme de *Ces Enfants de ma Vie* et de la nouvelle *L'Enfant Morte* (*Cet Eté qui chantait*), et surtout Mlle Côté, qui incarne le type-même de l'enseignante-modèle: jeune, jolie, élégante, patiente, cultivée, elle révolutionne littéralement l'île de *La Petite Poule d'Eau* par son approche sensible des élèves comme par ses méthodes pédagogiques avant-gardistes. Péchant par leur excès de défauts et de ridicule, les deux maîtres qui lui succèdent ne servent, en fait, que de repoussoir à cette image idéale, parfaite, quasi «starisée» de l'institutrice – et à travers elle, de Gabrielle, bien entendu.

* * *

Doit-on en déduire, à la lumière de ces constatations, que l'auteur n'éprouvait qu'une piètre considération à l'égard de ses consœurs? Non, puisqu'elle est restée une grande partie de sa vie en contact avec plusieurs d'entre elles. Mais il semble qu'au temps de l'École Provencher, elle se soit sentie plus à l'aise en compagnie de ses élèves qu'en la leur. Proche d'eux par son extrême jeunesse, sa petite taille et son naturel taquin et capricieux – dont elle ne se départira, en fait, jamais – ne venait-elle pas tout juste de franchir la fragile frontière qui sépare l'enfance de l'âge adulte?

En outre, avec son roman *Ces Enfants de ma Vie*, l'écrivain a déjà, pour une bonne part, rendu justice à ses anciennes collègues de travail. Certaines d'entre elles – dont Léonie Guyot – ont revécu sous leur véritable identité dans la nouvelle *Démétrioff* où, à travers le parcours initiatique d'une jeune institutrice, Gabrielle dévoile les splendeurs et les misères d'un métier fait de dévouement et de totale abnégation de soi. Au passage, elle a salué l'esprit de solidarité qui unissait jadis ses compagnes; solidarité sans laquelle aucune d'elles n'aurait pu faire face aux problèmes – d'ailleurs très contemporains – auxquels elles étaient quotidiennement confrontées: plurilinguisme des écoliers, terreurs enfantines, délinquance juvénile, violence des parents d'élèves.

Ainsi, en devenant l'ardent défenseur de ces *«messagères de l'éducation»* – tel qu'elles se définissaient elles-mêmes – davantage portées par une vocation que porteuses d'un *«fatras d'inutiles connaissances»*[3], Gabrielle a peut-être réussi à se faire pardonner son apparent égocentrisme.

LÉONIE GUYOT,
L'INSTITUTRICE DE «DÉMÉTRIOFF»

«À ses débuts dans la vie et l'enseignement, Anna croyait dur comme fer qu'avec des mots on peut arriver au bout de bien des difficultés. Léonie, plus vieille d'expérience, prétendait que dans bien des cas le mieux était de ne pas réveiller le chat qui dort»

«Démétrioff» (Ces Enfants de ma Vie)

Originaire de Fannystelle, une commune située au sud-ouest de Winnipeg, Léonie Guyot grandit au sein d'une famille de la bonne bourgeoisie française. Ayant très tôt senti s'éveiller sa vocation d'institutrice, elle se dévoua durant toute son existence à l'enseignement ainsi qu'à la formation de futurs éducateurs au Manitoba. Elle acheva brillamment sa carrière comme vice-présidente de l'École Provencher.

Ses anciens supérieurs et collègues de travail ne tarissent pas d'éloges sur ses qualités tant humaines que professionnelles. Franche, sincère et loyale envers tous, elle possédait, selon eux, une conscience professionnelle sans failles, un excellent jugement, et savait conserver son sang-froid dans les circonstances les plus délicates. Esprit équilibré, elle faisait aisément la part des choses entre le rêve et la réalité, l'idéal et son accomplissement.

Consœur et amie intime de Gabrielle, elle fut incontestablement une figure marquante dans la vie de la romancière qui fit d'elle, sous le simple prénom de «Léonie», l'une des institutrices de *Ces Enfants de ma Vie*. Une manière discrète, mais non moins attentionnée, de rendre hommage à la femme d'expérience, sage et avisée, que représenta autrefois Mlle Guyot à ses yeux de jeune pédagogue novice et inexpérimentée.

Une personnalité ambiguë

J'ai fait assez tardivement connaissance avec Gabrielle Roy, non pas lorsqu'elle était adolescente ou étudiante, mais institutrice à l'Institut Provencher de Saint-Boniface – qui était à l'époque une école de garçons. Je l'ai rencontrée pour la première fois à la rentrée de septembre 1931 et côtoyée pendant six ans, c'est-à-dire jusqu'à son départ pour l'Europe, en 1937.

Elle a toujours été pour moi une charmante camarade de travail. Elle était joviale, espiègle même à ses heures, et très intelligente. Elle réussissait remarquablement dans l'enseignement.

Mais il n'est pas facile d'y voir clair dans la personnalité de Gabrielle, faite toute de contrastes et de contradictions. Tour à tour exubérante et morose, elle s'extériorisait, en effet, aussi vite qu'elle s'enfermait dans le silence, déconcertant, par ce comportement, jusqu'à ses meilleures amies. Elle est toujours demeurée un peu mystérieuse pour moi... Néanmoins, je l'estimais beaucoup. Nous nous arrangions bien toutes les deux; elle avait un caractère intéressant pour qui savait la comprendre et l'analyser.

Comédienne dans l'âme

Parfois, j'allais lui rendre visite rue Deschambault, dans la maison qu'elle partageait avec sa mère et sa sœur Clémence. Nous discutions de toutes sortes de sujets. Comme elle adorait la lecture et le théâtre, nous passions des heures à lire Shakespeare, l'un de ses auteurs préférés, et à écouter le disque des *soliloques* de John Barrymore dans *Hamlet*. Je me revois aussi, les mains haut levées, applaudissant Gabrielle qui, campée au beau milieu de son salon, tentait de réciter par cœur les mêmes tirades.

Cette passion pour la déclamation a mené mon amie à jouer dans trois pièces du Cercle Molière[1] – troupe dont je ne faisais pas encore partie à ce moment-là – puis à quitter l'enseignement pour aller suivre des cours d'art dramatique en Angleterre. Pour ma part, je la trouvais bien téméraire d'abandonner de la sorte un emploi stable pour un avenir aussi incertain. Mais je crois que si elle ne s'était pas détachée de son milieu, elle ne serait jamais devenue écrivain.

C'est seulement en 1947 que j'ai revu Gabrielle, la veille de son mariage, tout d'abord, puis le soir qui a précédé son retour pour le Québec. Je l'ai invitée à souper chez moi et nous avons bien *jasé* ensemble. Enfin, une conférence[2] prononcée à l'Université du Manitoba dans le cadre de la Société Royale du Canada, me l'a ramenée pour la dernière fois au printemps 1954.

Je regrette infiniment de ne pas avoir *tenu le contact* avec elle, mais elle vivait dans un monde, et moi, dans un autre. Notre séparation était inévitable.

De la nature... et des chats

Il est impossible d'évoquer le personnage de Gabrielle sans parler, même brièvement, de son amour pour la nature. Une anecdote datant de 1933, époque où nous enseigniions encore ensemble, me revient à la mémoire. Lors de l'Assemblée annuelle de l'Amicale Marie-Rose – laquelle réunissait toutes les anciennes élèves de l'Académie Saint-Joseph – la présidente nous avait demandé de débattre sur le sujet suivant: *«La vie rurale opposée à la vie citadine.»* Son tour de parole arrivé, ma consœur s'était alors lancée dans un éloquent et amusant plaidoyer en faveur de la campagne. Cette spirituelle intervention avait bien entendu déclenché l'hilarité générale, mais ne préfigurait-elle pas déjà la vision idyllique qu'elle nous donnerait un jour de la nature dans son œuvre: celle d'un Paradis terrestre?

Si Gabrielle entretenait des liens sensibles avec notre environnement, elle était également très attachée aux animaux. Un autre souvenir, remontant à peu près à la même période, est resté gravé dans mon esprit. Un soir, mon amie était venue me chercher à la maison pour *prendre une marche* sous la pluie – aussi surprenant que cela puisse paraître, c'était là l'un de ses passe-temps favoris. Alors que nous déambulions toutes les deux dans les rues de Saint-Boniface, Gabrielle s'est aperçue, tout à coup, qu'un petit chat noir nous suivait dans l'ombre, pas à pas. Transi de froid et tout dégouttant d'eau, le pauvre minet paraissait complètement affolé. Ma compagne l'a aussitôt pris dans ses bras et abrité sous son vêtement afin de le réchauffer. Et le lendemain, pour rire, je lui ai fait parvenir cette note dans sa classe: *«Quelle âme charitable sous cet imperméable! Qu'en est-il de ce chaton perdu?»*

Comme vous le voyez, nous nous amusions avec bien des folies! Et c'est la raison pour laquelle je préfère ne conserver dans ma tête que l'image de la Gabrielle de ces années-là. Car sur les photos qui ont été prises d'elle vers la fin de sa vie, j'ai constaté, presque avec horreur, que la vieillesse et la maladie avaient tout effacé de son beau visage...

MARCELLE LEMAIRE :
FRAGMENTS DE VIE AVEC GABRIELLE

« (...) et je l'enchantai, j'imagine, comme j'avais enchanté
Phyllis et en enchanterai tant d'autres sur ma route (...) »
La Détresse et L'Enchantement

Fille de Paul Lemaire, un agriculteur d'origine française, et d'An-
toinette Lamoureux, professeur, Marcelle fut élevée à Saint-Norbert,
une petite localité au sud de Winnipeg.

Jeune fille au caractère tenace et affirmé, très tôt attirée par la connaissance et le savoir, elle entra chez les Sœurs des SNJM pour devenir
institutrice. Elle exerça ses fonctions dans divers villages manitobains,
ainsi qu'à Saint-Boniface, et acheva sa carrière comme professeur du
secondaire à Montréal, puis directrice d'école. Voyages, informatique,
peinture et travaux manuels rythment aujourd'hui les loisirs de l'active
Marcelle.

Quoiqu'elle n'ait pas entretenu de relations très intimes avec
Gabrielle, notre amie pose, par-delà les années, un regard ému et indulgent sur celle qui se révélait sans masque lors de ses visites au Manitoba,
dans son naturel plein d'esprit et de charme, mais aussi ses petitesses
naïves et ses faiblesses enfantines.

Une affable consœur

J'ai rencontré pour la première fois Gabrielle Roy à l'occasion d'un
congrès d'enseignants à Saint-Boniface, lorsqu'elle était institutrice à
l'École Provencher. À cette époque, j'enseignais moi-même dans une
petite école de campagne. Jusqu'alors, je ne la connaissais que de vue et
par ouï-dire. Elle avait la réputation d'être une excellente pédagogue et
une jeune fille aimable et très affectueuse: en effet, elle allait réguliè-
ment visiter sa sœur Bernadette, religieuse chez les Sœurs des SNJM;
institutrice come elle, mais à l'Académie Saint-Joseph.

Ouverte et secrète Gabrielle

Je me souviens en particulier être passée la voir à l'été 1974 dans son chalet de Petite-Rivière-Saint-François, au cours d'un voyage que j'effectuais en compagnie d'une amie commune, Sœur Amanda Deharnais[1]. Cette année-là, je poursuivais des études au Québec.

Nous avons passé une bonne partie de l'après-midi auprès de la romancière[2]. Je ne me souviens plus guère du contenu de nos discussions, mais Gabrielle nous a reçues toutes deux avec une exquise gentillesse. Elle paraissait en bonne santé et profitait pleinement de sa retraite estivale où elle pouvait contempler et jouir en toute liberté de la nature.

Gabrielle était une femme pudique et réservée qui ne cherchait jamais à paraître. Ainsi rendait-elle toujours visite incognito à sa sœur Clémence au Manitoba. Elle demeurait cachée et ne communiquait avec personne, n'acceptant de rencontrer que quelques rares religieuses et amies intimes. Sœur Berthe Valcourt, de la communauté des Sœurs des SNJM, l'hébergeait à Saint-Boniface, et il m'est arrivé moi-même de la *transporter* dans les différents endroits de la province où elle désirait se rendre.

Même si je n'ai fréquenté l'auteur que de manière très épisodique, j'ai encore d'elle l'image d'une femme charmante, très intelligente et parfaitement accessible. Sa simplicité n'excluait cependant ni les caprices d'un esprit versatile ni les sinuosités d'une âme complexe et compliquée[3].

Lettre de Gabrielle Roy à Marcelle Lemaire

Cette lettre a toujours amusé Marcelle Lemaire en raison des digressions superflues dans lesquelles la romancière se perd au sujet des modalités de son voyage au Manitoba et des circonlocutions infinies dont elle enrobe ses demandes de services. Elle demeure néanmoins intéressante pour le lecteur: outre les soins constants dont Gabrielle entourait sa sœur Clémence, elle révèle le bonheur intense que l'écrivain éprouvait en renouant avec ses promenades par les petits chemins de terre de sa province.

Petite-Rivière-Saint-François, le 10 août 1974

Chère Sœur Marcelle,

Je vous écris au sujet de notre chère amie Amanda, comme vous ne m'avez pas laissé d'adresse pour cette semaine qui vient. Mais peut-être serez-vous aussi à Saint-Jérôme (Laurentides) et Amanda n'aura-t-elle qu'à vous passer ma lettre. De toute façon, c'est un peu à vous deux que j'écris. En fait, je m'autorise de votre aimable autorisation de passer un moment avec vous dans votre maison à Windsor Park[1].

C'est que je ne suis pas sûre de pouvoir arriver de jour à Winnipeg par avion. Je vais faire tout mon possible pour arriver par l'avion de 6 h30 ou quelque chose d'approchant. Mais même à cette heure je sais que ce n'est pas commode pour Sœur Ross des Sœurs de la Providence à Otterburne[2] de venir me chercher à l'aéroport pour m'emmener le soir même à cet endroit. Si vous pouviez m'accorder l'hospitalité cette nuit de mon arrivée, je vous en serais reconnaissante. Pour moi, c'est plus discret que d'aller à l'hôtel, et j'aimerais mieux aller chez des amies qui ne parlent pas de mon arrivée à d'autres. Ainsi j'aurais la paix au cours de ce séjour où j'en aurai plein les bras, croyez-moi, de m'occuper de Clémence. Je veux donc pouvoir me consacrer à cette tâche pour avoir à faire face à d'autres obligations. Le lendemain, je pourrai téléphoner à Sœur Ross, ou prendre un taxi — ce n'est pas si énorme — ou encore si vous êtes libre et que vous avez le goût de me conduire à destination, de partir avec moi. Ce qui serait charmant. Sans oser trop le demander, connaissant les occupations dans lesquelles vous êtes plongée jusqu'au cou en rentrant du Manitoba, je n'avoue que bien bas que de rôder un peu sur les petites routes de mon pays natal me parvient un immense plaisir. Même s'il se trouvait quelqu'un de connaissance libre de son temps, sachant conduire, je lui louerais bien volontiers ses services en payant aussi bien entendu toute dépense de voyage, pour la durée de mon séjour afin de m'assurer et d'assurer aussi à Clémence qui n'a pas tellement de distractions, une semaine ou deux de vraies vacances heureuses.

Dites-moi ce que vous pensez de cette idée. Et si vous connaissez une personne qui ferait l'affaire? Difficile, n'est-ce pas?

Enfin, je m'en remets à vous. Si vous ou Amanda pensez pouvoir me loger une nuit à l'arrivée, je vous verrai ensuite pour vous donner la date de cette arrivée. J'espère que ce sera aux environs du 3 août. Si cette date devait être beaucoup reculée j'imagine que ce serait après la rentrée des classes. Je vais faire l'impossible pour pouvoir partir vers le 26 ou le 27 août.

De votre côté auriez-vous la bonté de m'indiquer par un mot ou un coup de téléphone que vous avez de la place pour moi pour vous déranger? Serait-ce un terrible inconvénient si j'arrivais plus tard? L'an dernier, même en y pensant plus de deux semaines en avance je n'ai pu me déplacer dans un autre avion que celui arrivant à Winnipeg vers dix-neuf heures, je crois.

J'espère que votre voyage se poursuit dans la joie. Votre halte chez nous a fait la nôtre. Notre amical souvenir à toutes deux.

Gabrielle Roy-Carbotte

Lettre de Gabrielle Roy à Sœur Anna-Josèphe (Françoise Carignan)[1]

Le service des Archives de la communauté des Sœurs des SNJM de la Résidence Saint-Joseph (Saint-Boniface) a bien voulu me confier la lettre que Gabrielle adressa jadis à leur homologue en réponse aux questions qu'elle lui avait posées sur ses anciennes éducatrices. En 1958, Sœur Anna-Josèphe achevait alors ses études de Lettres par la rédaction d'un mémoire intitulé *La Congrégation des Sœurs des Saints Noms de Jésus et de Marie et son Apport à l'Enseignement du Français au Manitoba.*[2]

Toujours prompte à rendre service, et en souvenir des religieuses, Gabrielle se lança dans l'apologie de Sœur Diomède, son professeur de français, qui fut en quelque sorte son premier mentor et décida de son orientation et de ses choix littéraires.

L'art de la romancière, qui associe de petites touches rapides et précises à de brèves annotations visuelles et auditives, culmine ici en un portrait vivant, émouvant, tout auréolé de chaleur humaine et de sensibilité.

Le 28 février 1958

Chère Sœur Anna-Josèphe,

À l'usage de votre thèse en préparation vous me demandez si je n'aurais pas quelque chose à dire sur une ou quelques unes des institutrices qui m'ont enseigné le français lorsque j'étais élève à l'Institut Collégial Saint-Joseph — on l'appelait alors l'Académie Saint-Joseph. Vous me demandez aussi si quelques unes de mes maîtresses n'ont pas exercé peut-être une certaine influence sur la vie que j'ai choisie; je le pense, cela doit être au moins dans une certaine mesure. Il est presque impossible en effet qu'à l'âge le plus impressionnable on n'ait pas été marqué d'une façon ou d'une autre par nos maîtres. Je n'ai pas cependant de souvenirs précis là-dessus. En revanche, je me rappelle fort bien les cours de littérature française qu'en douzième année nous donnait Sœur Marie-Diomède.

Je ne vous apprendrai rien bien sûr en vous disant son aimable culture, son goût sensible et bien d'autres qualités dont la plus précieuse, sans laquelle auraient moins brillé les autres, était peut-être son enthousiasme. Ce que Sœur Marie-Diomède aimait en littérature, il fallait être bien morne, apathique ou singulièrement rétif pour ne pas être, par son extraordinaire ferveur, emporté à l'aimer tout autant.

Comment s'y prenait-elle? Peut-être avant toute chose par sa propre émotion esthétique, si sincère et communicative. Une phrase chargée de beauté, un vers harmonieux, une image neuve ravissaient si bien notre maîtresse qu'elle en paraissait bouleversée. À les rencontrer, au hasard d'une page ou dans ses souvenirs, soudainement ses yeux brillaient, sur son visage venait cette expression de joie un peu douloureuse que, je l'ai compris plus tard, peut nous procurer la lecture.

Maintenant encore, derrière certaines pages de Daudet, il m'arrive parfois de les relire, j'entends, comme toute mêlée à leur charme provençal, la voix de Sœur Marie-Diomède lisant La Chèvre ou bien L'Élixir; entre les pages, de loin, me surprend le souvenir de ses yeux aux regards humides.

Chère Sœur Diomède! Peut-être m'a-t-elle inculqué une tendresse quelque peu excessive pour les chauds contes, pleins de soleil; tout cela était si innocent, encore si protégé. Mais n'importe, chaque âge de la vie a ses révélations. Ce qui importe, c'est qu'elle ait réussi à nous communiquer, à moi et à quelques autres sûrement, le goût et le sens des grandes amitiés littéraires (...).

Gabrielle Roy

IV

LES ÉLÈVES

Si les anciennes camarades de classe et consœurs de Gabrielle Roy nous ont quittés, pour la plupart, ses élèves, par contre, sont bien vivants. Ils sont – ou plus exactement étaient, tous ayant aujourd'hui atteint l'âge de la retraite – directeur d'école, instituteurs, artiste-peintre ou bien encore agriculteurs, éleveurs, cow-boys, gérant de bar, caissière, ouvriers, garde-malade, et résident toujours dans leur province natale.

Par pudeur, par discrétion, pour des raisons de santé, invoquant une mémoire trop défaillante ou prétextant n'avoir rien de spécial à dire, certains d'entre eux ont préféré demeurer dans l'ombre. En revanche, une dizaine d'autres ont accepté d'emblée de faire revivre le souvenir, à la fois ému et enthousiaste, de celle qui sut si bien captiver leur cœur par sa beauté, sa gentillesse, ses dons de conteuse, et capter leur esprit par ses leçons peu ordinaires où les jeux et les sorties dans la nature avaient détrôné, comme par miracle, le fouet et les punitions.

Il faut reconnaître que, devançant de près de trente ans nos théories modernes sur l'éducation, les méthodes de travail de Gabrielle avaient de quoi surprendre et marquer durablement ses petits protégés!

Six anciens élèves représentent le village de Cardinal où l'auteur suivit jadis ce que l'on pourrait appeler son «apprentissage». Au contact d'enfants parfois difficiles, elle se forme, forge ses premières armes, apprend la dure loi du métier, savant mélange d'exigence et d'équité. Au bout du compte, elle passe dix mois inoubliables!

Un seul témoin s'est offert à prendre la parole au nom des écoliers autrefois inscrits à l'École Provencher de Saint-Boniface. Les sept années que Gabrielle y professa doivent être considérées comme une période d'accomplissement, de progrès, d'élévation de soi et des autres. Mettant en application les valeurs et les principes éducatifs en lesquels elle croit, la nouvelle maîtresse, petit à petit, acquiert patience, aptitude pédagogique et sens de la psychologie. Surtout, de son expérience auprès de petits étrangers, elle tire une immense leçon d'amour, de sagesse et de fraternité humaine dont elle se souviendra toute sa vie.

Enfin, quatre «vieux enfants» – s'il m'est permis de les nommer ainsi – se sont proposés de raconter le séjour que Gabrielle effectua à la Poule d'Eau. Prélude au long périple européen qui l'attend, ce voyage initiatique lui permet non seulement de découvrir *«un aspect totalement inconnu de (son) pays»*[1] mais encore d'elle-même. En effet, nulle part mieux que dans cette petite île retirée au cœur du monde, une jeune institutrice n'aurait pu prendre pleinement conscience du caractère «missionnaire» de sa profession.

* * *

De récentes recherches ont démontré que l'enseignement, chez Gabrielle, était loin d'être une vocation[2]. C'est en grande partie vrai. Fortement influencée par une époque où ce métier apparaît comme la seule voie possible pour une jeune fille modeste de se cultiver et d'acquérir une indépendance financière, encouragée par ses sœurs, elles-mêmes institutrices; enfin poussée par sa mère qui, comme toutes les mères, désire par-dessus tout son «bonheur», elle n'a eu d'autre choix que de réaliser le rêve que d'autres ont fait pour elle.

Toutefois, ses élèves, mais aussi les membres de sa famille, ses camarades de classe, ses collègues et ses amies ont été unanimes à déclarer que Gabrielle avait *«l'enseignement dans le sang»*. Elle l'a d'ailleurs maintes fois prouvé.

Son diplôme de normalienne à peine obtenu, elle se lance avec toute l'ardeur et la fraîcheur naïves de ses vingt ans dans cette activité qu'elle considère alors comme un idéal: un but en soi.

En dehors de ses heures de classe, et même pendant les vacances, elle se surprend à faire la classe aux enfants qu'elle rencontre, leur apprenant l'alphabet, leur racontant des histoires, leur concoctant des distractions. Ainsi n'a-t-elle pas été la première maîtresse d'école de ses nièces et petits-cousins?

À de nombreuses reprises, elle aide aussi de jeunes amis à terminer leurs devoirs, leur récite des poèmes ou des fables, et s'ingénie à leur inventer des récits pleins d'humour. Le contact exceptionnel qu'elle entretient avec les enfants lui facilite, semble-t-il, amplement la tâche. En fait, sa réussite repose sur un secret: l'amour. Fine et intuitive, elle a très vite compris que seul un tel sentiment viendrait à bout des écoliers indisciplinés, rendus encore plus ombrageux par les problèmes auxquels, tant en ville qu'à la campagne, ils sont journellement confrontés: ségrégation linguistique, pauvreté, travail précoce, violence familiale, isolement, hostilité d'une nature démesurée aux températures extrêmes. En pédagogue sensible et attentionnée, elle avoue une préférence marquée pour les élèves rebelles et marginaux, manifestant déjà une «vraie» personnalité, ainsi que pour les petits immigrants de toutes nationalités, qu'elle s'efforce d'intégrer pour le mieux à l'école comme dans la société manitobaine.

Jeune, jolie, douce, attentive et ouverte à tous, comment Gabrielle n'aurait-elle pas, à son tour, suscité l'adoration des enfants, déchaîné les passions, voire éveillé de futures vocations? En effet, plus qu'une simple maîtresse d'école, ses élèves découvrent en elle une amie ou une grande sœur qui, à la différence des autres enseignantes, les écoute, les comprend, les gâte et se mêle volontiers à leurs amusements. N'en concluons pas pour autant que la jeune éducatrice laisse s'instaurer dans leurs rapports un climat de familiarité déplacée ou de regrettable laxisme! Bien au contraire, elle sait, comme par instinct, faire régner une sage discipline dans son entourage et s'imposer tout en demeurant elle-même: bonne, naturelle, généreuse.

* * *

À travers ces véritables «traités de pédagogie» que constituent *La Petite Poule d'Eau* et *Ces Enfants de Ma Vie*, l'écrivain a longuement réfléchi au rôle de l'école et de ses représentants dans notre société. Elle y dévoile les techniques d'enseignement qui, partie héritées de sa formation à l'École Normale, partie mises au point par ses soins, parurent d'avant-garde à ses contemporains: elles firent néanmoins leurs preuves auprès de ses élèves, perpétuant ainsi l'image de l'excellente institutrice que nous avons tous d'elle.

Sur le plan humain, Gabrielle considère son métier comme un don total et désintéressé de soi: *«Je (...) donnerais tout ce que je pourrais»*, se promet Christine, son image-miroir, avant de prendre son premier poste à Cardinal[3]. Consciente de l'extrême fragilité des enfants, elle se veut non seulement une sorte de filtre-protecteur entre le monde extérieur et ceux qui viennent oublier, tout en s'instruisant, les maux et les misères de leur existence, mais aussi recevoir l'amour dont ils sont parfois frustrés dans le giron de leur famille. Revivant à travers eux sa propre enfance ou peut-être celle qu'elle aurait aimé avoir, Gabrielle déploie toutes les ressources d'affection, de tact et de diplomatie dont elle dispose pour gagner l'amitié et la confiance de ses écoliers. Sa nouvelle, *De La Truite Dans L'Eau Glacée (Ces Enfants de Ma Vie)*, décrit la lente et patiente conquête de Médéric Eymard, un jeune Métis réfractaire à toute forme de scolarisation, davantage épris de chevauchées sauvages que de livres et cahiers. L'intérêt passionné que lui porte sa maîtresse finira par vaincre sa méfiance et sa haine de l'école.

Sur le plan intellectuel, tournant vertement en dérision le système éducatif anglophone fondé sur les cours magistraux et le matraquage des cerveaux par la répétition servile de discours patriotiques confus et ennuyeux[4], l'auteur prône l'instruction par le jeu, le dialogue, l'expression libre et l'épanouissement artistique de l'enfant. Ainsi, par sa clairvoyance harmonieusement mêlée d'habileté et de tendresse, que de dons, que de talents encore inexploités la narratrice ne met-elle au jour dans *Ces Enfants de Ma Vie*! Qui aurait deviné que derrière ces petits visages timides, rudes ou espiègles se cachaient respectivement un chanteur, un calligraphe, un peintre?[5] «(...) Lutter pour obtenir le meilleur en chacun»: tel est, selon Gabrielle, l'objectif suprême vers lequel devrait tendre tout pédagogue digne de ce nom.

Mais s'il est pure offrande de soi, l'enseignement demeure, avant tout, établi sur l'échange et la communication. Dans l'esprit de l'auteur, la classe ne se fait pas à sens unique: douée d'une grande capacité d'écoute et d'assimilation, elle entend bien apprendre, évoluer et se perfectionner au contact de ses élèves. Dans *De La Truite Dans L'Eau Glacée*, c'est grâce à l'adolescent Médéric que son héroïne comprend enfin la nature comme la meilleure école au monde. Cette conception neuve et originale de la profession explique sans doute la profonde dévotion dont Gabrielle faisait l'objet de la part de ses pupilles. Dans chacun des établissements où elle exercera ses fonctions, auprès de chacun de ses petits écoliers, elle vivra une expérience émouvante, hors du commun. Même si elle n'en saisit pas toujours immédiatement la portée ou la signification, elle s'en souviendra plus tard. Pour écrire.

*　*　*

Quoiqu'ils s'enorgueillissent d'avoir eu pour institutrice un grand écrivain tel que Gabrielle Roy, les anciens élèves interrogés ici déplorent très vivement qu'elle n'ait pas poursuivi sa carrière dans l'enseignement. Mais en fait, sait-on ce qui a bien pu pousser une jeune fille pleine de talent et appréciée de tous à abandonner ainsi un emploi qui s'annonçait riche de succès et de promesses?

Les hypothèses foisonnent: sa perte de foi en un idéal que les années commencent lentement à éroder, la crainte de la routine, le surmenage dû à un excès de professionnalisme, le sentiment de son incomplétude, tant dans le domaine des études que de sa vie personnelle, la lassitude de Saint-Boniface où elle se sent de plus en plus étrangère, la charge que risquent de représenter, à plus ou moins brève échéance, sa mère et sa sœur Clémence, le rêve d'un avenir plus excitant et enrichissant, une irrésistible attirance pour le métier de comédienne qui lui permettrait de gagner plus d'argent et de soulager la misère des siens tout en se faisant reconnaître à sa juste valeur.

Sans doute entre-t-il un peu de tout cela dans la décision que prend Gabrielle, un beau jour, de remettre sa démission. Mais l'une des raisons principales de son départ – à laquelle peu de critiques ont, jusqu'ici, prêté attention – c'est cette peur de l'échec qui, depuis huit ans, ne cesse de la hanter.

En effet, plus qu'à aucune autre, sa sensibilité exacerbée lui a fait prendre conscience des exigences impérieuses de sa mission et de la lourde responsabilité qui lui incombe. Excessivement perfectionniste et pointilleuse, elle use son énergie en perpétuelles hésitations et remises en question. Reflet de ses doutes, de ses appréhensions, son œuvre elle-même apparaît ponctuée, en filigrane, d'interrogations qui pourraient se traduire ainsi: Suis-je capable d'apporter aux élèves tout ce qu'ils sont en droit d'attendre de moi? Suis-je vraiment faite pour ce métier? Serai-je toujours à la hauteur?

À l'air triste et rêveur qu'elle affiche parfois en classe, ses écoliers ont-ils compris que le «bonheur d'enseignement», chez Gabrielle, serait éternellement teinté d'angoisse et de tourment? Face au gouffre insondable de son scepticisme, incapable de résoudre son stress – pourtant bien naturel chez une institutrice débutante – et les conflits intérieurs qui la rongent, Gabrielle choisit, en quelque sorte, la fuite...

Par goût du romanesque – dans *La Détresse et L'Enchantement*, n'a-t-elle pas éprouvé une secrète jouissance à se réinventer un destin extraordinaire? – mais sans doute avant tout pour se justifier vis-à-vis de sa famille et de ses lecteurs, elle allègue un mystérieux et pressant *«appel»*, venu du fin fond des âges, auquel elle aurait été contrainte d'obéir. Dans son œuvre, elle usera jusqu'à l'obsession de ce terme. Soit!

Mais surtout, liée à ce fameux appel, il y a, plus crédible et acceptable, cette poétique *«voix des étangs»*[6] que Christine, son alter ego, a entendu à l'adolescence dans le jardin de ses parents: l'éveil de sa conscience d'écrivain. Car même si le cours de sa destinée littéraire ne se fixe définitivement qu'aux alentours de la trentaine, il est difficile de ne pas parler de «vocation» au sujet de Gabrielle.

Ainsi, depuis sa plus tendre enfance, – un témoin anonyme avancera l'âge de six ans – et très régulièrement à partir des années trente, s'adonne-t-elle avec une ardeur fébrile aux douloureuses joies de l'écriture.

Que ce soit à Cardinal, à l'École Provencher ou à la Poule d'Eau, tous ou presque tous ses élèves affirment l'avoir vue prendre des notes ou noircir des cahiers entiers après ses heures de classe et pendant ses jours de congé. Ils s'en souviennent d'autant mieux que cette pratique, inhabituelle chez les autres maîtresses d'école, soulevait chez eux maintes questions et les intriguait terriblement.

En outre, elle suit avec assiduité des cours de composition, publie des nouvelles dans divers journaux provinciaux, s'essaie à tous les genres[7]. Certes, son art n'en est encore qu'à ses tout premiers balbutiements, mais doit-on ne voir en lui qu'un simple moyen d'évasion, qu'une vulgaire activité de défoulement?

Malgré les essais infructueux, les inévitables tâtonnements de sa plume et les incertitudes sur son parcours littéraire qu'elle évoque dans *La Détresse et L'Enchantement*, certains de ses écoliers attestent qu'à cette époque, Gabrielle se sentait déjà devenir écrivain.

Enfin, que penser de la déclaration quasi prophétique qu'elle effectua un jour devant tout son petit monde ébahi, comme si elle avait eu, en une fraction de seconde, la révélation de son futur chef-d'œuvre, *Bonheur d'Occasion*: «*Un jour, j'écrirai un livre, et tout le Canada le lira!*». Pour les élèves de Cardinal, il ne fait aucun doute: Gabrielle savait parfaitement qu'un jour elle serait écrivain.

*   *   *

Huit années d'enseignement ne pouvaient qu'avoir laissé une empreinte indélébile dans l'âme compatissante de la jeune Bonifacienne; elle s'épanchera dans deux romans majeurs: *La Petite Poule D'eau*, fervent plaidoyer en faveur de la langue française, et *Ces Enfants de Ma Vie*, un tableau de la condition enfantine dans les années vingt et trente. Les textes plus intimes, *«Mémoire et Création» (Fragiles Lumières de la Terre)* et *La Détresse et L'Enchantement* retracent, quant à eux, les différents itinéraires enseignants de Gabrielle. Enfin, sa nouvelle *«L'Enfant Morte» (Cet Eté qui Chantait)* ravive un tragique souvenir: le décès d'une fillette de Marchand que la narratrice regrettera toujours de ne pas avoir eue comme élève.

C'est sans doute parce qu'elle est constamment harcelée par le passé, peut-être aussi par le remords d'avoir jadis délaissé son métier et ses élèves que la romancière se lance dans cette quête éperdue du «temps oublié». S'efforçant de le restituer pour ses lecteurs, ou plus exactement de le recréer selon sa propre vision, son propre rythme intérieurs. De fait, elle idéalise et transpose des anecdotes parfois banales mais qui, par son regard de poète, la puissance de son imagination et ce talent rare à rendre toute chose – même inventée – si vraie, si sensible, si palpable, prennent valeur de symboles et atteignent à l'universel. Ainsi, magnifiée, l'image de l'école, de l'institutrice et des tout-petits se hisse-t-elle au rang de véritable mythe.

Avec Gabrielle, «Femme-à-la-Plume-Magique»[8], chaque établissement scolaire devient une sorte de famille, de «foyer» – dans tous les sens du terme – où brûle en permanence le feu sacré du savoir, de la joie et de la solidarité entre maîtres et élèves.

Au sein des villages les plus isolés du Manitoba, l'enseignante, quant à elle, fait figure d'envoyée, de dispensatrice de cette Connaissance et de ces valeurs fondamentales qui permettront non seulement aux «initiés» d'accéder à un statut social plus élevé que celui de leurs parents, mais aussi à la dignité d'hommes et de femmes responsables.

Enfin, poursuivant son rêve utopique et pacifiste de communion fraternelle, la romancière voit les enfants comme autant d'«anges-messagers» de l'Amour, seul langage capable de triompher de tous les obstacles, de toutes les différences et disparités dans le monde.

* * *

Ainsi, en quittant successivement Marchand, Cardinal, l'École Provencher et la Poule d'Eau, Gabrielle ignorait-elle qu'elle y reviendrait un jour: par les voies de l'écriture. En effet, son œuvre inachevée d'institutrice, paradoxalement, aura enrichi celle de la romancière, plus construite et accomplie.

Ses anciens élèves, quant à eux, peuvent être fiers d'avoir contribué à façonner une œuvre et une personnalité d'écrivain en lui fournissant les héros, et la matière même de ses livres. En contrepartie, n'a-t-elle pas fait d'eux, à travers ces pages, des écoliers modèles, des modèles d'écoliers, ceux que tout enseignant rêverait d'avoir?

UNE INSTITUTRICE:
«GABRIELLE, L'ÉCRIVAIN DU CŒUR»

> *« C'était un tout petit village par terre, je veux dire vraiment à plat dans les plaines, et presque entièrement rouge, de ce sombre rouge terne des gares de chemin de fer dans l'Ouest. Sans doute le CNR avait-il envoyé de la peinture pour peindre la gare et les petites dépendances du chemin de fer: la baraque aux outils, la citerne à eau, quelques wagons désaffectés qui servaient de logement au chef de secteur et à ses hommes. »*
>
> «Gagner Ma Vie» (Rue Deschambault)

Ce témoignage est le plus fourni de ceux que j'ai pu recueillir sur l'année d'enseignement de Gabrielle à Cardinal. Vivantes, pleines de fraîcheur et de spontanéité, les saynètes qui le composent nous renseignent non seulement sur la personnalité et les goûts de la jeune fille, à la fin des années vingt, mais aussi sur sa vie quotidienne, ses méthodes de travail et ses activités non-professionnelles. Ces courtes scènes s'enrichissent encore d'anecdotes inédites sur ses rapports avec ses élèves et leurs parents, comme avec la langue française qui sera l'un des principaux «acteurs» de la vie de l'écrivain.

À l'arrière-plan de ce portrait-document, se dessine, dans sa bienveillante rudesse, le visage de Cardinal et de ses pionniers – tout un *«petit monde»*, comme on dit là-bas – que ressuscitent des œuvres aussi attachantes que *«Gagner Ma Vie» (Rue Deschambault)* ou *Ces Enfants de Ma Vie*.

Des conditions de vie précaires

Gabrielle est arrivée à Cardinal à la fin du mois d'août 1929. Elle s'est installée tout d'abord dans la maison de Wenceslas Lemieux[1], un fermier qui travaillait alors en Ontario. Cette cabane en tôle rouge jouxtait la propriété des parents de Marcel Lancelot[2], l'un des futurs élèves de l'intéressée.

La jeune institutrice, qui quittait sans doute pour la première fois son milieu familial, s'est très vite trouvée confrontée à de multiples difficultés d'ordre matériel. Comme elle ne savait guère cuisiner, Mme A..., une habitante du village, lui faisait porter de temps en temps un poulet accompagné de «pétaques-bananes», d'étranges pommes de terre aux formes amusantes.

La maison Lemieux ne possédait évidemment ni les commodités ni le confort dans lesquels la demoiselle avait été habituée à vivre jusqu'ici. Un petit *chauffeur* – dont elle avait eu toutes les peines du monde à apprendre le fonctionnement – diffusait sa maigre chaleur à travers la pièce principale tandis que le vent, secouant les *bardeaux* avec rage, se glissait dans l'humble logis par les moindres interstices du toit. Dans deux de ses ouvrages, la romancière s'est plaint du froid glacial qui régnait en maître dans sa demeure.

Mais plus que la rigueur du climat, c'est la solitude qui est devenue, en l'espace de quelques semaines, la «meilleure ennemie» – si je puis dire – de Gabrielle. Afin de remédier à cet état de fait, deux de ses élèves, Louis Blain[3] et Philippe Cardinal[4], sont allés dormir à tour de rôle chez elle. Je me souviens que la jeune fille leur préparait un petit lit dans un coin de son logis.

Finalement, lasse de souffrir de faim, de froid et d'isolement, la nouvelle maîtresse d'école a transporté ses pénates chez M. et Mme B..., qui vivaient au centre du bourg. Dans le dessein d'y faire des connaissances, elle se rendait presque chaque jour au *magasin général* et là, perchée sur le comptoir, observait pendant des heures les joueurs de cartes. Elle adorait écouter la conversation de ces hommes, car ils s'exprimaient dans un français châtié, très éloigné de celui qu'elle avait coutume d'entendre chez elle. En effet, ses parents, qui étaient des gens très *ordinaires*, utilisaient entre eux un parler négligé. Plus tard, on retrouvera ces scènes de parties de cartes dans *Bonheur d'Occasion*.

Une institutrice en or

Contrairement à ce qu'elle craignait, Gabrielle n'a pas eu à déployer des trésors de patience et d'ingéniosité pour se faire accepter par la population locale. En effet, c'est spontanément et presque malgré elle qu'elle a conquis le cœur et l'âme de mes concitoyens.

Par son physique, tout d'abord. C'était une jolie jeune fille aux cheveux châtains clairs, aux yeux verts, soucieuse de sa personne et toujours tirée à quatre épingles.

Par ses compétences, ensuite. Dès le jour de la rentrée, elle s'est révélée une enseignante dévouée, enthousiaste, passionnée par son métier et par le contact avec les jeunes. Elle s'intéressait à tous les élèves sans exception, félicitant les plus forts, encourageant les plus faibles et distribuant avec une constante équité récompenses et punitions. La souplesse dont elle usait dans l'exercice de sa discipline lui a rapidement valu, d'ailleurs, la confiance et l'affection de tous les écoliers. Et elle-même déclarait fièrement à leur sujet: *«Ce ne sont pas mes élèves, mais mes amis...»*

Par sa simplicité, enfin. La jeune institutrice allait facilement au-devant des villageois, s'efforçant d'apprécier leurs caractères et de recueillir leurs suffrages ou leurs conseils. À cette époque, Cardinal était un *enclos* de gens très différents de ceux de Saint-Boniface. Profondément convaincus d'avoir engendré des enfants-modèles, tous ou presque ne jugeaient une enseignante qu'en fonction de la préférence qu'elle accordait à l'un ou l'autre d'entre eux. Si elle ne paraissait manifester qu'une attention mitigée aux petits Untel ou Untel, la malheureuse perdait à tout jamais l'estime et la considération générales.

Toutefois, l'esprit de justice et de loyauté qui animait Mlle Roy l'a toujours préservée de ce genre de désagrément. Selon l'expression consacrée, elle a même fini par*«en faire arracher»* à un vieil avare comme le Père C... ou à la détestable bougonne qu'était la Mère D...!

Une enseignante mi-femme mi-enfant

En dehors de ses heures de classe, Gabrielle a tenu un rôle important dans l'organisation des jeux et des divertissements de ses élèves. Par exemple, à l'occasion des battages, c'est elle qui leur a suggéré de préparer un pique-nique et d'affecter Mme A..., son ancienne «mère nourricière», à la fabrication du pain.

Cette douceur à peine sortie du four, je revois Gabrielle s'enivrer de son odeur chaude et croustillante avec des cris de gourmandise et d'envie. Mme A... lui en a alors tendu une miche en hochant vigoureusement la tête. Rompue aux rudes travaux de la boulange, la brave femme ne comprenait pas, en effet, que l'on fasse tant de simagrées pour un simple morceau de pain!

Le repas champêtre s'est déroulé dans la joie et la bonne humeur. Tout d'abord, Gabrielle et les enfants ont infusé du thé dans un bidon à sirop suspendu au-dessus du feu. Ensuite, ils ont grillé des saucisses sur les braises. Enfin, ils ont mis une bonne grosse truite à cuire sur des branches disposées en V.

Les joies de la glisse

En dépit de ses dix-neuf ans, Gabrielle était restée très enfant ou, si l'on préfère, très jeune d'esprit. Savez-vous ce qu'elle avait acheté avec l'argent des parents de ses élèves? Une *toboggane*.

L'hiver venu, la maîtresse et les écoliers ont aménagé une glissoire dans la neige et, entassés tant bien que mal sur la luge, s'en sont donnés à cœur joie pendant des journées entières.

Aucun enfant de Cardinal n'a oublié, sans doute, la mésaventure survenu à E...., le cancre de la classe, au cours d'une de ces parties de plein air. Ce garçon était si gros et si paresseux qu'il avait trouvé le moyen de s'endormir au beau milieu d'une descente! Et le comble, c'est qu'il ne s'était même pas réveillé lorsque après s'être retrouvé expulsé du traîneau par un cahot, il avait roulé comme une boule le long de la pente!

Ces scènes amusantes se déroulaient alors sous l'œil jaloux et furibond du Père C...., un vieux grigou qui avait refusé de verser un seul *cent* pour une acquisition jugée des plus futiles.

L'habit de Noël

C'est dans cette même atmosphère de joyeuse excitation que Gabrielle et ses chères têtes blondes ont entrepris de célébrer les fêtes de Noël. La jeune fille, qui avait porté jusqu'à présent le demi-deuil de son père, arborait pour la circonstance un superbe *costume* blanc. Sa mère le lui avait spécialement confectionné pour la soirée de concert. L'écrivain, qui arrange ses souvenirs selon son bon plaisir, habillera d'un tailleur semblable Mlle Côté, l'institutrice de *La Petite Poule D'Eau*.

L'apprentissage de l'équitation

Si Gabrielle participait activement à la vie de notre petite communauté, elle se réservait aussi de longues heures de liberté pour ses loisirs personnels: la marche à pied et l'équitation.

À ce sujet, une anecdote particulièrement plaisante me revient à la mémoire. Un jour, la jeune fille est allée demander une selle à la ferme des F... – ça devait être la première fois qu'elle approchait un cheval[5] – Or, dans cette famille, l'on ne montait jamais autrement qu'à cru. L'institutrice a donc enfourché une petite jument, G... – qui apparaîtra par la suite dans l'un de ses livres – et commencé à lui bourrer les flancs de coups de talon. Peine perdue! L'animal, dont les naseaux plongeaient dans une auge débordante de foin, refusait d'avancer d'un seul pas... Avisant alors une petite fille qui jouait dans la cour, Gabrielle lui a crié: «*Passe-moi la horre!*» Mais la gamine, qui n'avait encore jamais entendu ce mot, très manitobain, mais très rare, s'est mise à fixer son aînée d'un air ahuri. «*Passe-moi la horre!*» a ordonné de nouveau la cavalière, une pointe d'irritation dans la voix. La pauvre petite a tourné un regard implorant vers sa mère qui écrémait le lait à proximité, laquelle, à son tour, a haussé les épaules en signe d'incompréhension.

«*Où?*» a bégayé l'enfant, rouge d'embarras. «*Mais là, voyons!*» a répliqué Gabrielle, excédée, en pointant le doigt vers un grand bâton qui traînait à terre. «*Mais c'est une trique!*» a protesté rageusement la fillette en se baissant pour la ramasser. Et les larmes, dans ses yeux, avaient fait place à une éloquente moue de réprobation.

L'héritage francophone

Comme vous le voyez, Gabrielle se montrait particulièrement à cheval – si je puis me permettre ce jeu de mots – sur le chapitre de la langue française. Le respect et la précision dont elle témoignait dans son usage l'ont même poussée à batailler toute une soirée sur un mot utilisé par un jeune garçon d'une manière impropre.

La scène se passait dans la cuisine de M. et Mᵐᵉ H... Gabrielle bavardait bien tranquillement avec le fils de ses hôtes lorsque, tout à coup, soit par inadvertance, soit par souci d'originalité, celui-ci s'est pris à évoquer la «*charmante route d'Altamont.*» «*On ne doit pas dire charmante, mais belle ou agréable*, a aussitôt corrigé la maîtresse d'école, *charmante sert à qualifier les personnes*». «*Mais moi, je trouve cette route*

113

charmante quand même, a rétorqué insolemment le jeune homme, piqué au vif, *et je dirai ce qu'il me plaît!»* Et les voilà en train de se disputer comme des chiffonniers! Pour ma part, j'ai trouvé très choquant qu'un adolescent mal dégrossi ose ainsi tenir tête à l'institutrice.

Mais la conclusion de cette histoire va vous surprendre. Quelques années plus tard, en lisant l'œuvre de la romancière, vous ne devinerez jamais ce que j'ai découvert. Eh bien, elle avait emprunté à son tour l'épithète *«charmante»* pour décrire *La Route d'Altamont...* C'est bien la preuve qu'avec Gabrielle, il fallait toujours s'attendre à tout, ou plus exactement qu'elle était passée maître en l'art de la provocation!

Le temps des examens

Cependant, la fin de l'année scolaire approchait à grands pas avec son cortège d'épreuves et de concours, de résultats attendus dans la crainte et l'angoisse, de remises de prix et de diplômes...

Les élèves de quatrième année étaient obligatoirement soumis à un examen paroissial d'anglais dont les écrits se déroulaient au village de Notre-Dame de Lourdes, à cinq kilomètres d'ici.

Afin d'encourager les jeunes francophones à conserver leur langue maternelle, le gouvernement avait également créé un examen paroissial de français qui récompensait le meilleur élément des classes A, B ou C — cette dernière lettre se rapportant à la petite école de Cardinal. Chez nous, tous les niveaux étaient réunis dans une seule classe. Chez nos voisins, par contre, il y avait une classe pour chaque niveau.

Une rivalité quasi ancestrale opposait Cardinal à Notre-Dame de Lourdes, dont les élèves jouissaient d'une détestable réputation de cancres, de tricheurs et de paresseux...

Tout au long de l'année, Gabrielle avait non seulement consacré une heure par jour à l'étude du français, mais tenté d'inculquer à ses «chérubins» l'amour de cette langue, fondatrice de notre pays.

Quelques semaines avant l'examen, l'ambitieuse institutrice a ouvert sa classe une demi-heure plus tôt que d'habitude afin de procéder à d'ultimes révisions. *«Donnez VOTRE solution au problème qui sera posé,* recommandait-elle, *et non pas celle du voisin! N'écoutez ni les niaiseries ni les ricanements des autres, et surtout, ne trichez pas!»* Et de citer l'exemple d'une ancienne élève de Cardinal qui, faisant fi de la soi-disant «bonne réponse» soufflée par les garçons de Notre-Dame de Lourdes, avait inscrit sur sa copie celle que lui dictaient ses connaissances et sa conviction et ainsi brillamment remporté le prix.

Hélas! pour Gabrielle, le concours a été annulé au dernier moment, la privant de l'orgueil de voir triompher ses jeunes «prodiges»...

Le temps des adieux

Enfin, l'heure du départ a sonné pour la jeune maîtresse d'école. Un à un, les enfants ont défilé dans sa classe pour lui faire leurs adieux. Selon la coutume, les uns lui ont offert des cadeaux, les autres des fleurs – le fameux bouquet que le jeune cow-boy Médéric lancera par la fenêtre du train à l'institutrice de *Ces Enfants de Ma Vie*[6].

Pour ma part, je me rappelle encore les dernières paroles que Gabrielle a prononcées, les yeux levés au ciel et les bras largement déployés sur l'horizon de la plaine: *«Un jour, j'écrirai un livre, et tout le Canada le lira!»* Évidemment, j'étais loin d'imaginer que cette prophétie se réaliserait quinze ans après...

Puis elle est repartie pour *«l'autre bout du monde»*, comme on appelait Saint-Boniface en ce temps-là. À une époque où les gens de la campagne ne se déplaçaient que pour les grandes occasions, un voyage d'une centaine de kilomètres semblait une véritable expédition.

Une curieuse ré-union

Cinq ans plus tard, la brillante petite I..., de Cardinal, est entrée en douzième année à l'Académie Saint-Joseph, face à l'École Provencher où son ancienne institutrice enseignait depuis lors. Un soir, les deux jeunes filles se sont croisées par hasard non loin de la Cathédrale. Cependant, I... m'a confié avoir été profondément déçue par ces retrouvailles. En effet, quoique Gabrielle ait immédiatement reconnu son ex-élève, ses yeux sont restés mi-clos et comme perdus dans le vague pendant toute la durée de leur conversation.

Par la suite, l'adolescente a regretté d'avoir si mal jugé sa maîtresse d'école, celle-ci étant alors probablement en train de se remémorer un souvenir, de corriger une phrase dans sa tête ou de résoudre un épineux problème relatif à l'un de ses élèves.

Deux semaines après ce regrettable incident, Gabrielle et I... sont à nouveau tombées nez à nez au détour d'une rue. Cette fois, l'aînée a proposé à la cadette de venir souper chez elle. Mais cette dernière a refusé, arguant du fait qu'elle était pensionnaire et n'avait pas l'autorisation de sortir. Gabrielle a pris aussitôt rendez-vous avec le directeur de l'école et, la permission obtenue, I... s'est retrouvée un beau soir dans le salon de la rue Deschambault, devant un poulet aux légumes.

La soirée s'est déroulée dans une ambiance très agréable. À la fin, la jeune Cardinalaise a aperçu Clémence se glisser derrière le paravent qui séparait la *salle-à-dîner* du salon. Gabrielle chérissait cette sœur handicapée qu'elle a toujours énergiquement défendue contre les mesquineries des jeunes filles de Saint-Boniface.

La séduction de la langue française...

Un autre jour, Gabrielle a emmené I... chez une dame de la ville qui parlait un bon français, très différent du patois détérioré que l'on utilise dans nos campagnes.

Cette femme au langage élégant avait un fils, J... Comme avec tous les garçons en général, la jeune fille a spontanément adopté une attitude de flirt envers lui. À Saint-Boniface, on avait beau lui répéter qu'elle allait s'attirer une réputation déplorable et qu'elle ne trouverait pas à se marier, rien n'y faisait!

En fait, Gabrielle était une jeune fille normale qui aimait jouir de l'existence et de la compagnie des gens, surtout s'ils s'exprimaient dans un français recherché. Ainsi recevait-elle parfois la visite d'un étudiant du Collège qui passait une heure à discuter de physique avec elle.

Un jour, elle a reçu une lettre d'un admirateur, également étudiant au Collège. *«Je vous parie que je suis capable de la déchirer en quatre!»* fanfaronnait-elle dans la cour de l'École Provencher. Et joignant le geste à la parole, elle en a jeté au vent tous les morceaux. En vérité, elle n'avait aucun amoureux en particulier. Notre langue était son seul amour et son but, dans la vie, d'écrire un livre.

... et la séduction de la France

En 1937, Gabrielle a passé toutes ses vacances d'été à enseigner dans l'Île de la Poule d'Eau: non seulement cette incorrigible coquette[7] brûlait de s'offrir de nouvelles toilettes, mais il lui fallait faire vivre sa famille...

La même année, I... est retournée rendre visite à Mme Roy, la mère de Gabrielle. C'était une grosse femme courte et sans éducation qui parlait comme les gens du peuple. Elle s'était fêlé un os un an auparavant et s'appuyait péniblement sur une béquille[8]. «*Tu arrives trop tard, s'est-elle exclamée avec un accent de tristesse, ma fille est partie!*» Son tablier débordait d'enveloppes affranchies depuis l'Europe. «*Regarde, les lettres qu'elle m'envoie sont belles*, a-t-elle ajouté, *elle écrit bien, ma Gabrielle!*» La brave ménagère pouvait-elle imaginer un seul instant que c'était à elle que sa fille devait son talent d'écrivain?

I... n'a jamais revu Gabrielle. Pourtant, la jeune Bonifacienne est revenue dans sa ville natale puisqu'en 1947, elle a «volé» le Dr Carbotte à sa fiancée, Mlle K..., une garde-malade qui travaillait avec lui à l'hôpital. Ce jeune médecin était d'origine belge et, bien entendu, parlait très bien le français.

De la réalité à la fiction

Contrairement à une légende solidement ancrée dans les mentalités manitobaines, Gabrielle n'a jamais brisé ses liens avec Cardinal[9]. Lors de ses visites dans la Province, elle demandait parfois à quelqu'un du village de venir la chercher à Saint-Boniface et de la ramener ici. Elle descendait chez Jo Lancelot, le père de son ancien élève Marcel, et là, s'entretenait longuement de l'atmosphère, de l'*attitude* et de la culture des gens qu'elle connaissait.

Dans *Ces Enfants de Ma Vie*, la romancière a fait revivre de nombreux habitants de notre petite localité. Ainsi retrouve-t-on Jo Lancelot, Simon Badiou[10], et d'autres hommes du pays dans le personnage de Rodrigue Eymard, le père de Médéric. D'aucuns ont cru reconnaître Amédée Moreau[11] sous les traits du jeune cow boy sauvage et solitaire. Or, ce n'est pas lui qui a fréquenté la classe de Gabrielle, mais Eloi[12] et Roland Moreau[13]. L'étonnant pouvoir de séduction de cet adolescent résulte du mélange harmonieux des personnalités de différents élèves de l'auteur: Marcel Cenerini[14], Louis Blain et Philippe Cardinal.

De même, certaines scènes de la vie réelle ont fourni à l'écrivain la matière de plusieurs épisodes romanesques. Comme Médéric, un des garçons du bourg s'était endormi dans sa carriole... mais lui, pour se réveiller dans un tas de paille![15] Comme Médéric encore, un des écoliers de la maîtresse précédente attachait son cheval à un poteau, devant l'école[16]. Comme Médéric enfin, Louis Blain allait pêcher la truite dans la rivière voisine.

C'est pratique courante, chez Gabrielle, de mêler dans son œuvre personnages, lieux et événements afin que les gens ne se reconnaissent pas et ne lui tiennent pas grief de ses sources d'inspiration.

Ainsi, nonobstant les affirmations contenues dans «*Ma Grand-Mère Toute-Puissante*», nouvelle extraite de *La Route D'Altamont*, je soutiens que l'écrivain n'a jamais eu de tante à Notre-Dame-de-Lourdes[17].

De la même façon, dans «*Le Puits de Dunrea*», nouvelle tirée de *Rue Deschambault*, le village éponyme n'a jamais compté de Ruthènes[18] au nombre de ses habitants, mais seulement des Canadiens Français.

Enfin, dans *La Route d'Altamont*, c'est le chemin de Saint-Lupicin (dans le sud-ouest du Manitoba) que l'auteur décrit, dissimulant habilement ce toponyme sous le nom du village anglophone.

De la fiction à la réalité

Bien plus tard, dans les années soixante-dix, Marie-Anna, la sœur de Gabrielle, est venue à Somerset afin d'essayer de rétablir la vérité des faits à travers ses propres écrits[19]. Personnellement, je conserve d'elle le souvenir d'une femme mal habillée, toute *attriquée*, coiffée d'un vilain chapeau, chez qui tout dénotait une mauvaise attitude. À cette époque, elle critiquait sa benjamine avec une âpre virulence. Aujourd'hui, par contre, elle l'encense dans le dessein de se glorifier elle-même. Elle racontait partout que Gabrielle se montrait injuste envers les membres de sa famille. Or, rien n'est plus faux: non seulement Gabrielle les a toujours faits vivre mais elle envoyait régulièrement de l'argent à sa sœur Clémence.

Si je devais porter un jugement d'ensemble sur la personne et sur l'œuvre de Gabrielle, je dirais qu'elle a écrit NOTRE Histoire, mais aussi celle de notre temps, de nos mœurs et de notre parler, avec beaucoup de détails et de naturel. Certains critiques lui ont reproché d'avoir romancé sa vie et celle des autres. Mais, pour ma part, je suis persuadée qu'elle n'aurait jamais touchée autant de lecteurs dans le monde si elle n'avait pas mélangé de cette manière caractères, actions, passions et paysages. Tout son art ne réside-t-il pas, en effet, dans cette tendance à l'affabulation qui donne une touche de magie si personnelle à ses ouvrages? En cela, Gabrielle mérite à plus d'un égard le titre que, depuis longtemps, la population de Cardinal et des environs lui a décerné à l'unanimité: celui d'«écrivain du cœur».

MARCEL LANCELOT, LE PLUS JEUNE SOUPIRANT DE GABRIELLE

> *« Encore aujourd'hui m'émeut ce sentiment que l'on confie à quelqu'un que l'on ne connaît même pas, à une petite institutrice sans expérience, (...) comme c'était mon cas, ce qu'il y a sur terre de plus neuf, de plus délicat, de plus facile aussi à briser. »*
>
> «La Maison Gardée» (Ces Enfants de Ma Vie).

Fils de Jo Lancelot, un militaire français émigré comme agriculteur au Manitoba, et de Marie-Perrine Guégan, d'origine bretonne, Marcel effectua une brillante carrière qui le mena de l'enseignement dans son village natal à la direction de l'imposante École Provencher de Saint-Boniface. Aujourd'hui à la retraite, il continue d'œuvrer en milieu communautaire, à l'Archevêché de cette même ville.

En écoutant les propos de l'ancien proviseur, on se rend compte de la place omniprésente que Gabrielle occupe dans son paysage affectif. Encore fraîchement émoulue de l'École Normale, la jeune et pimpante institutrice aurait-elle été son premier amour d'enfant?

Je prendrai à témoin les images extrêmement précises de Gabrielle qu'à un âge où l'on oublie avec une déconcertante ingratitude ses premiers éducateurs, ce petit garçon de cinq ans engrangea dans sa mémoire. Mais aussi l'envie, la presque-jalousie qu'il manifesta à l'encontre du «fiancé» de sa maîtresse d'école.

Les jours heureux de Cardinal

J'avais cinq ans lorsque Gabrielle est venue enseigner à Cardinal. Ma sœur aînée, Adèle[1], allait tous les jours à l'école avec elle, tandis qu'étant encore en âge préscolaire, je ne fréquentais sa classe que le vendredi soir. Toutefois, je me rappelle fort bien de mon institutrice: Gabrielle n'est pas une personne que l'on oublie aisément.

Dans les années 1929-1930, Cardinal était un village vivant, peuplé de quatre-vingt-un adultes et de quarante enfants: il réunissait un hôtel, deux magasins ainsi qu'une gare. Un *élévateur* à grains se dressait le long de la voie ferrée et les fermes s'égayaient aux alentours. Notre nouvelle maîtresse paraissait beaucoup se plaire dans le village.

Elle restait les fins de semaine chez mes parents, des Français qui avaient émigré comme cultivateurs au Manitoba. Le dimanche soir, tout le monde se retrouvait autour de la table et là, mon père Jo, un ancien aventurier, revivait longuement la France. Gabrielle, quant à elle, offrait de ce pays une évocation qui me fascinait littéralement.

Certains week-ends, la jeune enseignante se rendait à pied jusqu'à la ferme de son oncle, à Somerset. Une marche de seize kilomètres n'était pas pour l'effrayer. Cependant, mon père ou l'un de ses cousins la ramenait en voiture à Cardinal le dimanche soir.

Une maîtresse d'école en avance sur son temps

Le moins qu'on puisse dire, c'est que Mlle Roy était une institutrice d'avant-garde. Si la plupart des enseignantes, en ce temps là, vivaient entre leur hôtel et leur école, ne se mêlant guère à la population, Gabrielle, pour sa part, rendait visite à toutes les familles. Elle était simple et mettait les gens à l'aise.

Ainsi s'occupait-elle parfois de mon petit frère, Gérald[2], qui n'était encore qu'un marmot: elle le baignait, le faisait manger, jouait avec lui. Aucune maîtresse d'école n'avait jamais fait cela avant elle! Cependant, le comportement de Gabrielle ne choquait en aucune façon: on l'acceptait telle qu'elle était, un point c'est tout.

Les méthodes d'enseignement de la jeune fille sortaient, elles aussi, de l'ordinaire. Elle ne faisait pas régner la discipline au sens strict du terme. Au lieu d'infliger des cours magistraux à ses élèves, elle les laissait s'exprimer librement. Pendant la leçon de calcul, elle distribuait des bâtonnets de couleur pour leur apprendre à compter. Pendant l'heure de français, elle lisait un chapitre de roman: tout le monde l'écoutait en silence car, douée d'un sens évident de la dramaturgie, elle vivait véritablement les histoires qu'elle racontait.

Dans le cadre de l'Association Saint-Louis[3] – un modèle réduit du Cercle Molière – elle montait aussi des pièces de théâtre avec les enfants et, le soir de Noël, ils ont même donné un concert sous sa direction à la salle des fêtes.

Amante de la nature, poète et visionnaire

Le goût prononcé de Gabrielle pour les randonnées dans la campagne accusait encore l'aspect «hors norme» de sa personnalité. Un brin aventurière, elle adorait la nature, la marche et la pêche. Elle était déjà aussi romancière dans l'âme. Ainsi lui arrivait-il de grimper au sommet de la petite colline qui s'élevait devant la ferme de mes parents pour se perdre totalement dans la contemplation du paysage...

Par un matin de brouillard, Gabrielle a entrepris de me faire gravir à mon tour ce tertre. Parvenus au faîte, nous ne distinguions plus qu'un cercle de nuages flottant à nos pieds. *«Nous sommes au-dessus de l'univers!»* s'est écrié le futur écrivain, enthousiasmé. Et s'asseyant sur une roche, elle s'est mise à composer une histoire à partir de ce simple phénomène naturel.

Un autre jour, elle a ramassé un morceau de charbon qui traînait le long de la voie ferrée. *«Autrefois, il y avait des bananiers ici!»* m'a t-elle susurré sur un ton mystérieux.

Elle me faisait observer les fourmis, les fleurs. Si un avion passait dans le ciel, elle déclarait rêveusement: *«Un jour, on déjeunera à Paris et on dînera à Montréal... On ira aussi sur la lune, peut-être de mon vivant!»* Elle avait prédit ces conquêtes futures de l'humanité...

Le «favori» de Gabrielle

Je dois humblement reconnaître que Mlle Roy me gâtait bien plus que ses autres élèves – sans doute parce que j'étais le benjamin de la bande... Elle avait par exemple commandé un dictionnaire Larousse pour moi à Montréal et autographié celui-ci de cette manière: *«À mon cher petit Marcel»*. D'elle, je conserve encore aujourd'hui une carte postale.

Elle arrivait toujours chez mes parents nantie d'un sac de bonbons, d'oranges ou de pommes. D'une générosité sans limites, elle n'était nullement attachée à l'argent. L'intégralité de son salaire passait dans l'achat de friandises destinées aux enfants du village.

Les amours de Gabrielle

«Émerveiller»: c'est le verbe qui décrit le mieux, je crois, l'impression que Gabrielle produisait sur moi. Elle était jolie, toujours joyeuse, et par-dessus tout, j'admirais l'extraordinaire pouvoir de séduction qu'elle exerçait sur les membres de son entourage.

Ainsi mes parents employaient-ils à la ferme un domestique d'origine française, un beau jeune homme d'une vingtaine d'années, très galant, très instruit et grand lecteur. Par le passé, il avait travaillé comme *banquier* à Montréal, mais la Grande Dépression l'avait chassé dans l'Ouest. Eh bien... figurez-vous que Gabrielle courtisait ce monsieur Jean Coulpier[4] – tel était son nom! Je les regardais s'éloigner tous les deux main dans la main dans l'allée de notre maison. Ou bien partir en promenade à cheval ou à skis. Je ne sais pourquoi, mais ces images se sont profondément gravées dans ma mémoire d'enfant. *«C'est son amant!»* tentait de m'expliquer ma mère qui condamnait sans doute avec sévérité les présumés «écarts de conduite» de la nouvelle institutrice.

J'ignore comment et pour quelle raison les amours de Gabrielle et de Jean Coulpier ont pris fin. Probablement parce que la jeune institutrice est retournée vivre à Saint-Boniface. À cette époque, la distance entre Winnipeg et Cardinal représentait un très long trajet.

Toujours est-il que Jean Coulpier a épousé une autre enseignante dont il a eu deux enfants. Il a travaillé pour le compte du département des Mines et n'est revenu qu'une seule fois à Cardinal. Toutefois, il a demandé des nouvelles de Gabrielle et repassé avec une nostalgie non feinte des épisodes de sa vie dans notre village. J'ai appris par la suite qu'il était mort en Colombie-Britannique.

Quant à Gabrielle, les écoliers de Cardinal et moi-même avons tous vivement regretté son départ. Elle nous a d'autant plus manqué qu'une dame particulièrement ennuyeuse lui a succédé à la rentrée suivante.

«Frappante, unique, différente»: tels sont les qualificatifs qui nous venaient spontanément aux lèvres lorsque nous évoquions entre nous notre maîtresse d'école. Nous l'aimions passionnément, car elle nous ressemblait par son côté «enfant». En fait, n'était-elle pas d'abord une élève avant d'être une enseignante?

123

Le retour de Gabrielle à Cardinal

Peut-être est-ce Gabrielle qui a inconsciemment éveillé chez moi la vocation d'instituteur. En effet, j'ai enseigné pendant dix ans dans mon village natal. Et le souvenir de ma première maîtresse d'école ne s'est jamais effacé de ma mémoire.

Un dimanche de l'année 1951, en revenant de la messe, j'ai aperçu une dame descendre de voiture, entrer dans l'école et s'asseoir pensivement à un pupitre. Quelle n'a pas été ma surprise en reconnaissant Gabrielle! Le cœur battant, je me suis précipitée vers elle et à son tour, une expression de joie mêlée de stupéfaction s'est peinte sur mon visage: *«Mon cher petit Marcel!»*

Nous sommes allés prendre le café chez ma sœur et avons bien entendu évoqué le passé avec une profonde émotion. Elle était accompagnée ce jour-là de son beau-frère, Arthur Corriveau. Elle m'a demandé pourquoi j'avais choisi l'enseignement et si je n'avais jamais songé à écrire, moi aussi...

Gabrielle malade

Elle avait beaucoup changé et sa santé était devenue très fragile. Un jour, elle allait bien, un autre jour, mal. Et comme chez beaucoup de poètes, son tempérament était versatile et capricieux. Il en a été de même jusqu'à la fin de sa vie.

Ainsi, en 1973, l'avais-je invitée à la cérémonie du départ en retraite de Léonie Guyot, la vice-présidente de l'École Provencher, dont j'ai assuré la direction pendant vingt-cinq ans. Sur le moment, la romancière avait accepté avec des transports de joie, puis s'était brusquement désistée, prétextant qu'elle se sentait trop faible pour supporter le voyage Montréal-Winnipeg.

Pourtant, je ne crains pas d'affirmer que la principale qualité de Gabrielle a été la fidélité: fidélité à sa vie, à son œuvre, à ses souvenirs, à sa famille, à ses amis, à tous ceux qui l'ont véritablement aimée et comprise. À Cardinal, rien ne nous a fait autant plaisir que les quelques visites qu'elle nous a rendues, une fois devenue célèbre.

Mais par-dessus tout, Gabrielle est demeurée fidèle à ses élèves. En effet, si le personnage de Médéric, dans *Ces Enfants de Ma Vie*, est une synthèse de trois de ses disciples, Philippe Cardinal, Louis Blain et Eloi Moreau, il cristallise pour nous l'archétype de TOUS ses anciens écoliers. Sans oublier, bien entendu, son «cher petit Marcel»!

ODETTE TOUCHETTE-FOUASSE: «GABRIELLE, CETTE INSTITUTRICE DE MA VIE»

«Le temps vint de nous séparer pour toujours, moi et ces enfants que j'avais tenus près de mon âme comme s'ils eussent été les miens. Mais qu'est-ce que je dis là! Ils étaient à moi et le seraient même quand j'aurais oublié leur nom et leur visage...»

«De la Truite dans l'Eau Glacée» (Ces Enfants de Ma Vie)

Fille de Clément Fouasse et d'Elva Moreau, commerçants à Cardinal, Odette épousa pendant la Seconde Guerre mondiale l'agriculteur Louis Touchette, dont elle eut deux enfants. Elle travailla tout d'abord avec son mari, puis comme garde-malade chez les Sœurs du Saint-Sauveur avant de prendre sa retraite.

Personne pudique et très réservée, Odette est l'exemple même de ces fidèles élèves qui, tout au long de leur vie, entretinrent sans faillir la flamme de l'amour, du respect et du souvenir de «l'éveilleuse d'esprits» que fut incontestablement Gabrielle.

Une enseignante remplie de zèle

Évoquer la personne de Gabrielle Roy est une entreprise d'autant plus dificile pour moi que mes souvenirs remontent à l'époque de mes sept ans. J'ai été son élève à Cardinal durant l'année scolaire 1929-1930.

Tout ce dont je me souviens, c'est que c'était une jolie maîtresse aux cheveux blonds châtain, aux yeux verts, au nez un peu ample, à la mise élégante et soignée.

Dévouée, chaleureuse, enthousiaste, elle paraissait adorer son métier. Très ambitieuse à l'égard de ses écoliers, elle voulait à tout prix qu'ils réussissent, mais aussi conservent leur langue natale.

Elle s'intéressait même aux plus mauvais d'entre eux, s'efforçant de les encourager et de les motiver par de douces paroles.

Plutôt docile dans sa discipline, elle attendait toujours le moment opportun pour réprimander les petits malins qui se moquaient d'elle derrière son dos ou lançaient des papillottes au plafond.

Une randonneuse impénitente

Je me souviens également que, pendant ses heures de loisirs, Mlle Roy *prenait de grandes marches* dans la campagne. Ou bien qu'elle s'en allait vagabonder de-ci de-là, sans but précis. C'était une *ardente* de la nature à laquelle rien ne plaisait autant que la vie au grand air.

Après son départ de Cardinal, je ne l'ai jamais revue, mais comme de nombreux Manitobains, j'ai suivi avec un constant intérêt l'évolution de sa carrière, de ses écrits et de ses romans. Peut-être l'a-t-elle toujours ignoré, mais aucun de ses élèves ne l'a oubliée ici, dans le village. Au contraire, ceux qui vivent encore gardent un excellent souvenir d'elle et continuent de lui porter un profond attachement.

Pour ma part, non seulement je suis très heureuse et très fière de l'avoir connue, mais je me sens hautement privilégiée d'avoir compté au nombre des «enfants de sa vie» de pédagogue.

PHILIPPE CARDINAL, LE DERNIER REFLET DE MÉDÉRIC EYMARD DANS « DE LA TRUITE DANS L'EAU GLACÉE » (CES ENFANTS DE MA VIE)

> *« Et bientôt, je distinguai, presque couché sur le dos de sa monture, un jeune cavalier qui, à gestes emportés, stimulait l'allure déjà forcée de la fougueuse créature. Il portait à l'arrière de la tête un immense chapeau de cow-boy qui, lorsque je le vis de plus près, me parut cabossé et malmené. »*
>
> « De La Truite Dans l'Eau Glacée » (Ces Enfants de Ma Vie)

Petit-fils de Philippe Cardinal, fondateur du village éponyme, fils de Franck Cardinal et de Thérèse Aminot, agriculteurs, Philippe est le type même de l'autodidacte nord-américain qui, de petits jobs en petits jobs – il fut successivement journalier, cow-boy, cultivateur, barman et *assistant gérant* – se hissa jusqu'à un poste de direction: en l'occurrence, celui d'un grand bar de Winnipeg.

« Brouillon, espiègle, taquin, turbulent, chahuteur, mais plein de charme, d'humour et de gentillesse »: voici, tel que décrit par l'un de ses anciens condisciples, Philippe Cardinal au temps de sa scolarité. Dès lors, comment la sensible Gabrielle, séduite par sa personnalité et celle d'autres jeunes révoltés du village, n'aurait-elle pas songé à lui en créant le rebelle et indomptable Médéric, héros de *Ces Enfants de Ma Vie*?

Un village presque idéal

J'avais entre huit et neuf ans lorsqu'elle est venue faire la classe à Cardinal. Son séjour parmi nous a été très bref: arrivée à l'automne 1929, elle est repartie, je crois, au printemps suivant. À la fin des années vingt, l'existence était particulièrement agréable à Cardinal. Notre village jouissait d'un essor sans précédent: on y trouvait un grand hôtel, deux magasins, une gare, une salle de danse et même un terrain de base-ball. Gabrielle n'a certes pas été la dernière à profiter de tous ces avantages!

Non seulement notre petite communauté était vivante et joyeuse, mais l'économie florissait: avec quatre chevaux, les habitants, tous des agriculteurs, cultivaient un quart de section (160 acres ou 65 hectares). Avec huit chevaux, mon père, fermier lui aussi, exploitait une demi-section. Pour deux *piastres* par jour, nous autres jeunes travaillions de sept heures du matin à sept heures du soir et, pour cinq piastres mensuelles, aidions les paysans durant trois hivers à *faire leur train*.

Une institutrice adorée

Après avoir vécu pendant cinq ans dans une maison en briques, à six kilomètres de Cardinal, mes parents ont emménagé dans une ferme au bord de la voie ferrée. L'école se situant à l'opposé de notre domicile, je m'y rendais sur ma petite jument blanche, Kate. Ce détail a probablement inspiré à la romancière, dans *Ces Enfants de Ma Vie*, la scène de l'arrivée fracassante de Médéric en classe.

Tout ce que j'ai retenu de Gabrielle, c'est que c'était une belle petite blonde, une jolie fille si vous préférez, intelligente et très intéressante de surcroît. Malheureusement, je fréquentais l'école d'une manière trop irrégulière, mon père me retenant fréquemment à la ferme pour l'ouvrage[1].

Ce que je peux affirmer, en tout cas, c'est que tout le monde, dans le village, aimait Gabrielle. Elle était tellement plaisante! Mon père assurait qu'elle était la bonté personnifiée et elle en a même «*fait arracher*» à plusieurs hommes du village!

De Philippe à Médéric

Pour en revenir à Médéric Eymard, le héros de *Ces Enfants de Ma Vie*, il serait faux et prétentieux de ma part d'affirmer que lui et moi ne formons qu'un seul et même individu. En effet, si l'auteur a attribué certains traits de mon caractère à ce personnage, l'on retrouve aussi chez lui les qualités et les défauts de Louis Blain et d'Éloi Moreau, deux écoliers qui étaient plus âgés que moi.

De même, faire accroire à vos lecteurs que j'ai réellement vécu tous les épisodes décrits dans le roman relèverait de la plus pure malhonnêteté. Comme Médéric, j'ai bien effectué, en compagnie de Gabrielle, quelques petites chevauchées dans les collines de Babcock[2], mais je n'ai jamais pêché la truite avec elle, pas plus que je ne l'ai raccompagnée de nuit chez elle en carriole. Ces événements sont partie le produit de l'imagination de l'écrivain, partie le résultat du mélange de différents souvenirs.

Par contre, une anecdote authentique me revient tout à coup à la mémoire: l'hiver venu, Gabrielle nous a emmenés faire du toboggan, les élèves et moi-même, sur une butte qui s'élevait non loin des rails du chemin de fer. Notre maîtresse se tenait aux cordes des commandes, à l'avant, tandis que nous nous entassions derrière elle par petits groupes de six.

L'un de nos camarades était tellement gros qu'un beau jour, son poids a stoppé net notre luge et qu'il en a été littéralement éjecté!

Le «self-made man»

Hélas, l'école et les jeux ont très vite pris fin pour moi! Non seulement je n'ai pas terminé mon année scolaire avec Gabrielle, mais je n'ai pas pu poursuivre ma formation au-delà du *grade* 3. À neuf ans, il m'a fallu aller charrier du grain aux *élévateurs* et à quinze, m'atteler au moulin à battre les céréales.

Plus tard, bien que ne parlant pas un traître mot d'anglais, je suis parti tenter ma chance à Winnipeg. La fortune m'a souri puisque j'ai trouvé presque immédiatement un emploi dans un bar. Mais, bien entendu, j'aurais préféré faire davantage d'études.

Néanmoins, si Gabrielle m'avait revu, je ne pense pas qu'elle aurait eu à rougir de son ancien élève. J'ai travaillé fort pour m'en sortir, et ma récompense sur cette terre c'est peut-être d'avoir été immortalisé par l'un des plus grands écrivains canadiens de ce siècle. Simple gérant de bar dans la vie de tous les jours, je suis, dans le domaine de l'imaginaire, ce cavalier au grand cœur qui fait rêver des milliers d'enfants dans le monde: Médéric-le-Magnifique.

AIMÉ BADIOU,
LE PETIT LUCIEN BADIOU DE «GAGNER
MA VIE» (RUE DESCHAMBAULT)
ET DE «LA MAISON GARDÉE»
(CES ENFANTS DE MA VIE)

> *«(...)à travers les spirales de neige qui semblaient monter dans une tour, j'ai vu tout à coup quelque chose de rouge, oui, deux longues écharpes dont les bouts envolés au vent, tout à fait comme la neige tournoyaient. Ce devait être le petit Lucien et sa petite sœur, Lucienne...»*
>
> «Gagner Ma Vie» (Rue Deschambault)

Fils de Simon Badiou et d'Ernestine Charre, des agriculteurs bretons qui émigrèrent à Cardinal dans les années vingt, Aimé marcha sur les traces de son père en se faisant fermier. Il épousa une jeune fille d'un village voisin, Louise Philippot, qui lui donna deux fils. Aimé redevient presque un petit enfant en évoquant*«l'aimable Mademoiselle Roy»*, qui fut sa première institutrice. Aussi, celle de sa sœur Lucienne[1] et de son cousin Marcel[2].

Touchée par la candeur et la fragilité du petit garçon *«à l'écharpe rouge»*, Gabrielle fit d'Aimé, dans *«Gagner ma Vie» (Rue Deschambault)* et «*La Maison Gardée» (Ces Enfants de Ma Vie)*, le symbole de cette jeunesse éphémère et vulnérable qu'il incombe aux enseignants de guider sur le chemin de l'existence. Cela, sans jamais rien briser de son innocence ni de ses émerveillements.

Une forte présence

Peu de souvenirs – mais d'excellents souvenirs: voilà ce que je conserve de Gabrielle Roy et tenterai d'évoquer pour vous en quelques mots. Je l'ai connue à l'École Saint-Louis de Cardinal où elle était mon institutrice de *grade* 2.

130

Personnellement, je ne peux que me vanter d'avoir rencontré une enseignante comme elle au cours de ma scolarité. En effet, non seulement elle était dotée d'un physique agréable mais d'une belle personnalité, douce, gentille, sensible. Également douée d'un caractère très fort, elle communiquait avec une naturelle aisance ses connaissances aux élèves.

Lorsque le temps le permettait, notre maîtresse nous emmenait dans une prairie située à quelque cinq-cent mètres de l'école et là, organisait toutes sortes de jeux pour nous.

Avec une remarquable patience, elle nous expliquait pendant des heures la vie des champs, des animaux et des oiseaux. Elle aimait et vouait une profonde admiration à la nature.

«Qui aime bien châtie bien»

Cependant, Gabrielle nous punissait sévèrement lorsque nous avions fait des bêtises ou mal travaillé durant la journée. Ainsi me gardait-elle parfois en retenue longtemps après les heures de classe, puis me raccompagnait jusqu'à la maison de mes parents, à trois kilomètres de l'école. Néanmoins, afin d'adoucir ma pénitence, elle me gavait de fruits et de bonbons tout au long du chemin.

Même si nos liens n'ont jamais excédé ceux qui unissent ordinairement un élève et son institutrice, je ne pouvais me défendre d'éprouver un réel sentiment d'amitié pour Mlle Roy. Et réciproquement, je pense.

Après son départ de l'École Saint-Louis, je ne l'ai jamais revue mais j'ai appris qu'elle était passée à la maison, bien des années plus tard. Hélas! Je ne me trouvais pas chez moi ce jour-là et j'ai vivement regretté d'avoir manqué sa visite. Elle aussi, paraît-il, était très déçue de ne pas me voir...

Je pourrais me répandre à l'infini en éloges sur le compte de l'écrivain. C'était une personne franche, généreuse, remplie de qualités et de richesses intérieures, animée, de surcroît, d'un sens aigu de la justice et du Bien.

Pour ma part, il m'arrive encore souvent de songer à elle car c'est assurément l'un des êtres les plus gentils et les plus compréhensifs que j'ai croisés sur la route de mon existence.

131

MARCEL BADIOU :
PREMIERS PAS AVEC GABRIELLE

> *«Seuls les enfants Badiou ne variaient pas dans leur atti-tude matin et soir, semaine après semaine, se tenant par la main et balançant leurs deux bras réunis d'un mouve-ment gracieux et inlassable. Tout mon petit monde gra-vissait à son pas, à sa manière, la légère montée, chacun se fixait nettement pendant un instant sur le ciel souvent en feu à l'heure du couchant, puis disparaissait, avalé subi-tement par le côté sombre de la butte.»*
>
> «La Maison Gardée» (Ces Enfants de Ma Vie)

Fils de Jacques Badiou, un cultivateur breton, et de Jeanne Dac-quay, d'origine auvergnate, Marcel naquit à Beaconsfield (à l'ouest de Montréal) et passa son enfance dans la ferme que ses parents exploi-taient à Cardinal. Après avoir été lui-même agriculteur, il s'établit à Saint-Boniface et travailla pendant trente-trois ans pour le compte d'une aciérie.

Marcel Badiou effectua sa toute première année scolaire avec Gabrielle, un bref témoignage qui compose néanmoins un touchant tableau. De famille, serais-je presque tentée d'ajouter, la romancière ayant toujours considéré ses élèves comme ses propres enfants ou comme ses petits frères et sœurs.

Si l'affectueuse allusion aux *«petits Badiou»*, dans *«La Maison Gardée» (Ces Enfants de Ma Vie)*, semble concerner en priorité Aimé et Lucienne, il nous est permis d'imaginer, sans extrapoler, que Marcel se joignait souvent, sur le chemin des écoliers, à la joyeuse ribambelle de ses cousins. Une «frise» d'amours sensible et délicate dont, en peintre inimitable de l'enfance et de la nature, Gabrielle orne ici l'immense et puissant paysage manitobain.

La mémoire brisée

En septembre 1929, j'ai commencé mon premier *grade* avec Gabrielle Roy à l'école de Cardinal. Le jour de la rentrée, je me rappelle qu'elle m'a pris sur ses genoux pour me réconforter car j'étais fort intimidé.

Cependant, j'éprouve quelque peine à me remémorer sa personne: elle était grande – mais peut-être la voyais-je ainsi parce que j'étais tout petit à cette époque-là – et avais, je crois, les cheveux blonds, les yeux bleus et le teint clair. Le reste de ses traits s'estompe dans la brume.

J'aimais beaucoup Gabrielle, car elle s'est toujours montrée très douce envers moi. Néanmoins, je n'ai presque jamais eu l'occasion d'échanger de propos avec elle: vous savez bien, à cet âge-là, on n'ose guère adresser la parole aux adultes et puis, de toute façon, on n'a pas encore grand chose à dire...

De plus, je n'ai jamais revu mon institutrice après son passage à Cardinal, même si l'écho lointain de sa gloire a rejailli jusqu'ici sur tous les habitants de notre petite patrie...

TONY TASCONA, L'ENFANT À LA POMME

> *«(...) enfin Tascona qui, avant de recevoir ma pomme,*
> *m'avait offert la sienne, non sans y avoir pris une toute*
> *petite mordée dans un coin, si l'on peut dire.»*
>
> «L'Enfant de Noël» (Ces Enfants de Ma Vie)

Né au sein d'une famille de Siciliens modestes, Tony Tascona put effectuer, grâce à une bourse de l'Armée, de brillantes études à l'École des Beaux-Arts de Winnipeg. Il s'orienta ensuite vers la peinture tout en travaillant comme technicien dans l'industrie aéronautique.

Empreinte d'un *«humanisme technologique»*, selon l'expression de son biographe, Kenneth James Hughes, son œuvre abstraite, réalisée à partir de laques et de matériaux industriels, constitue un hommage au travail de l'homme, à la ville et à la science. Aujourd'hui, le petit immigré italien est considéré comme l'un des pionniers de l'art expressionniste dans l'Ouest et l'un des meilleurs peintres canadiens de sa génération.

Tony Tascona serait-il devenu cet artiste accompli si, avec son dévouement coutumier, Gabrielle n'avait rééduqué son doigt blessé lorsqu'il était encore élève à l'École Provencher? Nul ne peut le dire.

Véridique ou imaginaire, l'anecdote de l'écolier croquant, dans *«L'Enfant de Noël» (Ces Enfants de Ma Vie)*, la pomme qu'il réservait normalement à son institutrice, est un malicieux clin d'œil à cette lointaine et insouciante époque.

«Les désarrois de l'élève Tascona»

Durant l'année 1932-1933, Gabrielle Roy a été mon institutrice à l'École Provencher de Saint-Boniface. Aux yeux du petit garçon de six ans que j'étais alors en ce temps-là, elle paraissait tout bonnement merveilleuse et, comme les autres écoliers du *grade* 1, je l'adorais.

À l'époque de la Grande Dépression, l'Institut Provencher était une structure bilingue, dirigée par des Frères et des enseignants laïcs, généralement d'origine québécoise. Il était fréquenté par des élèves en majorité francophones mais qui y recevaient un enseignement en anglais.

D'aussi loin que je me souvienne, cette école représentait, pour mes petits camarades et pour moi-même, un univers étrange et cauchemardesque. Nous nous y rendions chaque jour à pied et en groupe, escortés par nos aînés qui nous protégeaient contre la cruauté de certains enfants francophones.

Une classe cosmopolite

Mais dans les cours de Gabrielle, nous étions traités avec chaleur et humanité. En un temps où le fouet était une pratique encore couramment utilisée dans les établissements scolaires, jamais elle n'a élevé la voix ni frappé aucun des quarante garçons qui constituaient notre classe. Bien au contraire! Sur son maigre traitement – qui ne devait guère excéder 1500 ou 2000 dollars annuels – elle leur achetait de la nourriture et des vêtements neufs[1]. Fils d'immigrés belges, ukrainiens, polonais, grecs et italiens pour la plupart, ces enfants étaient en effet très, très pauvres. À tel point qu'avant de prendre la photographie de fin d'année[2], l'on avait placé au premier rang, non pas les élèves de petite taille, mais ceux qui portaient des chemises propres et des souliers rapiécés.

À l'inverse de mes condisciples, je n'ai, pour ma part, jamais connu les affres de la misère. Mon père n'était que jardinier et marchand de fruits ambulant, mais il a gagné toujours suffisamment de quoi nourrir et habiller ses seize enfants.

Des doigts de fée

Je n'ai pas oublié l'angélique patience dont Gabrielle a fait preuve à mon égard pendant les cours de dessin. Voici pour quelle raison. Quelques semaines avant la rentrée des classes, alors que je maintenais une bûche qu'un de mes frères et son ami étaient en train de scier dans la cour de mes parents, j'avais, par pure curiosité, placé un morceau de bois dans la trajectoire de la scie. Avant même d'avoir pu dire «ouf!», celle-ci m'avait littéralement sectionné l'extrémité de l'index gauche!

135

Désormais privé de l'usage de ce doigt, j'éprouvais bien évidemment toutes les peines du monde à tenir mon pinceau. M'apercevant en fâcheuse posture, mon institutrice a alors imédiatement volé à mon secours: avec calme et pondération, elle m'a enseigné l'art de saisir l'instrument entre le pouce et le majeur. Si bien qu'en l'espace de quelques semaines, j'ai recouvré le fonctionnement normal de ma main gauche!

Une mystérieuse histoire de pomme

Je me rappelle également, comme si c'était hier, de la fête que Gabrielle avait organisée dans sa classe pour Noël. À cette période de l'année, il était d'usage d'offrir un cadeau à la maîtresse d'école qui, en retour, en apportait un à chacun de ses élèves. Le plus souvent, c'étaient de menues provisions que nous échangions: un carré de chocolat, un fruit... l'écrivain a décrit cette tradition de fort jolie manière dans *Ces Enfants de Ma Vie*. À un endroit, elle a même noté que j'avais croqué un morceau de la pomme qui lui était destinée. Mais là, je me demande si elle n'a pas exagéré un peu. En tout cas, cet épisode est totalement sorti de ma mémoire!

Deux célébrités

Beaucoup plus tard, dans les années soixante, alors que Gabrielle était devenue un auteur célèbre, citoyenne de la ville de Québec, et moi, un modeste artiste-peintre, j'ai aperçu un jour, à la devanture d'une librairie de la rue Sherbrooke, à Montréal, la publicité de lancement de l'un de ses ouvrages. Je suis entré dans ce magasin, espérant y trouver mon ancienne institutrice, et j'ai attendu, attendu... jusqu'à ce que le libraire m'explique que Mme Roy ne participait jamais à sa propre promotion[3].

Je lui ai donc laissé un message accompagné d'une invitation à l'exposition que je devais présenter sous peu avec un autre peintre au Musée des Beaux-Arts de Montréal. Environ une semaine plus tard, j'ai eu l'immense joie de recevoir une lettre de l'intéressée où elle déclarait se souvenir de moi comme d'un *«enfant exceptionnel.»*[4]

Après la parution, dans *La Presse*, de l'article de Claude Jasmin[5] sur mon exposition, Gabrielle m'a également téléphoné pour me féliciter. Elle paraissait se réjouir sincèrement de mon succès. Absente le jour du vernissage, elle a néanmoins trouvé le temps de se rendre au Musée des Beaux-Arts. Elle partait incessamment pour la France mais m'a laissé entendre qu'elle aimerait me revoir un jour, dans le futur.

Hélas! Je suis revenu à Winnipeg avant que cette rencontre n'ait pu s'effectuer[6]...

SIMONE GENTÈS-CÔTÉ, «L'AUTRE JOSÉPHINE» DE LA PETITE POULE D'EAU

> *«À travers le long hiver, assise dans un coin de la cuisine, et lisant à voix haute, éplorée, Joséphine avait bel et bien atteint la dernière page du deuxième livre de lecture. Alors elle en avait demandé un autre.»*
>
> La Petite Poule D'Eau

Fille d'Albert Côté et de Valentine Malo, fermiers-régisseurs, quatrième d'une famille de huit enfants, Simone grandit jusqu'à l'âge de dix-huit ans dans «l'île» immortalisée par la romancière[1]. Engagée comme employée de maison à Letellier (dans le sud du Manitoba), elle épousa le cultivateur Alphonse Joseph-Gentès dont elle eut neuf enfants, puis acquit sa propre exploitation agricole.

Déjà âgée de quatorze ans lorsque Gabrielle débarqua sur son île, Simone sut apprécier à sa juste valeur l'enseignement de cette «*grande savante*», de cette «*excellente pédagogue*» – selon ses propres termes. De son bref mais inoubliable passage dans la demeure familiale, l'adolescente tira le meilleur profit.

S'il n'est pas prouvé que l'écrivain s'inspira de son ancienne élève pour créer le personnage de Joséphine[2], Simone se reconnut cependant dans la fillette studieuse et lettrée de *La Petite Poule D'Eau*. Malgré son aversion pour ce prénom quelque peu désuet[3], elle éprouve aujourd'hui une fierté bien naturelle à poser ainsi, pour l'éternité, dans l'album de souvenirs qu'est pour elle ce roman.

Une école pas comme les autres

Durant l'été 1937, Gabrielle Roy a été mon institutrice sur une «île» plus connue sous le nom de «La Petite Poule D'Eau». Celle-ci se situe entre la Little Waterhen River et la West Waterhen River, à trois-cent-soixante kilomètres environ au nord-ouest de la capitale manitobaine.

Depuis sept ans, mes parents[4] y exploitaient le ranch de leur neveu, Jos Jeannotte[5], qui était propriétaire d'un important élevage de chevaux, de bovins et de moutons. L'endroit abondait non seulement en fourrage pour les animaux mais aussi en poissons et gibier nécessaires à la subsistance de toute notre famille.

Fortement préoccupée par notre avenir, papa et maman avaient écrit deux ans auparavant au Bureau de l'Éducation de la Province afin de demander la permission exceptionnelle d'ouvrir une école sur l'«île». Ainsi, avant la venue de Mlle Roy avions-nous déjà accueilli trois enseignants chez nous: Mr Bill Mason, Mlle Bernice Negardowsky et Mlle Melason, tous originaires du Manitoba.

Mon père avait eu l'idée originale d'aménager notre salle de classe dans une grande maison abandonnée depuis la fin de la Guerre 1914-1918 par un colon français. Cependant, cette bâtisse n'étant pas isolée contre le froid et le bois de chauffage se faisant rare à cette époque, les cours ne se déroulaient que du Ier avril au 30 septembre de chaque année. Les enfants des familles voisines se joignaient à nous, chaudement emmitouflés dans leurs écharpes et leurs manteaux de laine[6].

De remarquables facultés d'adaptation

Par une belle soirée de juillet, Mlle Roy est arrivée à Meadow Portage[7], après avoir effectué en voiture, puis en barque, un voyage d'une vingtaine de kilomètres. Quelle aventure ce devait représenter pour une jeune citadine! Comme dans le roman, nous sommes allés attendre notre future institutrice au bord de la Little Waterhen River, puis nous l'avons accompagnée jusqu'à la maison.

Mes parents s'étant engagés à fournir le gîte et le couvert aux enseignants en échange de leurs cours, ceux-ci partageaient notre existence quotidienne dans l'humble cabane de *logs*[8]. En outre, ils percevaient du Bureau de l'Éducation un salaire mensuel de 30 $.

Notre famille ne vivait ni dans l'aisance ni dans le confort. Chaque matin, Gabrielle était obligée de faire sa toilette en même temps que nous dans la rivière. Chaque soir, les bêlements des moutons et les cris des pélicans troublaient son sommeil. Le moins qu'on puisse dire, c'est qu'elle n'était pas une habituée des bruits des bois!

Toutefois, notre nouvelle institutrice s'est très vite acclimatée dans «l'île» et, pour ma part, je ne l'ai jamais entendue se plaindre. Philosophe, elle acceptait les choses telles qu'elles sont et non telles qu'on voudrait qu'elles soient. C'était une personne facile à vivre, courageuse et aventureuse, même si elle redoutait, au cours de ses escapades, de se retrouver nez-à-nez avec les loups. En effet, ces dangereux prédateurs rôdaient en permanence autour des moutons que nous avions dû confier à la garde d'un gros chien.

Une institutrice consciencieuse

Durant les deux mois de son séjour à la Poule D'Eau, Gabrielle s'est dévouée sans compter afin de combler les lacunes de notre instruction. Bien qu'ayant passé l'âge d'aller à l'école, j'ai eu le privilège d'assister à quelques uns de ses cours. Ils étaient vivants et très intéressants: en plus des programmes traditionnels, elle a enseigné la catéchèse à mes frères et sœurs, matière que Maman complétait par la distribution d'images pieuses.

En guise de délassement, notre maîtresse nous emmenait faire du canot et de grandes promenades dans l'île. Chacune de ses équipées était, pour nous, l'occasion d'une nouvelle leçon de choses ou de sciences naturelles. Avec une finesse sans pareille, Gabrielle nous décrivait les arbres, les fleurs, les oiseaux. Au retour de nos excursions, nous attendait toujours, préparé par les soins attentionnés de maman, une tasse de thé, un bouillon ou une bonne soupe. Ces souvenirs figurent assûrément parmi les meilleurs de toute sa jeunesse...

Naissance d'un écrivain

Ce qui m'a le plus frappée chez Gabrielle, c'est qu'elle écrivait tout le temps en dehors de ses heures de classe[9]. Sans doute notait-elle déjà ses impressions en vue de rédiger son futur roman. Son esprit demeurait perpétuellement à l'affût des propos qui s'échangeaient autour d'elle. J'ajouterai qu'elle savait raconter des histoires avec un inégalable sens de l'humour.

À la fin du mois d'août, Mlle Roy nous a définitivement quittés pour se rendre en France et se consacrer à sa carrière d'écrivain. Nous ne l'avons, hélas! jamais revue[10].

Durant les semaines qui ont suivi son départ de l'«île», elle nous a terriblement manqué, la présence d'une jeune femme aussi brillante et savante qu'elle constituant, dans nos contrées reculées, une inépuisable source de joies. Mes parents eux-mêmes l'ont longtemps regrettée.

Néanmoins, c'est seulement une fois parvenus à l'âge adulte que mes frères, mes sœurs et moi-même avons pris conscience des inestimables bienfaits de son enseignement. De notre côté, sans doute avons-nous apporté, nous aussi, quelques instants uniques et inoubliables dans la vie de notre institutrice. En effet, treize ans après le passage de Gabrielle à la maison, nous avons eu la merveilleuse surprise de voir paraître en librairie un grand roman qui portait le nom de notre «île» minuscule: *La Petite Poule D'Eau*[11].

MARIE MAYNARD-CÔTÉ:
«GABRIELLE,
MON INSTITUTRICE BIEN-AIMÉE»

> *«Et ainsi mon paradis terrestre de la Poule D'Eau tout*
> *aussitôt créé, je le peuplai d'enfants; après cela, je fus bien*
> *forcé d'y édifier au plus vite une petite école.»*
>
> «Mémoire et Création»(Fragiles Lumières de la Terre)

Contrairement à son aînée, Simone, Marie Côté ne semble pas avoir inspiré de personnage particulier à Gabrielle: mais libre à nous d'imaginer qu'elle a pris place, elle aussi, dans la ronde d'enfants qui égayent l'«île» de *La Petite Poule D'Eau*. En outre, elle fait incontestablement partie du groupe de *«petits Blancs»* auxquels, dans *«Mémoire et Création» (Fragiles Lumières de La Terre)* et *La Détresse et L'Enchantement,* l'auteur se souvient avoir enseigné.

Septième enfant d'Albert et de Valentine Côté, Marie poursuivit une longue scolarité avant de devenir caissière au Magasin coopératif de Saint-Malo (Manitoba). Elle en épousa le gérant, Denis Maynard, et éleva une famille de dix enfants.

À dix ans déjà, la jeune institutrice avait compris le rôle déterminant que devait jouer une institutrice comme Gabrielle auprès d'enfants totalement isolés du reste du monde.

Nul doute que par son sérieux et par son application, la fillette ne suscita l'intérêt et la sympathie de sa maîtresse; en contrepartie, celle-ci se laissa dispenser quelques leçons de travaux manuels par sa petite élève.

À travers le témoignage de Marie, ressurgit aussi, à peine perceptible mais néanmoins douloureux, le «traumatisme» que subirent les écoliers franco-manitobains de cette époque. Littéralement«sevrés» de leurs racines linguistiques, certains d'entre eux conservent encore aujourd'hui des séquelles indélébiles.

Écolière et maîtresse d'école

Je n'avais guère plus de dix ans lorsque Gabrielle Roy est venue enseigner sur notre «île», à la Poule D'Eau.

Pendant les premiers temps de notre installation dans cette région, c'est notre aînée, Simone, qui s'était chargée de nous faire la classe, à mes petits frères et sœurs et à moi-même. En possession de son *grade* 4, elle savait lire et écrire et se débrouillait assez bien en mathématiques. Consciente, malgré tout, des lacunes de son instruction, elle avait renoncé au bout de quelques mois à poursuivre notre scolarisation.

Mes parents avaient alors écrit au gouvernement afin de réclamer une institutrice à La Poule D'Eau. Toutefois, au printemps, c'est un instituteur qui, le premier, avait débarqué dans «l'île».

Enfin, une institutrice francophone!

Parmi tous les enseignants qui se sont succédés à la maison, c'est indéniablement à Mlle Roy qu'est allée ma préférence. Tout d'abord parce qu'elle était francophone. Le jour de mon arrivée, vous ne pouvez imaginer la joie qui nous a saisis en l'entendant s'exprimer dans notre langue maternelle! En effet, tous nos cours, jusqu'ici, s'étaient déroulés en anglais[1]. Même ceux de Simone qui ne s'est mise sérieusement à l'étude du français qu'au moment où ses propres enfants l'ont appris à l'école!

Ensuite, parce que la contribution de Gabrielle Roy à notre éducation s'est révélée des plus précieuses. Non seulement celle-ci nous a enseigné les matières indispensables telles que la grammaire, les mathématiques, l'histoire et la géographie, mais elle m'a aidée à préparer ma première communion: un événement inoubliable dans la vie d'une enfant!

Enfin, parce que Gabrielle était une personne aimable, sensible et très joyeuse, qualités qui facilitaient amplement la communication entre ses élèves et elle-même.

Cependant, il est une chose que notre maîtresse d'école ne tolérait pas: que l'on regarde par-dessus son épaule lorsqu'elle était en train de prendre des notes. En effet, elle écrivait déjà beaucoup à cette époque, mais dans le plus grand secret.

Un livre, un spectacle, une île

Bien des années plus tard, lorsque *La Petite Poule D'Eau* est parue en librairie, les habitants de la région se sont déclarés à la fois enchantés par le titre du livre et profondément déçus par la description des faits imaginaires et des lieux fantaisistes qu'il offrait[2].

Toutefois, l'adaptation théâtrale que le Cercle Molière en a effectué au printemps 1992 à Saint-Boniface, n'a pas manqué de réveiller en nous, les Côté, un riche vécu du passé. Bien entendu, j'aimerais ressusciter de ma mémoire d'autres images pour vos lecteurs mais elles s'enfuient aussi vite que les petites poules d'eau à l'approche de l'hiver...

En guise de conclusion, je tiens à rappeler que si la grande romancière a immortalisé le nom de notre «île», une autre île, à son tour, immortalise le sien depuis 1989: «Gabrielle Roy-Island» dans La Rivière Poule D'Eau...

ADOLPH FARAND, L'UN DES TROIS PETITS MÉTIS DE «MÉMOIRE ET CRÉATION» («FRAGILES LUMIÈRES DE LA TERRE») ET DE «LA DÉTRESSE ET L'ENCHANTEMENT»

> *«J'avais sept élèves: quatre des enfants de la seule famille vivant dans l'île, des Blancs, et trois petits Métis qui, chaque jour, pour assister à mes classes, venaient, deux de la terre ferme, et le troisième d'une autre île quelque part.»*
>
> «Mémoire et Création» (Fragiles Lumières de LaTerre)

Fils aîné de Jean-Baptiste et Bernadette Farand, propriétaires d'un ranch de bovins et de moutons, Adolph Farand grandit avec ses neuf frères et sœurs à Meadow Portage, puis effectua une carrière de mécanicien. Père de trois enfants et grand-père de trois petits-enfants, il vit aujourd'hui une retraite sportive entre le Canada, où il s'adonne à la pêche, et la Floride où il pratique volontiers le lancer du fer à cheval.

Personnage au franc parler, nanti d'un bon brin d'humour, notre témoin ne craint pas de «dévoiler» – si je puis dire – une anecdote qui fait apparaître Gabrielle non pas tant comme une institutrice «révolutionnaire» que comme une jeune fille en avance sur son temps.

Si les trois frères Farand, Adolph, Ludger et Joseph, refusent catégoriquement de se reconnaître dans les enfants Mackenzie, *«sauvages barbouillés, (...) craintifs»* de *La Petite Poule D'Eau*, il est indéniable que les *«trois petits Métis»* de *Fragiles Lumières de la Terre* et de *La Détresse et L'Enchantement* leur font référence. En quelques phrases à la fois sensibles et vigoureuses, Gabrielle s'incline devant ces jeunes aventuriers: ils n'hésitèrent jamais à affronter l'immense et hostile Déesse Nature comme à parcourir des kilomètres, tantôt à pied, tantôt en barque, pour venir assister à ses cours. Un bel exemple de courage et d'esprit d'initiative qui ne contribua sans doute pas peu à la faire réfléchir sur les «*responsabilités tragiques*»[1] et ses limites de pédagogue.

Une fine fleur d'intelligence

À l'été 1937, Gabrielle a été envoyée à la Poule D'Eau pour y enseigner du *grade* 1 au *grade* 7. J'étais alors en troisième année.

Mes deux frères et moi-même nous rendions chaque jour à la ferme des Côté où *restait* notre maîtresse d'école. Si vous voulez mon avis, c'était loin d'être la plus jolie fille que j'aie croisée au cours de mon existence : dotée d'un physique moyen, elle était plutôt petite, courte et trapue. Mais ce qui frappait chez elle, dès le premier abord, c'était sa personnalité douce, affable, plaisante, et sa conversation, simple, agréable, chaleureuse. Même si elle ne débordait jamais les strictes limites du cadre scolaire, j'ai plus souvent eu l'impression d'*échanger* avec une amie qu'avec une enseignante !

Durant son séjour sur «l'île», Gabrielle nous a initiés aux matières traditionnelles : l'arithmétique, l'histoire, la géographie, les sciences naturelles et le catéchisme.

Surtout, je n'ai jamais oublié qu'elle a été la première institutrice à m'apprendre un peu de français. Je dis bien «un peu» car, à cette époque, vous savez qu'il lui était interdit de l'enseigner plus de quinze à vingt minutes par jour...

Une adepte du bronzage

Ses heures de cours achevées, Gabrielle partait se ressourcer dans la nature. Si elle s'était écoutée, je crois qu'elle aurait passé le plus clair de son temps au grand air. Elle aimait par-dessus tout se promener le long de la Rivière de la Grande Poule D'Eau[2] ou encore traverser l'épaisse «brousse» qui recouvrait «l'île».

À d'autres moments, elle préférait se prélasser nonchalamment au soleil. Un jour, l'ayant surprise étendue au beau milieu du débarcadère, Joe Lacroix, un voisin, s'était déclaré choqué par l'«*exhibition indécente*» de son corps.

Pareille aux petites poules d'eau décrites dans son roman, Gabrielle a vécu parmi nous l'espace d'une seule saison : à peine deux mois ! Elle est repartie ensuite pour Saint-Boniface ou pour ailleurs, je ne sais pas.

Je ne l'ai jamais revue ni entendu reparler d'elle... Avant son départ, elle m'avait bien offert de correspondre avec elle, mais comment pareille proposition pouvait-elle intéresser un galopin de neuf ans?

LUDGER FARAND : «GABRIELLE, L'ENSEIGNANTE QUI M'A MANQUÉ...»

> *« Puis mes élèves arrivaient, sept en tout. Quatre venaient de la maison voisine, les trois autres par-delà les rivières, parfois amenés par leur père, parfois seuls, les pauvres petits, à mener leur barque fragile sur des eaux au courant agité. »*
>
> La Détresse et L'Enchantement

Fils cadet de Jean-Baptiste et Bernadette Farand, Ludger vécut une grande partie de son existence à Meadow Portage. Esprit pionnier et indépendant, il dirigea pendant quarante ans un immense ranch de bovins avant de passer le flambeau à l'un de ses fils qui possède aujourd'hui plusieurs milliers de têtes de bétail. Depuis, entouré de sa femme Pearl, de leurs sept enfants et de leurs nombreux petits-enfants, il coule une retraite paisible dans le Sud de la région de la Poule d'Eau.

Nostalgique, un brin romantique, l'ancien cow-boy et rancher revient parfois rêver à son enfance sur les ruines de ce qui fut la petite école de Gabrielle. Ayant baigné toute sa vie dans l'atmosphère de *La Petite Poule D'Eau*, son témoignage apparaît comme un minuscule résumé du roman. En effet, l'on y retrouve quelques uns des thèmes développés par l'écrivain : la maisonnette dans l'île, l'isolement, les difficultés de transport, le problème de l'éducation, la soif de connaissances ardente des enfants.

Amour, respect et admiration caractérisent les sentiments du petit Ludger envers Gabrielle qui, à l'exemple d'Armand Dubreuil, l'instituteur de *La Petite Poule D'Eau* – mais dans une mesure plus raisonnable – faisait de la nature sa méthode d'enseignement. Oisillon fraîchement éclos dans ce pays de marais et de roseaux cher à l'auteur, nul doute qu'il ne charma également sa maîtresse par son gracieux babil, sa candeur et la volonté sincère de s'instruire d'abord en français.

Le «miracle» Gabrielle

Les souvenirs que j'ai conservés de Gabrielle Roy vont assurément vous paraître bien naïfs. En effet, je n'avais que neuf ans lorsque je l'ai rencontrée. Durant les mois de juillet et d'août 1937, elle a enseigné sur une «île» dénommée «La Poule d'Eau», située entre la Little Waterhen River et la West Waterhen River. À l'époque, c'était une région du Manitoba encore extrêmement retirée et isolée: pour l'atteindre, les seuls moyens de transport demeuraient le bateau, le cheval et le *buggy*. Trouver une enseignante disposée à venir travailler dans une telle contrée avait représenté pour nous autres, jeunes insulaires, un authentique défi. Aussi avions-nous très vite pris conscience du privilège unique qui nous était offert de pouvoir acquérir, à travers la personne de Gabrielle, un début d'instruction.

Telle maîtresse, tel élève

Bâtie au beau milieu de «l'île», notre petite école ne consistait qu'en une seule pièce et réunissait des enfants du niveau de la maternelle aux *grades* 6 et 7. Immédiatement, Gabrielle s'était révélée une excellente enseignante: nous avions tous beaucoup de plaisir à étudier et à apprendre avec elle. Pour ma part, j'adorais les mathématiques et je me rappelle avoir, pour elle, récité la table de multiplication de 1 jusqu'à 20 devant toute la classe.

Vous me demandez quels étaient alors nos sujets de conversation? Eh bien, je suppose qu'ils tournaient principalement autour de mes devoirs et de mes leçons. Gabrielle était avant tout mon institutrice et j'éprouvais à son égard un grand respect. J'ai été incroyablement *chanceux* de l'avoir pour maîtresse d'école, car j'ignorais, bien entendu, qu'un jour elle deviendrait un auteur de renom...

Souvenirs et regrets...

Physiquement, Gabrielle n'était ni grande ni robuste ni ce que je pourrais qualifier d'enrobée. De longs cheveux châtains lui tombaient sur les épaules.

Non seulement elle avait su se faire apprécier de ses élèves mais encore de tous les membres de notre communauté. Simple et saine, elle accusait un net penchant pour le sport et la vie au grand air. Ainsi allait-elle fréquemment nager à la rivière ou bien s'allonger au soleil, sur le débarcadère. Elle partait aussi explorer la nature environnante et observait les oiseaux pendant des heures.

Après son départ de «l'île», je n'ai jamais revu Gabrielle. Sachez, toutefois, que je l'ai beaucoup, beaucoup regrettée. Par contre, au fil des ans, je suis resté en contact avec la plupart des gens et des écoliers qu'elle a évoqués dans *La Petite Poule D'Eau*: Jos Jeannotte, le couple Côté et ses enfants, etc.

En 1995, lors de l'excursion organisée par le Collège Universitaire de Saint-Boniface célébrant le cinquantième anniversaire de *Bonheur D'Occasion*, j'ai photographié Mme Yolande Roy-Cyr, la nièce de Gabrielle, devant une vieille cheminée qui constitue le seul vestige de notre petite école de la Poule d'Eau. Elle a été détruite par un incendie dans les années soixante.

V

LES SPECTATEURS
DE THÉÂTRE

Les compagnons de théâtre de Gabrielle Roy ont aujourd'hui tous disparu. Comédiens amateurs ou semi-professionnels, les «Enfants du Paradis» qui, dans l'entre-deux guerres, égayaient les paisibles rues de Saint-Boniface et des villages environnants, ont quitté la scène de la vie; emportant pour toujours le secret de leur art et de leurs émotions, de leurs rires et de leurs succès.

Pauline Boutal, la grande dame du Cercle Molière, à la fois interprète, metteur en scène, créatrice de décors et de costumes, s'est éteinte au moment où je commençais à rencontrer les premiers témoins de la vie manitobaine de Gabrielle. Et partie en canot dans le Nord du pays, sur les traces du héros de *La Montagne Secrète*, j'ai malheureusement manqué mon rendez-vous avec sa sœur Christiane Le Goff[1], autre figure indissociable de la troupe.

Force a donc été de me rabattre sur le témoignage de deux anciens spectateurs. Leurs souvenirs sont, hélas, trop fragmentaires et incomplets pour que je puisse esquisser un portrait objectif de Gabrielle «en artiste». De même, personne n'a été en mesure de me fournir les éléments qui m'auraient permis de brosser un tableau précis du Cercle Molière à cette époque: la personnalité des organisateurs et des comédiens, le type de pièces présentées, l'ambiance des répétitions, les techniques de jeu, le détail des accessoires, etc.

151

Par conséquent, je ne puis que renvoyer le lecteur aux ouvrages suivants: *La Détresse et L'Enchantement*, où l'auteur consacre un chapitre et demi plus quelques pages éparses à son apprentissage d'actrice; sa biographie; les Annales du journal *La Liberté* (1914-1929); enfin, l'essai d'Annette Saint-Pierre, *Le Rideau se lève au Manitoba*[2], qui, photographies à l'appui, fait revivre d'une plume érudite et enjouée les heures les plus palpitantes du théâtre francophone de l'Ouest.

* * *

Aussi loin que l'on remonte dans le passé de Gabrielle, le théâtre y est présent, hantant son existence tel le Spectre de l'univers tourmenté de *Hamlet*. Il la suit pas à pas, s'attache à elle comme son ombre, et la poursuivra, en fait, jusqu'à la fin de ses jours. Bien après avoir abandonné le désir d'y faire carrière, elle lui conservera la même fidélité, la même curiosité passionnées.

Le démon de la scène s'empare d'elle vers l'âge de dix ou douze ans – peut-être avant – alors qu'elle écrit, dirige et interprète une pièce pour ses petits camarades de la rue Deschambault. Cet essai se révèle si concluant qu'elle le renouvellera plusieurs étés de suite!

Puis, à l'adolescence, c'est Shakespeare qui, «tombant» sur elle «à l'improviste», la «foudroie» de la même manière qu'au siècle précédent, le jeune compositeur Hector Berlioz. La musique envoûtante de sa langue la conduira, quelques années plus tard, à s'inscrire dans une école d'art dramatique de Winnipeg et à jouer des seconds rôles dans plusieurs pièces populaires anglophones[3].

Parallèlement, que ce soit à l'Académie Saint-Joseph, ou à l'École Normale, elle ne rate jamais une occasion de monter sur les planches lors des fêtes et cérémonies qui rythment l'année scolaire. Avide d'émois artistiques, elle se produit le plus souvent en solo, car c'est, pour elle, le meilleur moyen de se faire admirer et applaudir plus que les autres. Aussi acquiert-elle très vite une certaine notoriété locale et se voit-elle régulièrement conviée à animer les réunions, soirées-bénéfices, bridges et thés dansants du «Tout-Saint-Boniface».

Malgré la crise économique qui sévit durement, l'engouement pour le théâtre atteint son apogée au cœur de la petite capitale francophone. Il est difficile, aujourd'hui, d'imaginer la bouillonnante atmosphère d'effervescence culturelle qui y régnait en ce temps-là. La télévision n'ayant pas encore effectué son apparition dans les foyers, l'art dramatique est resté *«l'affaire de tout le monde»*[4], comme l'écrit si justement Annette Saint-Pierre. Un peu partout, des troupes s'improvisent: au sein des associations, dans les salles des fêtes, mais aussi dans les écoles, au bord d'une rivière, dans un ancien chantier. On joue pour le plaisir, pour les bonnes œuvres ou pour une cause quelconque. La moindre manifestation est prétexte à élever une estrade, à dresser des tréteaux. On chante, rit, pleure, crie, danse, et recueille un tonnerre d'applaudissements. Qui osera dire que Saint-Boniface n'a pas, lui aussi, connu ses «Années Folles»?

À l'instar de ses compatriotes, Gabrielle ne tarde pas à succomber, elle aussi, à cette contagieuse frénésie de théâtre. La jeune institutrice se joint tout d'abord à une joyeuse bande de saltimbanques itinérants, comédiens, musiciens, clowns et mimes qui, *«empilés jusqu'au toit dans deux vieux tacots»*[5], s'exhibent de village en village. Multipliant farces, grimaces et pitreries, tous s'efforcent, le temps d'une brève représentation, d'arracher les habitants à leur «ennui», symbolisé par l'immense plaine rase qui les entoure. Dans *La Détresse et L'Enchantement*, la romancière restitue avec une surprenante netteté les sons, les odeurs, les lumières et les émotions qui colorent ces soirées de fêtes, pourtant passées comme dans un rêve. Plusieurs étés durant, elle laisse libre cours à ses talents de monologuiste et de comique-troupier; et comme les gens rient, s'imagine déjà promue à une brillante carrière...

Son entrée dans le prestigieux Cercle Molière, au début des années trente, marque une étape décisive dans son évolution personnelle et artistique, en même temps qu'elle décide de toute son orientation future. Là, sous la bienveillante férule d'Arthur et Pauline Boutal, elle va pouvoir enfin s'initier à un art dramatique consommé et bénéficier d'une formation de niveau quasi professionnel.

Ses débuts dans la comédie de boulevard française sont modestes et difficiles mais, petit à petit, à force de travail patient et obstiné, elle accède à des emplois plus importants puis décroche le rôle principal dans *Les Sœurs Guédonnec* (1936).

Comble du succès! Le Trophée National «Bessborough», destiné à récompenser la meilleure pièce francophone lors du Festival d'Art Dramatique d'Ottawa, vient couronner six années d'un dur et persévérant labeur. Pour Gabrielle, plus qu'une gratification, c'est un triomphe, presque LA consécration! De là à se prendre pour une Sarah Bernhardt en herbe, il n'y a qu'un pas.

De fait, ce qui ne représente, aux yeux de ses partenaires, qu'un agréable passe-temps ou un heureux dérivatif à leurs soucis quotidiens, a pris depuis quelque temps, chez la jeune fille, toutes les apparences d'une obsession. Déchirée jusqu'alors entre l'écriture et le théâtre, c'est celui-ci qu'elle choisit, brusquement persuadée qu'elle a enfin trouvé sa véritable vocation. Quel autre art, en effet, serait-il capable de lui offrir tout ce à quoi elle aspire secrètement depuis des années: le rêve, l'évasion, la reconnaissance, le voyage et surtout l'argent, pour elle et pour les siens?

Grisée par sa réussite soudaine, armée d'une inébranlable confiance en sa «bonne étoile», pressée par sa sœur Bernadette, un professeur de diction frustrée, peut-être, de n'avoir jamais fait carrière dans le domaine, elle décide de franchir le pas pour devenir comédienne professionnelle. Sa première destination: Paris, la capitale mondiale du théâtre!

Le moins qu'on puisse dire, c'est qu'elle a visé haut. Bien trop haut, sans doute! Innocent papillon ébloui par le luxe factice du strass et des paillettes, elle ignore encore qu'elle va se «brûler les ailes» au contact d'un monde cruel et sans pitié auquel elle n'est nullement préparée: et qui n'hésitera pas à la jeter par trois fois sur les pavés de Paris, de Londres et de Montréal. Mais elle se relèvera et, plume au poing, pareille au célèbre Rastignac de Balzac, pourra alors lancer à son tour: «À nous deux, Montréal!»

Pour l'heure, la «Ville-Lumière» ne lui apporte qu'une succession de revers, de déceptions et de désillusions. Elle court de théâtre en théâtre, de distrayantes comédies en représentations dramatiques, mais trouve la diction des acteurs superficielle, fausse, ampoulée et prend la fuite avant même d'avoir auditionné chez Charles Dullin[6]. Comme surcroît de mécompte, en assistant à l'une des répétitions de la tragédienne Ludmilla Pitoëff[7], elle découvre brutalement «l'envers du décor» – si je puis dire: la salle vide de spectateurs, les interminables tâtonnements des interprètes, les rouages un peu trop bien huilés de la mécanique. Jeux de miroirs et faux-semblants: le monde des mirages et du trompe-l'œil ne résiste pas à la lumière abrupte de la réalité. Une fois de plus, l'apprentie-comédienne prend ses jambes à son cou!

Sans se décourager pour autant et convaincue que cette cascade d'échecs est uniquement due à ses difficultés d'adaptation dans la mégalopole française, la voilà qui part tenter sa chance à Londres!

Elle y fréquente les meilleurs théâtres, s'enthousiasme pour le jeu sobre, retenu et tout en demi-teintes des Anglais et s'inscrit à la très réputée «Guildhall School of Music and Drama»[8]. Mais les cours sont chers, laborieux, épuisants, les professeurs, critiques, sévères, impitoyables, et elle ne parvient pas à corriger son accent manitobain. Elle persévère néanmoins, jusqu'à ce qu'un médecin lui déclare sans ménagement qu'elle n'a ni la constitution physique ni les capacités respiratoires nécessaires pour pouvoir embrasser ce métier.

Pendant quelque temps encore, sa relation avec cet amant entier, exclusif et passionnel qu'est le théâtre va s'épuiser en une série de ruptures et de réconciliations. Ainsi, tout en exerçant sa nouvelle profession de journaliste à Montréal, écrit-elle quelques pièces[9] et prête-t-elle sa voix à l'héroïne d'un feuilleton radiophonique. Mais ce n'est qu'un pis-aller destiné seulement à gagner un peu d'argent: on lui reproche sa voix trop défectueuse.

Qu'importe! Depuis son séjour chez ses amis William et Esther Perfect à Upshire (dans la banlieue nord-est de Londres), elle s'est remise à l'écriture et cette fois, n'en déviera plus...

Peu de temps après la parution de *Bonheur d'Occasion*, le don qu'elle fait, à un jeune ami, de sa trousse à maquillage, scelle sa séparation définitive d'avec le théâtre. Elle n'y reviendra jamais – du moins dans un objectif professionnel – et, avec le recul, conviendra qu'elle ne faisait sans doute que se chercher elle-même à travers cette activité.

«Le rideau se baisse au Manitoba». En cadeau d'adieu à celle dont il n'a pas voulu, le théâtre offrira... un mari! Le Dr Marcel Carbotte, président du Cercle Molière et acteur-amateur lui-même; un grand et bel homme à la voix grave, à la prestance naturelle, cultivé et francophone, ce qui ne gâche rien. Peut-être Juliette aura-t-elle au moins trouvé son Roméo...

* * *

Nonobstant le verdict de son médecin anglais, il est difficile de dire si, en poursuivant ses efforts, Gabrielle aurait pu réaliser son rêve de percer un jour au théâtre. Les points de vue divergent sur la question.

Selon les journalistes de son époque et les spectateurs qui ont eu le privilège de l'admirer sur scène, elle possédait toutes les qualités requises pour réussir dans cette voie: un physique de jeune première, une excellente mémoire, un regard intense, l'intonation juste, le geste expressif, le goût de la vie nomade, et surtout cet indispensable «feu sacré», prompt à soulever les foules et à incendier les salles.

Plus circonspecte, Annette Saint-Pierre lui reconnaît seulement un «joli talent», comme on disait à la mode ancienne et non un don éclatant ou des dispositions exceptionnelles. En outre, elle s'attache à détruire une légende particulièrement tenace dans les milieux littéraires, selon laquelle son amie aurait été l'égérie et LA grande vedette du Cercle Molière.

Pour l'éminent critique manitobain, enivrée par quelques «succès d'estime», montée en épingle par une presse locale dithyrambique, entourée d'une cour d'admirateurs un tantinet naïfs, Gabrielle s'était tout bonnement bercée d'illusions. Par-dessus tout, elle avait largement sous-estimé le travail acharné, les sacrifices, la dose de courage, de volonté et d'ambition qu'exige le choix d'un tel métier.

Néanmoins, le renoncement hâtif de la jeune femme au théâtre n'a jamais cessé d'étonner, voire d'intriguer son entourage. En effet, membres de la famille, camarades de classe, collègues de travail, amis, tous affirment sans hésiter qu'il était, chez elle, comme une *«seconde nature»*, une *«seconde peau»*. Comédienne-née, Gabrielle l'est restée sa vie durant, sinon sur un vrai plateau, du moins sur la «scène du monde», selon une expression en vogue au siècle dernier.

Toute petite déjà, elle «fait la comédie» – au sens premier du terme – parce que les amies de sa mère refusent d'écouter les histoires qu'elle a écrites à leur intention. Adolescente, elle provoque infailliblement le fou rire de Mélina Roy et de ses camarades d'école par ses mimiques, ses imitations et ses numéros irrésistibles.

Institutrice, elle déclame du Shakespeare à tue-tête devant ses consœurs et, lors des fêtes scolaires de fin d'année, récite des poèmes aux parents d'élèves, quand elle ne se lance pas dans l'une de ses fameuses démonstrations de mime ou de magie. À une époque où les enseignantes étaient encore astreintes à une certaine réserve, ces exhibitions répétées ne laissent de surprendre – agréablement, du reste – mais lui attirent, au fil des ans, une réputation d'originale et d'excentrique.

Autre nouveauté: elle introduit le théâtre comme instrument pédagogique dans ses classes et va même jusqu'à créer de petits spectacles de marionnettes pour rendre ses cours plus accessibles et attractifs. Chez elle, l'art de la narration – dont elle a incontestablement hérité de sa mère – est inséparable de celui du théâtre qu'elle exerce en tout lieu, en toutes circonstances et en totale liberté devant ses proches.

« Lorsqu'elle racontait une histoire, m'expliquait un jour Sœur Berthe Valcourt, l'une de ses amies manitobaines[10], d'instinct, elle se mettait à «acter». Son visage et ses yeux s'éclairaient, sa voix vibrait du plus profond d'elle-même, son corps entier s'animait. Ses gestes trahissaient l'ancienne comédienne, un talent indiscutable et je crois aussi, une certaine nostalgie de la scène. Elle opérait ce miracle de ressusciter les événements et de rendre présentes les personnes dont elle nous parlait. Dans sa bouche, même les détails les plus plats, les plus insignifiants devenaient passionnants. Jouant subtilement de ses yeux et de son sourire, elle maintenait son auditoire sous le charme. Les gens étaient comme fascinés. J'ai rarement rencontré pareil don chez d'autres êtres. »

Ce pouvoir, elle aura amplement l'occasion d'en faire usage lorsque le succès de ses livres la projettera sur les devants de la «scène littéraire». Fêtée, invitée, priée par une foule d'admirateurs de donner son avis sur tout et sur rien, elle puisera à profusion dans ses ressources naturelles, comme dans sa formation initiale, pour vaincre sa timidité maladive, se composer un personnage – parfois à l'opposé du sien – et briller au fronton de la société montréalaise qu'on appellerait aujourd'hui «branchée».

Mais la petite provinciale qui aspirait tant, naguère, à la gloire et aux honneurs, s'aperçoit très vite qu'au fond, elle n'est nullement faite pour le théâtre des mondanités, des fausses politesses et des congratulations de bon aloi. Sans doute aurait-elle pu faire sa devise de la formule qui clôt le troisième chapitre de *Le Temps qui m'a Manqué*: *«Je pense bien encore une fois avoir pris la fuite. »*

Attitude qui m'amène tout naturellement à me demander si une femme qu'effrayaient tant la télévision, la presse et les séances-photos, qu'épuisait la moindre vente-signature, distribution d'autographes ou remise de prix, avait l'étoffe d'une véritable actrice, voire d'une star.

Toujours est-il que Gabrielle délaisse de plus en plus la «comédie humaine» pour se retirer dans son propre «théâtre intérieur»; là où elle est peut être tout à la fois dramaturge, directrice d'acteurs, régisseur, décoratrice, éclairagiste, costumière, interprète principale – car n'est-ce pas d'abord et avant tout elle-même qu'elle mettra en scène? – et de jouer, à travers une multitude de personnages, les rôles qui lui ont été à jamais refusés: son œuvre.

*   *   *

Paradoxalement, en l'expulsant de ses planches, le théâtre ignorait qu'il allait lui ouvrir toutes grandes les portes de l'écriture – rendant par là-même un fier service à ses lecteurs – et lui permettre de *«donner»* à son tour *«la vie et la parole à d'autres»*[11]. Bonne perdante, elle rendra cependant hommage à ce qu'elle estimait devoir à ce premier Maître: *«une formidable leçon de travail, d'effort soutenu, de poursuite de la vérité»;* et... *«de français!»*[12] ne manquera-t-elle pas d'ajouter, de sa plume incorrigiblement cabotine.

ALFRED MONNIN,
UN JUGE TÉMOIN DE GABRIELLE

«Aujourd'hui, il m'apparaît que le Cercle Molière, troupe d'amateurs – mais amateur pris dans son sens propre d'amour – m'aura été, presque au départ de ma vie, porte ouverte. Momentanément sur la scène du théâtre. Ensuite sur la scène de la vie.

«Le Cercle Molière... Porte Ouverte – souvenirs du Cercle Molière 1936-1938» (Chapeau Bas, Réminiscences de la vie théâtrale et musicale du Manitoba français)

Né à Saint-Boniface, de parents jurassiens, Alfred Monnin poursuivit ses études à l'École Provencher puis au Collège des Jésuites. Enrôlé volontaire dans l'infanterie canadienne en 1942, il participa à de nombreuses campagnes tant en France que dans le Nord de l'Europe. De retour au Manitoba, il s'inscrivit à la Faculté de Droit et fut nommé juge à la Cour de Première Instance de Winnipeg. Il acheva sa carrière comme président de cette même Cour. L'adhésion d'Alfred Monnin à toutes les causes francophones fait de lui l'une des personnalités les plus respectées de Saint-Boniface.

Le témoignage de ce haut magistrat est le seul que j'ai pu recueillir sur les années de Gabrielle au Cercle Molière. L'on déplore, évidemment, qu'il n'ait pas été un peu plus âgé à l'époque où la future romancière s'adonnait passionnément aux plaisirs de la scène. En effet, que de détails n'aurait-il pu nous fournir sur les pièces elles-mêmes, le jeu de notre débutante, l'atmosphère ambiante et les méthodes de travail des acteurs et des techniciens!

Toutefois, il n'est pas inintéressant de suivre Alfred Monnin enfant puis adolescent, dans sa découverte émerveillée de la comédienne; rejoignant, lui aussi, à sa manière, la cohorte des «admirateurs de l'ombre».

159

Une voisine de rêve

De 1932 à 1937, mes parents ont habité rue Desmeurons, à Saint-Boniface. Une simple clôture séparait notre arrière-cour de la résidence des Roy, qui se trouvait rue Deschambault. Entre l'âge de sept et douze ans, j'ai donc maintes fois eu l'occasion de voir Gabrielle. Elle enseignait à l'École Provencher et il nous arrivait parfois d'effectuer ensemble les cinq-cent mètres qui nous séparaient de notre établissement.

La jeune institutrice me paraissait plutôt grande – mais il est vrai que j'étais alors si petit! – et très jolie avec ses cheveux blonds et bouclés, tirant sur le châtain, ses yeux bleus et ses pommettes légèrement rosées. Elle s'est toujours montrée d'une extrême gentillesse envers le petit polisson que j'étais immanquablement...

Fidélité et infidélité envers le Cercle Molière

Gabrielle adorait le théâtre et, pendant cinq ans, j'ai eu le privilège d'assister aux représentations du Cercle Molière dans lesquelles elle s'est produite. Pour ma part, je trouvais que la jeune femme jouait très bien mais, à cet âge où l'on se laisse si aisément envoûter par la magie d'un spectacle, étais-je à même de juger des prestations de notre artiste?

À cette époque, Gabrielle fréquentait Pauline Boutal et sa sœur Christiane Le Goff, les principales animatrices de la troupe. Cependant, toutes trois n'ont guère dû avoir le temps d'approfondir leurs relations amicales car notre apprentie-comédienne est partie dès 1937 pour l'Europe. À ce tournant de son existence, je ne l'ai, quant à moi, jamais revue.

Monsieur Armand Dureault[1], un ancien membre du groupe, m'a confié que le Cercle Molière l'avait invitée plusieurs fois à présider ses banquets d'anniversaire et ses manifestations officielles – parmi lesquelles, en 1975, la dédicace de la «Salle Pauline Boutal» au Centre culturel franco-manitobain[2] – mais qu'elle ne s'était jamais présentée.

De toute façon, Gabrielle ne venait que rarement à Saint-Boniface et n'y visitait que sa famille. Après la mort de sa sœur Bernadette au couvent des Sœurs des SNJM, je doute même fort qu'elle soit revenue par ici[3].

(Photo: Alain Stanké)

Les silos à grains, symbole des Plaines…
(Photo de l'auteur)

Le boulevard Provencher, du nom du «père» fondateur
de Saint-Boniface.
(Photo de l'auteur)

La Cathédrale de Saint-Boniface, dont les cloches rythmaient la vie
de la petite ville. Détruite en 1968 par un incendie, il n'en reste plus
aujourd'hui que la façade.
(Photo de l'auteur)

Gabrielle à l'âge de cinq ans, entre ses sœurs
Marie-Anna et Bernadette.
(Archives Marie-Anna Roy)

Gabrielle, sa sœur Bernadette, son père Léon et sa nièce Blanche dans les années vingt.
(Archives des Sœurs des SNJM — Saint-Boniface)

Émilie Roy-Landry, la mère de Gabrielle, avec sa petite-fille Lucille en Saskatchewan en 1940.
(Collection particulière)

La Maison Roy, 375, rue Deschambault, à Saint-Boniface. Une plaque commémorative y célèbre l'œuvre de l'écrivain.
(Photo de l'auteur)

Germain Roy, frère de Gabrielle, lors de la remise de ses diplômes, en 1925.
(Archives Yolande Roy-Cyr)

Gabrielle sur le perron de sa maison, rue
Deschambault, dans les années trente.
(Collection particulière)

L'oncle Édouard, frère de Léon Roy, à Élie au début du
siècle. Gabrielle donna le prénom de ce légendaire
pionnier à plusieurs de ses personnages.
(Archives Marie-Anna Roy)

Cabane de pionnier traditionnelle au Manitoba.
(Photo de l'auteur)

La ferme de l'oncle Excide Landry, à Somerset, où Gabrielle
passa les plus beaux moments de sa jeunesse.
(Collection particulière)

Somerset au début du siècle.
(Archives de la Mairie et du Centre Gabrielle-Roy de Somerset)

Winnipegosis dans les années trente. Gabrielle passait ses vacances
chez les Jubinville, à proximité de ce village.
(Archives Edna Medd)

L'oncle Excide Landry et sa femme Luzina, qui donna son prénom à l'héroïne de *La Petite Poule d'Eau*.
(Collection particulière)

Le cousin Cléophas Landry dans sa propriété de Somerset. Ce séduisant cavalier fut, croit-on, un flirt de jeunesse de Gabrielle.
(Collection particulière)

Les cousins Laurent et Éliane Jubinville au début de leur mariage. La jeune femme inspira à Gabrielle l'héroïne de *La Petite Poule d'Eau.*
(Collection particulière)

(Photo: Alain Stanké)

L'école de Cardinal, où Gabrielle enseigna de 1929 à 1930.
(Ministère de la Culture et du Patrimoine du Manitoba)

Gabrielle lors d'une randonnée à Cardinal, en 1930.
(Collection particulière)

Aimé Badiou, ancien
élève de Gabrielle à
Cardinal, devint le petit
Lucien Badiou dans deux
de ses nouvelles.
(Collection particulière)

Philippe Cardinal, l'un
des modèles de Médéric
Eymard dans *Ces
Enfants de ma Vie*. Ici,
avec sa maman.
(Collection particulière)

Comme Médéric Eymard, Philippe Cardinal se rendait à l'école à cheval. Il est photographié ici quelques années après le départ de Gabrielle du village.
(Collection particulière)

Aux environs de Cardinal, les ruines de la ferme de Simon Badiou. En ses belles années, elle inspira celle de Rodrigue Eymard dans *Ces Enfants de ma Vie*.
(Photo de l'auteur)

Berthe Danais-Debreuil, ici avec son mari Théophile, héros de la Première Guerre mondiale, et ses deux fils, renseignait son amie Gabrielle sur la vie des pionniers de Cardinal.
(Collection particulière)

Berthe Danais et sa fille Irène Crites à l'époque où Gabrielle revint visiter Cardinal.
(Collection particulière)

Le magasin général de Louis et d'Iphigénie Girouard à Somerset, où Gabrielle prenait pension le week-end.
(Collection particulière)

Iphigénie Girouard s'était prise d'une grande affection pour
Gabrielle, qui le lui rendit bien mal.
(Collection particulière)

Le débarcadère de l'île de la Petite Poule d'Eau.
(Photo de l'auteur)

Gabrielle se souvenait avec émotion de l'humble maison de *logs* d'Albert et de Valentine Côté, où elle logea pendant son séjour sur l'île.
(*À droite* : Photo d'Alain Stanké.
En médaillon : Archives Simone Gentès-Côté)

Les vrais élèves de l'École de *La Petite Poule d'Eau*. Au premier rang : Adolph Farand; Alice et Marie Côté; Ludger et Joseph Farand. À l'arrière: Adélard, Hélène et Simone Côté.
(Archives Simone Gentès-Côté)

Scène de *La Petite Poule d'Eau*, spectacle créé par le Cercle Molière de Saint-Boniface en 1992.
(Photo: Hubert Pantel)

L'amour de la nature ne quitta jamais Gabrielle...

(Photo: Alain Stanké)

La famille Farand sur sa concession dans les années
quarante. Au dernier rang : Ludger, Adolph et Joseph,
les trois petits Métis mentionnés dans deux récits
autobiographiques de Gabrielle.
(Collection particulière)

Jos Jeannotte, proprié-
taire du magasin
général de Meadow
Portage, campé sous
les traits du marchand
Bessette dans
La Petite Poule d'Eau.
(Archives Simone Gentès-Côté)

La modeste église Saint-Émile, à Saint-Vital, où Gabrielle
épousa le Dr Marcel Carbotte en 1947.
(Archives de la paroisse Saint-Émile)

Tony Tascona, ancien élève de Gabrielle, dans son atelier d'artiste-peintre.
(Collection particulière)

Gabrielle et ses élèves de première année à l'École Provencher en 1933. Tony Tascona, «l'Enfant à la pomme», est le troisième écolier au troisième rang en partant de la gauche.
(Archives de l'Université de Regina, Saskatchewan)

L'institutrice Léonie Guyot, collègue et amie de Gabrielle à l'École Provencher, qui apparaît discrètement dans *Ces Enfants de ma Vie*.
(Archives *La Liberté*)

Le violoniste Clelio Ritagliati fut l'un des soupirants de Gabrielle au temps où elle faisait du théâtre.
(Collection particulière)

Altamont, l'un des lieux de pèlerinage favoris de Gabrielle.
(Archives de la Mairie d'Altamont)

Le Dr Yolande Roy-Cyr, psychiatre, l'une des nièces préférées de Gabrielle.
(Archives Yolande Roy-Cyr)

Le Dr Marcel Carbotte en compagnie de son petit cousin, l'abbé Dom Marcel Carbotte, aujourd'hui supérieur d'un couvent de trappistes au Manitoba.
(Collection particulière)

Maria-Anna Roy écrivant dans un jardin public de Montréal.
(Collection particulière)

Gabrielle et le peintre René Richard, l'inspirateur de son roman
La Montagne Secrète.
(Photo: : Alain Stanké)

La Montagne Secrète vue par l'auteur (nord de l'Alberta).

Gabrielle et Marcelle Lemaire, une ancienne con-sœur institutrice au Manitoba, dans le jardin de Petite-Rivière-Saint-François en 1974.
(Collection particulière)

Instantané heureux à Petite-Rivière-Saint-François: Gabrielle en compagnie de son mari et d'une amie manitobaine en 1974.
(Collection particulière)

(Photo: Alain Stanké)

En dépit de ses griefs contre elle, Marie-Anna perpétua la mémoire de Gabrielle jusqu'à sa mort, à l'âge de 105 ans.
(Photo de l'auteur)

(Photo: Alain Stanké)

L'écrivain et universitaire Annette Saint-Pierre, fille spirituelle de Gabrielle et spécialiste de son œuvre dans l'Ouest.
(Archives Annette Saint-Pierre)

Depuis 1989, l'île «Gabrielle-Roy Island» immortalise le nom de la romancière dans la rivière Poule d'Eau, au Manitoba.
(Photo de l'auteur)

Le dernier sourire de Gabrielle à Alain Stanké, son éditeur et ami.
(Photo: Alain Stanké)

Les «héritiers» de Gabrielle

Voilà tout ce que je puis vous raconter sur l'écrivain, mais je vous encourage vivement à prendre contact avec trois personnes qui l'ont beaucoup mieux connue que moi: Mlle Léonie Guyot, tout d'abord, son ancienne collègue de travail à l'École Provencher et l'une de ses rares amies intimes, qui vit toujours au Manitoba. Cette demoiselle est un peu lasse de répondre aux questions des spécialistes et des «fans» de la romancière, mais peut-être acceptera-t-elle malgré tout de vous renseigner. Elle aimait beaucoup Gabrielle et a toujours parlé d'elle en bien.

Ensuite, Mme Annette Saint-Pierre, une autre de ses amies, qui a écrit un ouvrage sur son œuvre: *Gabrielle sous le Signe du Rêve*[4]. Elle dirige actuellement les Éditions des Plaines à Saint-Boniface.

Enfin, M. François Ricard, professeur à l'Université McGill de Montréal, qui a publié l'année dernière un volume de six-cent pages sur elle: *Gabrielle Roy, Une Vie*.

FRÈRE JOSEPH ROY,
SPECTATEUR D'OCCASION

« Naïvement, je me croyais du talent pour le théâtre – et peut-être en avais-je un peu. »

La Détresse et L'Enchantement

Né à Winnipeg, Joseph Roy entra dans la Congrégation des Marianistes de Saint-Boniface et devint professeur de mathématiques et de sciences naturelles à l'École Provencher. Il a fêté son Jubilé de vie religieuse en 1997.

Si Gabrielle et lui enseignaient dans le même établissement au début des années trente, ils n'eurent cependant jamais l'occasion de se rencontrer ni de se parler, les ecclésiastiques, en ce temps-là, n'étant pas autorisés à communiquer avec le personnel féminin.

C'est seulement à la faveur d'un gala que Frère Joseph Roy aperçut pour la première et dernière fois la jeune institutrice et découvrit ses heureuses dispositions pour le théâtre: dons qu'elle n'exploita malheureusement plus que dans l'intimité après son décevant passage dans les théâtres et conservatoires d'art dramatique européens.

Sous les feux de la rampe

Je n'ai croisé Gabrielle Roy qu'une seule et unique fois au cours de mon existence. C'était en 1930, à la faveur d'une fête qui avait été organisée, si mes souvenirs sont bons, en l'honneur du Frère Joseph Hinks, Supérieur de l'École Provencher, à Saint-Boniface.

De nombreux paroissiens se pressaient ce jour-là dans la salle de l'auditorium. Tout à coup, Gabrielle a fait son apparition sur la scène. Elle portait une chaise qu'elle a placée au centre de l'estrade, puis s'est mise à débiter un petit discours ou un poème. Elle l'a fort bien dit: sa

162

parole était aisée et composée, son timbre de voix assuré et pénétrant, et elle accompagnait sa déclamation de gestes appropriés.

Une fois sa prestation achevée, elle s'est levée de sa chaise puis, après s'être respectueusement inclinée, a disparu sous un tonnerre d'applaudissements.

VI

LES AMIS

Quoique le mot «amitié» apparaisse rarement dans son œuvre – elle lui préfère celui de *«tendresse»* ou de *«fraternité»* – ce sentiment a toujours occupé une place privilégiée dans l'existence de Gabrielle Roy. De Sœur Maria Prénovost – qui fut bien plus qu'une simple camarade de classe – à Berthe Simard, sa voisine de Petite-Rivière-Saint-François, d'innombrables affections, féminines pour la plupart, jalonnent son parcours.

Aussi contradictoire que cela puisse paraître, l'écrivain qui aimait par-dessus tout sa tranquillité et la solitude de son cabinet de travail, ne pouvait se passer de la compagnie des autres ni de leur aide. Fragile, peu douée de sens pratique, incapable de se débrouiller dans la vie quotidienne, Gabrielle restera jusqu'à la fin cet *«oiseau tombé sur le seuil»* qu'il appartiendra à ses proches de soigner, de protéger et de réconforter.

Qu'elle soit ancienne, nouvelle, profonde ou légère, l'amitié, chez la romancière, est placée sous le signe de la fidélité. D'ordinaire, elle conserve longtemps les mêmes relations et reviendra régulièrement rendre visite à celles qu'elle a établies au gré de ses séjours au Manitoba, en France, en Angleterre, au Québec et aux États-Unis.

Exigeante quant au choix de son entourage, la fortune, le rang, la réussite sociale n'entrent toutefois nullement en ligne de compte dans ses critères de sélection. Seules importent les qualités humaines des êtres qui, s'ils se révèlent des amateurs éclairés d'art ou de littérature, n'en sont que davantage estimés.

* * *

Bien que son départ pour l'Europe, en 1937, ait marqué une rupture évidente avec le passé et que, redevenue journaliste-écrivain, il lui fut désormais difficile de «*voir*» ses compatriotes«*autrement qu'à travers les mots*»[1], Gabrielle maintint et noua de solides contacts dans sa province natale. Les Manitobains qui ont choisi de s'exprimer ici incarnent chacun un aspect de cette amitié que la romancière ne cessa de rechercher sous toutes ses formes – mais qu'elle ne trouva sans doute véritablement qu'en la «personne» de l'Écriture.

Infirmière improvisée, lectrice, conseillère, compagne de voyage: rencontrée tardivement lors de la maladie de Bernadette, la religieuse Berthe Valcourt fut amenée à jouer, auprès de Gabrielle, le rôle écrasant et délicat d'une mère.

Ce fait ne m'a guère surprise dans la mesure où, selon les analystes de son œuvre, c'est Mélina Roy, cette maman-pélican, à la fois possessive et munificente, que l'écrivain tente désespérément de retrouver à travers toutes les femmes qui croisent sa route: Madeleine Chassé, sa secrétaire; Madeleine Bergeron, directrice d'une école pour handicapés physiques; Marie Dubuc, une Québécoise qui l'invite à plusieurs reprises aux États-Unis; Berthe Simard, etc. En outre, ces mêmes critiques affirment que l'écriture, chez Gabrielle, fut essentiellement une entreprise de «rachat» de soi après avoir abandonné sa mère au seuil de la misère. Restée étonnamment jeune de caractère, Mélina ne demeura-t-elle pas jusqu'au bout – et cela en dépit d'inévitables heurts – sa meilleure amie, sa complice, sa consolatrice, celle qui comprenait tout et à qui elle pouvait tout confier?

Bernadette décédée, la romancière considéra désormais Berthe Valcourt non plus tant comme un substitut de mère que comme une«*autre sœur*»[2]. De manière analogue, à la mort de Mélina, elle avait alors reporté sur Sœur Léon-de-la – Croix son amour blessé et meurtri. Contemplant en cette poétesse sensible et rêveuse une sorte de reflet narcissique et idéalisé d'elle-même. Écrivain romantique par excellence – dans *Le Temps qui m'a Manqué*, ses pages sur la nature s'inscrivent dans la plus pure lignée d'un Chateaubriand ou d'un Hugo – la conscience aiguë qu'elle a de son «moi» la poussera à se projeter systématiquement dans les amitiés-miroirs qui éclaireront sa route: Paula Sumner, une jeune fille de la haute société manitobaine qui partage ses désirs d'un destin supérieur; la grande tragédienne Ludmilla Pitoëff; l'écrivain et artiste-peintre Cécile Chabot [3], etc.

* * *

L'infirmière Clerina Karper et Annette Jeannotte, l'ancienne épicière de la Poule D'Eau, représentent, quant à elles, les amitiés de jeunesse de Gabrielle. Occasionnelles et peu profondes, elles illustrent assez bien l'état d'esprit «don-juanesque» dont la jeune Bonifacienne fit preuve dans la première partie de sa vie, avant de trouver un équilibre dans ses rapports humains.

À l'école déjà, ses relations avec ses camarades de classe trahissent une forme d'instabilité fébrile. Insouciante, cabotine, *«insaisissable»* – selon le mot de Sœur Maria Prénovost – elle butine de l'une à l'autre sans parvenir à fixer sa préférence. Hormis sa cousine Léa Landry, qu'elle rejoint chaque été à Somerset pour les vacances, on ne lui connaît aucune amie de cœur ou confidente à qui elle raconte ses «petits secrets», ses joies comme ses peines. *La Détresse et L'Enchantement* ne fait pas davantage allusion à une quelconque jeune fille de son âge. En fait, Gabrielle compte beaucoup plus de «copines» que d'amies à proprement parler. Timidité, pudeur ou sentiment exagéré de son importance, de sa «différence»? Non seulement elle éprouve quelque difficulté à communiquer avec ses semblables, sinon par des plaisanteries, mais trop accaparée par ses études et ses rêves d'avenir, l'amitié, à cette période de son existence, n'a pas, chez elle, droit de préséance.

Tôt contractée, cette habitude «papillonnante» ne la quitte pas pour autant à l'adolescence. Alors qu'elle semble n'avoir eu jusqu'ici pour amis que ses petits élèves de l'École Provencher, la nouvelle institutrice se laisse entraîner par ses fréquentations du Cercle Molière dans un tourbillon de fêtes et de plaisirs. Durant ces années agitées où, encore ignorante de sa véritable vocation, elle tente de se frayer un chemin dans la société, Gabrielle s'amuse, flirte, batifole, exerce le charme de ses yeux et de son sourire ravageurs sur tous ceux qui l'approchent: jeunes filles de la bonne bourgeoisie telles Renée Deniset ou Grace Woodsworth, soupirants d'un jour, cavaliers d'un soir, comédiens et musiciens...

Mirlitons, serpentins et confettis... Brusquement, le rêve s'évanouit et Cendrillon s'enfuit à l'autre bout du monde sans abandonner son soulier à quelque Prince charmant que ce soit. Inquiète, cette vie qui se cherche fièvreusement entre la France et l'Angleterre, le théâtre et l'écriture, ressemble à une perpétuelle fuite en avant. Annonçant déjà, d'une certaine façon, celle de son héros, Pierre Cadorai, qui, cruellement tourmenté par le démon de l'Art, abandonnera ses amis successifs au fil de ses pérégrinations vers *La Montagne Secrète*: Gédéon, le chercheur d'or, la serveuse Nina, le trappeur Steve Sigurdsen. Par ailleurs, domine toujours, chez la jeune Manitobaine, ce vieux fond de sauvagerie qui lui fait préférer sa solitude et son indépendance à l'étouffante présence d'autrui. Trop sensible et trop faible sans doute, elle accepte mal que des étrangers s'immiscent dans son intimité. Enfin, séductrice et «star» dans l'âme, peut-être cultive-t-elle volontairement cette part d'ombre et de mystère qui l'entoure afin d'attirer l'attention sur elle, et surtout se faire aimer...

De son séjour européen, elle ne conservera des liens durables qu'avec les Perfect, ses «parents adoptifs» anglais, et Ruby Crook, une infirmière torontoise qui inaugure la longue liste des compagnes avec lesquelles l'écrivain sera un jour amenée à voyager: Jeanne Lapointe[4], professeur à l'Université Laval de Québec; la journaliste suédoise Siv Heiderberg; Julie Simard, une collègue de travail de son mari, etc.

* * *

Enfin, Annette Saint-Pierre, l'une de ses filles spirituelles, Henri Bergeron, l'ami de «l'exil» au Québec, brillant homme de communication, et le violoniste Clelio Ritagliati témoignent ici au nom de la grande «famille» littéraire et artistique qui permit à Gabrielle de se stabiliser dans l'écriture, et plus prosaïquement dans la vie.

Une famille, peut-être même la sienne propre... N'est-ce pas, au fond, ce que la romancière s'efforce plus ou moins inconsciemment de recréer autour d'elle?

Dans sa jeunesse, le théâtre, tout d'abord, lui en offrira une, chaleureuse, unie, solidaire. Au contact de garçons et de filles qui lui sont comme autant de frères et sœurs, elle sort de sa coquille, s'épanouit, s'ouvre enfin à l'amitié. Pour la première fois, au début de *La Détresse et L'Enchantement*, alors qu'un curieux silence enrobe ses camarades de classe et ses collègues de travail, elle cite des noms, se remémore les traits de caractère de ses partenaires et des détails précis sur l'atmosphère qui baigne leurs représentations. Sous sa plume, l'humour, l'émotion, la gaieté folâtre, la compassion se côtoient et se mêlent en une joyeuse explosion de bonne humeur.

Très admirative, à cette époque, de l'institutrice Léonie Guyot, futur membre du Cercle Molière, elle l'est bien plus encore d'Arthur et de Pauline Boutal, sortes de «penseurs libres» avant Sartre et Simone de Beauvoir, qui deviennent très vite ses maîtres de théâtre comme ses modèles.

Sur ces «tuteurs» – dans tous les sens du terme – improvisés qui lui ouvrent les portes d'un monde insoupçonné, la jeune provinciale gauche et timide va «greffer» sa personnalité et grandir ainsi en aisance, en assurance, en culture littéraire et artistique.

Pareillement, à son retour à Montréal après son long périple outre-Atlantique, est-elle comme happée par son amitié amoureuse ou amitié-fusion avec Henri Girard[5], journaliste et éditeur de ses premiers articles. Cet homme généreux et cultivé dont le talent, *«semblable au diamant, brille dans l'ombre»*[6], sera tout à la fois son «père spirituel», son confident, son mentor et son conseiller. Littéralement fascinée par la personnalité de ce «Pygmalion» inespéré – dont elle partage la même sensibilité, les mêmes goûts pour les arts et la nature et le même amour de la langue française – elle se laisse emporter à sa suite par le flot fluctuant des événements politico-littéraires du temps.

Puis, devenue un auteur célèbre, tour à tour encensé et honni, courtisé et abandonné par la critique, ses lecteurs et parfois même son entourage, elle va connaître trente ans durant la solitude inhérente à la condition de l'écrivain-star. Par conséquent, c'est dans le puissant soutien d'amitiés-refuges qu'elle puisera désormais la force de poursuivre la lutte. Redécouvrant la valeur d'un sentiment sincère et désintéressé, elle en approfondit la vision dans ses livres: ainsi, dans *«Le Vieillard et L'Enfant»* (*La Route d'Altamont*) – titre qui n'est pas sans rappeler le roman d'Ernest Hemingway, *Le Vieil Homme et la Mer* – l'amitié vécue dans l'intense contemplation du Lac Winnipeg, opère-t-elle ce miracle d'abolir les différences entre les générations.

Privilège exclusif de l'âge, Gabrielle apprend peu à peu à déguster le fruit de moments uniques passés en compagnie d'êtres rares. De la cohorte des littérateurs (secrétaires, traducteurs, lecteurs, chroniqueurs, etc.) qui se pressent autour d'elle, se détache en particulier la *«fine sta - ture»*[7] d'un jeune journaliste et éditeur: Alain Stanké. Profondément injuste et éloigné de la réalité, le portrait du personnage falot, inconsistant et quasi désincarné qu'en offre la biographie de l'auteur ne vise, en fait, qu'à occulter l'une des plus belles histoires d'amitié que la littérature et l'édition canadiennes-françaises peuvent se vanter de posséder dans leurs annales[8].

Leur rencontre, à la fin des années soixante-dix, marque le début d'une collaboration où cœur et travail sont étroitement mêlés et que seule, la disparition de l'écrivain viendra interrompre. Auprès de cette «âme frère» qui, mieux que quiconque, a compris ce que la création exigeait de patience, de souffrance, d'inspiration et d'ouverture à des mondes plus sensibles, la romancière peut enfin bénéficier d'un climat de *«sympathie et de fidélité»*[9] propice à son plein épanouissement littéraire.

Au rythme des vagues qui battent les rivages de Petite-Rivière-Saint-François, les amitiés de Gabrielle naissent, vivent, parfois meurent et se renouvellent. Dans la dernière partie de sa vie, se succède à ses côtés, une pléïade de femmes, amies-mères ou sœurs d'âme, qui constitueront son dernier appui: aussi, aux dires des survivantes, son ultime *«rampart»* contre les terribles assauts de la maladie. Féministes ou tout simplement «dames de cœur», elles se disputent le premier rang dans l'univers affectif de Gabrielle: les écrivains Alice Lemieux-Lévesque[10] et Adrienne Choquette[11], les journalistes Judith Jasmin[12] et Medjé Vézina[13], Annette Saint-Pierre, bien d'autres encore.

Toutefois, quelques amitiés masculines tenteront de combler à leur manière, l'amour dont la romancière paraît avoir été bien souvent privée: professeurs, étudiants travaillant sur son œuvre, Henri Bergeron, bien-sûr, et surtout le peintre René Richard[14], le grand inspirateur de *La Montagne Secrète*: les couleurs de sa palette et de son âme attentionnée s'harmoniseront pour illuminer la vieillesse esseulée de l'écrivain.

* * *

Fidèle, affectueuse et reconnaissante»* selon le jugement de ses proches, Gabrielle resta pourtant toute sa vie, dans le domaine de l'amitié, *«l'être partagé»* que s'est attaché à décrire le critique Albert Legrand dans son célèbre article[15].

Accueillante et sociable, elle aimait rencontrer de nouvelles têtes, mais pouvait aussi se montrer – avec ou sans raison – méfiante, distante, voire refuser tout contact.

Humble et accessible, il était parfois difficile de l'approcher, encore plus de «l'apprivoiser», lorsque ses sautes d'humeur ou ses élans créateurs lui imposaient de se retrancher dans le calme et le silence. Élitiste, elle sélectionnait rigoureusement ses fréquentations, mais s'ouvrait volontiers à la foule des petites gens qui peupleront son œuvre.

Un «voyage initiatique»: tel apparaît la quête de l'ami(e) idéal(e) que poursuivra sans répit Gabrielle. Tout en découvrant les autres, elle se découvre elle-même mais ne leur dévoile jamais totalement son être intérieur.

En effet, malgré les relations exceptionnelles qu'il lui fut donné de nouer tant au Manitoba qu'au Québec et à travers le monde, il semble que ce soit l'écriture – et son corollaire, la solitude – qui demeurèrent ses meilleurs alliées dans l'existence. C'est en leur compagnie qu'elle passa ses heures les plus agréables, c'est d'elle qu'elle tira ses plus grandes satisfactions, ses plus profondes voluptés. Vivant davantage avec ses personnages qu'avec les êtres humains, elle n'a jamais caché que recevoir leurs *«visites»* impromptues et converser longuement avec eux lui procurait une joie immense.

Investie d'une haute idée de sa mission sur terre, convaincue de faire œuvre «humanitaire et sociale» et d'être, comme Victor Hugo, un *«phare»* pour ses contemporains, le travail, sacré chez elle, passait avant tout et, par conséquent, lui volait ce temps précieux qu'elle aurait tant aimé consacrer à l'amitié. Ses intimes lui en tiennent-ils aujourd'hui rigueur? Non, car tous ont compris que, paradoxalement, c'est au seul prix de leur «sacrifice» qu'elle put s'élever, par son œuvre, à une conception universelle de ce sentiment: «(...) *presque tous les humains, au fond, sont nos amis*, écrit-elle dans *De Quoi t'ennuies-tu, Èveline?*, *pourvu qu'on leur en laisse la chance, qu'on se remette entre leurs mains et qu'on leur laisse voir le moindre signe d'amitié.»*

SŒUR BERTHE VALCOURT, «L'AMIE-SŒUR» DE GABRIELLE

«J'ai trouvé Sœur Valcourt (...) merveilleusement humaine et très affectueuse à ton endroit. (...) J'avais l'impression de la connaître depuis toujours. J'imagine que c'est un grand bonheur pour toi de relever d'une autorité si bienveillante et qui fasse si peu sentir, justement, qu'elle est «l'autorité».

Ma Chère Petite Sœur – Lettres à Bernadette

Fille de Damien Valcourt et d'Exilda Bacon, agriculteurs à Sainte-Elizabeth (dans le sud du Manitoba), Berthe choisit, comme bon nombre de jeunes filles de son époque, d'entreprendre une «carrière» religieuse. Membre de la communauté des Sœurs des SNJM, elle devint professeur de mathématiques à l'Académie Saint-Joseph de Saint-Boniface et, de 1969 à 1997, assura à trois reprises la direction de cet établissement.

Quoiqu'elle s'en défende, Sœur Berthe Valcourt est généralement considérée comme la meilleure amie de Gabrielle. Mettons, pour faire plaisir à tout le monde, qu'elle fut la meilleure amie de ses années de maturité.

«Bonne, tendre, irremplaçable, généreuse, dévouée»: tant à travers ses *Lettres* que son autobiographie, la romancière ne tarit pas d'éloges sur celle qui, avec le même constant désintéressement, l'accompagna dans la détresse consécutive à la mort de Bernadette, comme dans l'enchantement ressuscité de ses promenades par les petits chemins de terre du Manitoba.

Gabrielle et Bernadette

Gabrielle et moi-même habitions toutes deux rue Deschambault; toutefois, nous ne nous fréquentions pas car je n'étais encore qu'un enfant lorsqu'elle enseignait à l'École Provencher.

172

Je ne l'ai véritablement connue que dans les vingt dernières années de sa vie, par l'intermédiaire de ses sœurs, Bernadette, dite Sœur Léon-de-la-Croix, et Clémence. La première était institutrice et professeur de diction à l'Académie Saint-Joseph, et la seconde, une handicapée mentale dont les Sœurs s'occupaient dans différents foyers.

Avant de rencontrer l'auteur personnellement, Bernadette, poète et littéraire comme elle, m'en avait parlé; en effet, elle se sentait très proche de sa sœur et évoquait non sans fierté sa carrière lorsque nous séjournions au chalet Morton, la résidence d'été des Sœurs, à Sainte-Rose-du-Lac. Et puis j'avais lu ses ouvrages.

Mais Gabrielle et moi n'avons commencé sérieusement à communiquer que l'année où la religieuse est tombée malade. C'est moi qui la conduisais voir sa sœur à l'hôpital. Deux mois avant son décès, Bernadette a subi une intervention chirurgicale et en dépit d'un douloureux abcès au pied, Gabrielle est de nouveau venue lui rendre visite du Québec.

Profondément attachée à son aînée, elle aussi, la romancière lui écrivait chaque jour avant sa mort. C'était toujours moi qui lisais ses lettres à la malade. Plus tard, je les ai toutes renvoyées à son expéditrice.

Trés inquiète au sujet de l'avenir de Clémence, Sœur Léon-de-la-Croix m'avait fait promettre de prendre soin d'elle après sa disparition. Aussi Gabrielle et moi tenions à consulter ensemble un avocat sur le chapitre des frais de prise en charge de la malheureuse. Cependant, l'écrivain a continué à envoyer de l'argent pour la pension de Clémence et à *visiter* régulièrement cette sœur qui souffrait de dépression.

Par les petits chemins de terre

La famille, mais aussi la nature et la foi ont contribué à nous rapprocher, Gabrielle et moi. À mon humble avis, la nature est toute sa poésie. Mon amie ne pouvait vivre sans elle...

Elle raffolait en particulier des randonnées dans la campagne manitobaine où elle se ressourçait véritablement. Parfois, elle me demandait d'arrêter la voiture au bord de la route et partait toute seule à pied à travers les blés. Elle aimait la solitude et, paradoxalement, la compagnie car, tout au fond d'elle-même, elle éprouvait un immense besoin d'amour et de compréhension. Elle avait d'ailleurs parfaitement conscience de ses contradictions.

Nous emportions un pique-nique accompagné de grandes *« beur- rées d'beurre »* et la romancière choisissait un champ isolé de toute habitation – condition indispensable pour un repas en plein air réussi !

Mais Gabrielle aimait par-dessus tout les petits chemins de terre. Elle se perdait volontairement au cœur de la Montagne Pembina ou bien dans les environs d'Altamont, de Somerset et de Notre-Dame de Lourdes. Pour elle, il y avait, d'un côté, la nature, source de liberté, et de l'autre, la civilisation. Par conséquent, retrouver son chemin était, dans son esprit, synonyme de retour à l'enfermement...

Gabrielle était une femme de passion, dotée d'une sensibilité exacerbée et incapable de vivre platement. La vue d'une simple fleur des champs lui procurait une émotion intense. Elle s'émerveillait devant un épi de blé ou un coucher de soleil, commentait, expliquait, jouait et *actait* comme au théâtre !

Le chalet des Sœurs, au bord du Lac Winnipeg, représentait aussi pour l'auteur une sorte de lieu de pèlerinage. En effet, c'est dans ce décor propice à la méditation que, jadis, Bernadette lui écrivait de longues lettres emplies de descriptions inspirées par la nature. Gabrielle revivait par le cœur et par la pensée les précieux instants qu'elle avait partagés avec sa *« chère petite sœur »*.

Lors de nos vacances à Petite-Rivière-Saint-François, l'écrivain, son mari et moi-même vivions encore en pleine nature, passant le plus clair de notre temps dehors, dans le jardin. Des conversations animées alternaient avec de longs moments de silence durant lesquels Gabrielle écoutait le chant des oiseaux et s'efforçait d'identifier chacun d'eux.

Se promener le long de la voie ferrée constituait l'un des passe-temps favoris de mon amie. Et toujours, elle s'arrangeait pour se perdre par monts et par vaux.

Gabrielle adorait également se balancer. Il lui arrivait même d'écrire dans sa chaise-berceuse. Lorsqu'une idée surgissait à son esprit, elle courait l'écrire à la maison puis reprenait son incessant mouvement de va-et-vient. Au Dr Carbotte qui lui suggérait de prendre un papier et un crayon et de noter ses pensées sur place, elle répondait avec une déconcertante candeur que, dans ce cas, l'inspiration lui échapperait définitivement.

Deux originaux

En dépit de ses contradictions – par exemple, elle aimait voyager mais détestait prendre l'avion – Gabrielle était une femme très simple. Vêtue le plus souvent d'une blouse et d'une jupe aux tons sobres, elle appréciait les matières naturelles, telles que la laine ou le coton, et n'était pas du genre à faire parade de mode. Lors de ses déplacements, elle emportait seulement une petite valise, ses écrits et ses médicaments.

Le Dr Carbotte reconnaissait que c'était très dur de vivre avec une personnalité comme Gabrielle Roy mais *«Mon Doux, que c'est intéressant!»* s'empressait-il d'ajouter aussitôt. Lui, adorait sa femme. Le soir, dans leur chalet, il s'asseyait sur une chaise trop basse pour lui – il était très grand et Gabrielle, toute petite – et, la tête entre les genoux, écoutait la romancière raconter des histoires. Même s'il les connaissait déjà, il s'enchantait. *«C'est toujours nouveau!»*, disait-il.

De son côté, l'écrivain réclamait systématiquement l'approbation de son mari: lorsqu'il était en désaccord avec elle ou ne partageait pas son point de vue, elle en ressentait un vif chagrin. Tous deux formaient un couple d'artistes et s'entendaient à merveille[1]. Comme sa femme, Marcel aimait la nature, le jardinage, et planter des arbres.

Par contre, chacun éprouvait le besoin quasi vital d'avoir son propre espace. Ainsi, lorsqu'ils séjournaient au Manitoba, Marcel descendait-il chez sa mère et Gabrielle, au couvent. Mon amie avait horreur des visites de convenance, en particulier à sa belle-mère, une femme autoritaire qui l'intimidait au plus haut point[2]. Ces échanges de politesse forcés représentaient pour elle une véritable corvée dont elle s'acquittait uniquement pour faire plaisir à son mari. En général, lorsqu'elle connaissait mal les gens, Gabrielle demeurait sur le qui-vive, profondément gênée et troublée.

Gabrielle au couvent

Fidèle à la religion de son enfance, Gabrielle a toujours conservé d'étroites relations avec la communauté des Sœurs du Manitoba. Celles de la Providence lui prêtaient de temps en temps une petite maison à Otterburne, où j'allais lui rendre visite. Nous partions toutes deux pour de grandes marches pédestres à travers les plaines. Mon amie parlait tout au long de la route mais ce flot de paroles n'était jamais ennuyeux.

Dans les années soixante-dix, Gabrielle est également venue passer deux semaines dans notre résidence à Saint-Jean-Baptiste (au sud de Winnipeg). Elle recherchait volontiers la présence des religieuses – envers lesquelles elle se montrait fort affable – participant même à leurs liturgies. Par contre, elle veillait jalousement à ce qu'elles respectent ses heures de solitude et son espace privé. En effet, lorsque l'écrivain avait décidé de rester dans sa chambre ou, au contraire, de partir deux heures durant en promenade, rien ni personne n'aurait pu lui faire changer ses projets! Si elle était parfaitement capable de s'imposer un règlement à elle-même, elle n'*endurait* en aucune manière celui des autres!

À l'occasion de ses retraites conventuelles, Gabrielle s'efforçait aussi de préserver le plus possible son anonymat. Un jour, elle a même refusé de rencontrer mes élèves, sous prétexte que leurs questions lui ôteraient toute son énergie. Elle vivait chaque instant *au point culminant*, aussi s'épuisait-elle très rapidement...

Les rires de Gabrielle

Personnelle et un brin capricieuse, Gabrielle pouvait néanmoins se révéler, en certaines circonstances, d'une compagnie drôle et enjouée. Voici quelques anecdotes pour illustrer ce fait.

Un soir, alors que les Sœurs étaient en train de regarder la télévision dans une pièce voisine, mon interlocutrice s'est mise à mimer une scène pour moi toute seule, comme au théâtre. Attiré par ses éclats de voix, une religieuse a passé la tête par l'entrebâillement de la porte, puis une autre. Et bientôt, en entendant nos rires, c'est la communauté toute entière qui est accourue pour assister à ce spectacle improvisé. «*J'ai gagné sur la télé!*» s'exclamait triomphalement la romancière.

Une autre fois, Gabrielle a été prise d'un fou rire inextinguible en pleine messe de la Samaritaine. Nul n'a jamais su ni compris pour quelle raison...

Un autre jour encore, alors que l'écrivain et moi-même cherchions la petite école de Cardinal où elle avait jadis enseigné, un petit groupe s'est approché de nous afin de nous renseigner. Tout à coup, Gabrielle a littéralement explosé de rire au nez d'une dame qui, depuis quelques minutes, la fixait d'un air éberlué. Cette villageoise n'était autre qu'une ancienne élève de l'auteur qui l'avait reconnue à ses yeux si particuliers, si pleins de vie. Toute l'âme de Gabrielle passait par ses yeux...

176

Conseillère littéraire de Gabrielle

Même si je suis loin d'être une éminente spécialiste de littérature, la romancière n'a jamais émis la moindre remarque sur mon incompétence en la matière. Bien au contraire, elle me lisait régulièrement ses manuscrits et me demandait mon avis. Évidemment, je me suis toujours gardée de porter un jugement critique sur son œuvre – j'en aurais été bien incapable! – mais c'est tout de même moi qui lui ai suggéré le titre *Ces Enfants de Ma Vie*[3], «Ces Enfants de Mon Âme» me paraissant par trop désuet.

Mon opinion semblait avoir beaucoup d'importance aux yeux de Gabrielle: elle s'imprégnait de mes conseils, les laissait pénétrer en elle, puis effectuait ses choix. L'écrivain trouvait l'inspiration l'été, dans son chalet, où elle notait ses idées. L'hiver, elle rédigeait dans son appartement de Québec[4]. Sur une simple petite tablette en bois, elle transcrivait, corrigeait et donnait forme à ses écrits.

Pour ma part, je ne suis allée la visiter qu'à deux reprises sur la Grande Allée. La troisième fois, c'était, hélas! après son décès. En souvenir de notre amitié, le Dr Carbotte m'a remis le chapelet et différents objets personnels de l'auteur que je conserve pieusement aujourd'hui, comme autant de reliques.

ANNETTE SAINT-PIERRE
L'HÉRITIÈRE LITTÉRAIRE
DE GABRIELLE

« Car s'il n'y a rien de plus beau sous le ciel que de belles relations humaines réussies en tous points, il faut bien convenir que c'est aussi la chose du monde la plus difficile à réussir et la plus rare. »

Ma Chère Petite Sœur – Lettres à Bernadette

Née à Saint-Germain de Kamouraska (Québec), Annette Saint-Pierre est une figure littéraire bien connue au Manitoba. Son rayonnement s'est étendu jusque dans les milieux universitaires français. Docteur ès Lettres, elle fut professeur de littérature canadienne-française au Collège Universitaire de Saint-Boniface et fonda, en 1978, le Centre d'études franco-canadiennes de l'Ouest, destiné à combattre la solitude dans laquelle travaillent les chercheurs francophones. Outre de nombreux articles, elle a signé plusieurs romans, chroniques et ouvrages historiques sur le Manitoba[1] et dirige actuellement les Éditions des Plaines à Saint-Boniface.

Il semble que Gabrielle ait flairé une «valeur» littéraire sûre en la personne d'Annette Saint-Pierre lorsqu'elle vint lui rendre visite dans l'Est un beau jour de l'été 1969. Sinon, l'exigeante et pointilleuse romancière aurait-elle choisi de faire de cette toute jeune étudiante, et cela jusqu'à sa mort, sa confidente, son amie, sa correspondante et la dépositaire privilégiée de certains de ses secrets de création?

À jamais fidèle à ce Maître qui, tour à tour, la subjuguait par son charisme littéraire et l'émouvait par son *«apparente précarité»*[2], Annette Saint-Pierre s'efforce de poursuivre, à travers ses propres rêveries romanesques, l'œuvre inachevée de Gabrielle.

Première interview de Gabrielle

J'ai rencontré Gabrielle Roy à la fin des années soixante, dans le cadre de la thèse de maîtrise que je rédigeais alors sur son œuvre. Je lui ai tout d'abord écrit pour lui demander si elle accepterait de me recevoir chez elle, à Québec. Elle m'a répondu par l'affirmative, mais j'ai dû attendre plusieurs mois, car je vivais au Manitoba et n'allais suivre mes cours d'été dans *l'Est* que de mai à septembre.

À l'été 1969, j'étais en train de préparer mon examen de synthèse à l'Université d'Ottawa, lorsque j'ai reçu un coup de téléphone de la romancière. Elle séjournait alors à Saint-Hilaire, près de Montréal, chez une jeune artiste dont la vie venait d'être bouleversée, semblait-il, par la lecture de *La Montagne Secrète*. Ce roman ayant essuyé de mauvaises critiques[3] lors de sa parution, en 1961, l'auteur avait tenu absolument à s'entretenir avec cette lectrice si enthousiaste. C'est donc chez cette jeune fille – dont j'ai oublié le nom – que j'ai fait la connaissance de Gabrielle Roy.

Notre entrevue a duré environ deux heures. Madame Roy n'a pas voulu que je me serve de mon *enregistreuse* ni que je prenne de notes. J'ai donc écouté très attentivement cette charmante dame m'évoquer ses personnages romanesques, tout en se balançant vigoureusement.

J'avais évidemment mille questions à lui poser sur les six romans que je devais étudier pour mon mémoire: *Gabrielle Roy sous le signe du rêve*. Interrogée en premier lieu sur l'exode des Manitobains et des Manitobaines au Québec, la romancière m'a répondu avec une philosophie douce-amère: «*C'est peut-être votre vocation de donner un tel amour du français aux jeunes qu'ils ne veulent plus vivre que dans cette langue leur vie durant.*»

Une autre de mes questions portait sur la quête du bonheur qui s'inscrit au cœur de son œuvre: «*L'existence vous a-t-elle apporté ce que vous attendiez d'elle? Êtes-vous heureuse?*»

Je lui ai également demandé comment elle parvenait à décrire ses personnages avec autant de précision alors qu'elle vivait en ermite. Elle avait, en effet, la réputation de se tenir en retrait de la société et de refuser les invitations à titre d'auteur. Elle ne participait pas non plus au lancement officiel de ses livres et n'acceptait aucun des degrés honorifiques que les universités lui offraient par dizaines.

Mais à ma plus grande surprise, l'écrivain m'a rétorqué que, contrairement à une idée reçue, elle communiquait avec une foule de gens. Ainsi, lors de ses promenades dans les parcs de Québec, s'attardait-elle longuement auprès des personnes âgées et enregistrait-elle dans sa mémoire chacun de leurs gestes et de leurs propos.

Il faut savoir que Gabrielle était un véritable moulin à paroles. Selon moi, elle aurait pu parler pendant des heures et des heures, et avoir encore des choses à dire. Tout un monde l'habitait et ses héros de roman s'incarnaient véritablement en elle.

La nature constituait un autre de ses sujets de conversation favoris. Dans mon ouvrage, j'ai tenté d'analyser le réseau symbolique des éléments primordiaux: la terre, l'air, l'eau et le feu, qui anime toute son œuvre.

Gabrielle Roy avait une personnalité très attachante. Son regard vous pénétrait jusqu'au fond de l'âme. C'était une femme de petite taille que j'ai serrée dans mes bras dès notre première rencontre. Et c'est le même geste que j'effectuerais pour la dernière fois en 1975, tandis qu'elle rédigerait *Ces Enfants de Ma Vie*.

C'était aussi une femme «de caractère» qui savait parfaitement ce qu'elle voulait. En effet, a-t-elle jamais hésité à faire tous les sacrifices nécessaires à la réalisation de ses rêves? Écrire, voyager en France, s'installer au Québec.

La Montagne Secrète nous dévoile autant le portrait de Pierre Cadorai que celui de Gabrielle Roy à la poursuite de son idéal.

Deuxième interview

Lors de notre second rendez-vous, je suis allée chercher l'auteur à l'hôtel de Winnipeg où elle était descendue – un hôtel très humble, cela dit en passant. Au début, elle m'a témoigné sa plus vive impatience parce que j'étais en retard. Elle a même boudé quelque temps dans la voiture, puis, au bout d'une demi-heure, tout est redevenu normal.

Ce jour-là, Gabrielle m'a demandé de la conduire jusqu'au village de Sainte-Anne (dans le sud-est du Manitoba), auquel elle fait allusion dans *Les Déserteuses*, l'une des nouvelles de *Rue Deschambault*. Elle désirait en particulier revoir l'église et le couvent.

C'est au cours de notre halte chez les Sœurs que la romancière m'a révélé l'extrême simplicité qui était la sienne. En effet, après avoir bu une première tasse de thé dans le réfectoire, elle s'est levée pour s'en servir une seconde, mais en réutilisant le sachet que j'avais déjà déposé dans l'évier. Elle n'a jamais voulu en reprendre un autre...

Mes liens avec Gabrielle se sont renforcés lorsque j'ai été nommée professeur de littérature canadienne-française au Collège Universitaire de Saint-Boniface; j'ai commencé alors à enseigner ses romans. Non seulement nous avons beaucoup *échangé sur* ses personnages, sa vie d'écrivain, les événements politiques et les personnalités du Québec et du Manitoba, mais la romancière a toujours gentiment répondu aux lettres que lui adressaient mes étudiants. Un jour, elle m'a même offert un fusain du grand artiste René Richard, qui orne encore aujourd'hui mon salon.

Si j'avais eu davantage l'occasion de rencontrer Gabrielle, nous serions certainement devenues toutes deux des amies intimes. Je me suis toujours sentie très à l'aise en sa compagnie: elle était une vraie grande sœur pour moi.

Troisième interview

Néanmoins, j'ai eu un mal fou à lui arracher une dernière entrevue lorsqu'elle est venue en vacances au couvent de Saint-Jean-Baptiste, chez ses anciennes institutrices, les Sœurs des SNJM. Au téléphone, elle prétendait qu'elle ne pouvait pas me recevoir parce qu'elle *visitait* sa sœur Clémence, pensionnaire chez les religieuses de la Providence, à Otterburne. En fait, j'ai découvert un peu plus tard qu'elle se cachait.

Finalement, Gabrielle a accepté de me consacrer une demi-heure: mais au moment de lui faire mes adieux, elle m'a invitée à me rasseoir et j'ai dû passer une bonne partie de l'après-midi avec elle.

Elle avait terriblement vieilli et, à mon avis, c'est la raison pour laquelle elle ne voulait plus voir personne au Manitoba. D'ailleurs, elle m'avait demandé si je la trouvais changée. Bien entendu, j'avais habilement éludé sa question par une remarque sur sa santé. Pourtant, la coquetterie n'était pas son fort. C'était une femme qui s'habillait même très simplement.

L'heure de mon départ ayant sonné, j'ai pris Gabrielle dans mes bras et me suis mise à pleurer. Je ne devais plus jamais la revoir...

Après cet ultime entretien, je me suis toujours contentée de communiquer par téléphone avec elle. Non seulement elle écrivait moins, eu égard à sa maladie, mais elle n'accordait plus guère d'entrevues aux éditeurs ni aux artistes[4]. Comprenez, elle avait été si jolie dans sa jeunesse qu'elle ne supportait pas qu'on la voie avec des rides! Pourtant, Jacques Godbout[5] a écrit un très bel article sur elle en 1979. Aussi Alain Stanké[6], quelques années plus tard.

Lorsque je lui ai envoyé mon roman, *La Fille Bègue*, Gabrielle en a immédiatement accusé réception. Elle m'a félicitée et promis de me faire part de ses impressions aussitôt après lecture. Mais les semaines suivantes, une sorte de pressentiment m'a envahie. Je brûlais d'envie de téléphoner à mon amie pour m'informer de son état de santé mais, craignant qu'elle ne prenne mon appel pour un prétexte relatif à mon ouvrage, je ne l'ai pas fait. Elle est décédée cet été-là.

En dépit de mes remords, j'ai assisté à ses funérailles au Québec. En effet, rien ni personne n'auraient pu m'empêcher d'aller rendre un dernier hommage à ce grand auteur de réputation internationale.

CLÉRINA KARPER-GIROUARD
L'INFIRMIÈRE DE «LA DÉTRESSE ET L'ENCHANTEMENT»

> *«Nous avions une amie infirmière que maman chérissait. Je lui promis: – Clérina se trouve libre. Je passe l'avertir ce soir. Je lui demanderai de se trouver près de toi demain quand on t'endormira et après quand tu te réveilleras.»*
>
> La Détresse et L'Enchantement

Fille cadette de Louis Girouard et d'Iphigénie Lafrenière, Clérina grandit avec ses sœurs Yvonne[1] et Anna[2] dans la florissante épicerie de Somerset. Elle poursuivit ses études d'infirmière à Winnipeg et à Montréal, puis paracheva sa formation à la Clinique Mayo, dans le Minnesota. Par la suite, elle se maria avec un Américain, Jack Karper, propriétaire d'une station d'essence, et poursuivit toute sa carrière dans un hôpital pour anciens combattants, en Californie.

Contrairement à sa sœur Anna – avec laquelle, pour de mystérieuses raisons, l'écrivain semble avoir très tôt «rompu» – Clérina demeura en contact avec Gabrielle jusqu'en 1947. Aujourd'hui, l'ancienne infirmière évoque avec un enthousiasme communicatif la jeune fille *«fascinante»* qu'elle était et le *«précieux trésor»* que représente à ses yeux le souvenir de leur amitié.

La romancière consacra, quant à elle, quelques lignes de *La Détresse et L'Enchantement* à Clérina. À l'automne 1936, c'est à celle-ci, en effet, qu'elle fit appel lorsque sa mère, victime une fracture à la hanche, fut sur le point d'être hospitalisée. Témoignant ainsi d'une indubitable confiance, non seulement envers les compétences médicales de son amie, mais en ses exceptionnelles qualités humaines.

Une personnalité attachante

Les ouvrages de critique, les journaux et les magazines vous en apprendront assurément dix fois plus long que moi sur Gabrielle Roy, car il y a bien longtemps que nous nous sommes perdues de vue toutes les deux... Néanmoins, je vais tenter de puiser quelques souvenirs du fin fond de ma mémoire...

Au début des années trente, la future romancière enseignait à Saint-Boniface; mais elle nous rendait fréquemment visite à Somerset avec sa mère pendant les vacances, les deux frères de Mélina Roy vivant dans la région[3]. Je n'étais encore qu'une adolescente en ce temps-là, mais je me souviens des petites réunions que nous organisions avec ces deux dames.

Gabrielle était très sympathique, et sa compagnie, particulièrement enrichissante. Ce que j'admirais le plus, chez elle, c'était son intelligence, sa finesse et sa vivacité d'esprit. Nos conversations roulaient le plus souvent sur les livres et la poésie.

La jeune institutrice possédait aussi un merveilleux sens de l'humour et un don inné de conteuse. Lorsqu'elle racontait des histoires ou bien ses propres expériences, elle adoptait toujours un ton très théâtral qui la faisait passer pour une originale ou une excentrique auprès de ses auditeurs.

Une double vocation

Gabrielle adorait la campagne, mais l'intérêt sans cesse accru qu'elle portait aux personnalités marquantes comme aux petites gens du pays et à ce qui les faisait «courir» dans la vie, relevait presque de l'obsession chez elle. Elle engrangeait déjà les futurs matériaux de ses romans, nourrissait copieusement son instinct littéraire dans le dessein de devenir écrivain. Le moins qu'on puisse dire, c'est qu'elle a atteint son objectif.

Lorsque j'ai entamé mes études secondaires à l'Académie Saint-Joseph de Saint-Boniface, je suis bien entendu allée la voir chez elle, rue Deschambault. Comme elle était plus âgée que moi, notre amitié n'a été que de très courte durée, mais je n'ai jamais cessé de l'aimer pour autant.

Du fait de son départ pour l'Europe – où elle a étudié l'art dramatique deux années durant – Gabrielle et moi avons été assez longtemps séparées. En effet, son ambition, dans l'existence, était non seulement d'écrire des livres, mais encore de poursuivre une carrière théâtrale. À cette époque, elle a aussi parcouru la France. Mais quelles régions? Je serais bien en peine de vous le dire.

La gloire: **Bonheur d'Occasion**

C'est seulement lorsque j'ai été nommée infirmière à Montréal que mon amie et moi avons renoué des liens. Hélas! nous avons définitivement perdu contact le week-end qui a suivi la parution de son premier roman: *Bonheur d'Occasion*. En dépit des louanges que venait de recevoir ce chef-d'œuvre, la nouvelle célébrité m'avait entraînée dans les montagnes afin d'échapper aux journalistes.

Le succès ne lui était nullement monté à la tête. Bien au contraire, je crois qu'elle ne se rendait pas vraiment compte que son rêve s'était enfin réalisé.

Un film avorté

Bonheur d'Occasion arrivait à point nommé, car il reflétait les effroyables conditions dans lesquelles avaient vécu les Canadiens pendant la Grande Dépression. Traduit par la suite dans de nombreuses langues, cet ouvrage a acquis une telle notoriété que la Universal Pictures, aux États-Unis, en a acheté les droits pour un montant de 100 000 dollars – selon les dires de la famille Roy[4] – et en a versé la moitié à son auteur. Si le film avait été produit, Gabrielle aurait encore perçu la différence! Malheureusement, il n'a jamais été tourné. J'ignore pourquoi. Peut-être à cause des problèmes que soulève toute traduction[5]. Mais qui sait? Un autre film pourrait très bien être réalisé un jour[6]...

Gabrielle a disparu depuis longtemps de ma vie – et de la vie tout court – non sans m'avoir offert une ultime joie: en effet, lors de mon voyage au Canada, au début des années quatre-vingt, j'ai pu constater que toutes les bibliothèques scolaires possédaient ses œuvres – en français de surcroît!

ANNETTE JEANNOTTE,
LA FEMME DU MARCHAND BESSETTE
DE «LA PETITE POULE D'EAU»

> *«Ici, à Portage-des-Prés, la vie s'est retirée, elle semble avoir voulu effacer jusqu'à ses traces. À Portage-des-Prés, toute seule, absurdement seule, une petite cabane basse qui fait magasin. Mais à quoi sert-il, si loin?»*
>
> «Le Manitoba» (Fragiles Lumières de la Terre)

Comme le suggère ce témoignage, Gabrielle est entrée dans la «légende» du Pays de la Poule d'Eau auquel son nom, désormais, demeure indissociablement lié.

Annette Jeannotte compare volontiers la romancière à l'un de ces oiseaux migrateurs qui, un beau jour, surgissent mystérieusement dans la contrée, veillent, l'espace d'une saison, sur leur couvée de petits – en l'occurrence, ici, des écoliers en bas âge – puis repartent à destination de quelque lointain pays étranger. Pour Gabrielle, ce pays sera, évidemment, la France.

Née Burelle, Annette épousa en 1942 l'épicier Jos Jeannotte et le seconda dans son commerce de Meadow Portage, tout en élevant leurs trois filles. Seize ans plus tard, elle quitta ce village pour la région de Rupertsland (provinces des Prairies), où son mari s'était lancé dans une brillante carrière politique.

Quarante-deux ans après la publication de *La Petite Poule d'Eau*, Annette ne semble pas garder rancune à Gabrielle d'avoir dépeint son époux sous les traits de l'antipathique marchand Bessette; ni même réduit son magasin à une vulgaire et inutile baraque en planches.

Bien au contraire, on retrouve chez elle, intacte, toute la fraîcheur de cette amitié qui, le temps d'une brève rencontre, unit les deux jeunes filles.

186

Une nouvelle institutrice...

Gabrielle nous a quittés, il y a bien longtemps déjà, mais son nom continue à vivre ici, à la Poule d'Eau... Personnellement, j'ai eu le privilège de faire sa connaissance lorsqu'elle est venue enseigner quelques semaines aux enfants d'Albert Côté, le régisseur de notre ranch, et ceux des fermiers voisins. J'avais alors une vingtaine d'années, et Gabrielle ne devait guère être plus âgée[1].

Les enfants Côté auront certainement des anecdotes plus piquantes et plus fournies que les miennes à vous raconter, car leur institutrice *pensionnait* au sein même de leur famille.

... et une nouvelle amie

Pour ma part, je me rappelle seulement que Gabrielle venait de temps en temps nous rendre visite à l'épicerie de Meadow Portage[2], située à quarante kilomètres de la ferme. Très vite, je m'étais prise d'une réelle affection pour elle. Et réciproquement, je crois.

Bien entendu, je ne me souviens plus de nos conversations, mais sans doute s'y mêlait-il plus de rires et de plaisanteries que de sujets proprement graves et sérieux. Aussi lointaine et fugitive soit-elle, je conserve de ma compagne l'image d'une jeune fille gaie, souriante, confiante et drôle. Que voulez-vous, quand on est jeune, c'est toujours le *«fun»*!

Une illustre maîtresse d'école

Hélas! cette amitié naissante a été trop tôt brisée par le retour forcé de Gabrielle à Saint-Boniface. Quelques années plus tard, son chef d'œuvre, *Bonheur d'Occasion*, l'a rendue célèbre; celui-ci a obtenu de très nombreuses récompenses.

Puis est venu le roman qui a immortalisé notre région...

Le fantôme de Gabrielle à la Poule d'Eau

Aujourd'hui encore, il arrive que mon mari aille conduire des touristes sur les lieux où s'élevaient jadis notre ranch et la petite école de Gabrielle.

Allez-y faire un tour et, avec un peu de chance, peut-être apercevrez-vous, errant à travers les roseaux, la jeune fille blonde qui attend pour l'éternité le retour des petites poules d'eau!

HENRI BERGERON
OU L'APPEL DU MANITOBA

« Un jour au bord de l'angoisse, j'étais, le lendemain, portée vers la gaieté. C'est par ce côté de ma nature que (...) je devais m'attacher beaucoup d'êtres au cours des années. »

La Détresse et L'Enchantement

Originaire de Saint-Lupicin, Henri Bergeron effectua une carrière exceptionnelle d'homme de communication au Manitoba, tout d'abord, puis au Québec. Docteur en Droit, il devint, en 1946, le premier annonceur du premier poste français de l'Ouest canadien (CKSB, Saint-Boniface) et, en 1952, le premier animateur de télévision (à CBFT, à Montréal, où son parfait bilinguisme faisait merveille). Ce touche-à-tout de talent était aussi à l'aise dans la présentation de reportages d'actualité que d'émissions à caractère littéraire ou musical. Honoré par de prestigieuses récompenses, il poursuit actuellement des activités de conférencier et de professeur de communication et, depuis 1989, s'est jeté «à plume perdue» dans l'écriture.

Leurs origines manitobaines communes, le sentiment douloureux de l'exil loin de la «province-mère» et la passion de la langue française ne pouvaient que rapprocher, au Québec, deux «grands bavards devant l'É-ternel» tels Gabrielle Roy et Henri Bergeron.

La romancière puisait une sorte de réconfort auprès de son «con-traire», ce journaliste très en vue qui incarnait à ses yeux la force, l'assurance et l'optimisme jovial. Autant de qualités qui, hélas! lui firent souvent défaut.

De son côté, charmé par cette petite femme, pourtant si grand écrivain, Henri Bergeron joua jusqu'au bout son rôle de confident et de «protecteur» de celle qui représenta toujours pour lui le symbole de «*la*

minorité francophone épuisée par des années de lutte contre l'occupation pro-
gressive de l'envahisseur. »

La nostalgie des racines

Évidemment, je connaissais Mme Gabrielle Roy de réputation avant de la rencontrer à Québec, au début des années soixante. Je participais ce jour-là à une table ronde consacrée à la situation du français au Canada. Il me souvient, d'ailleurs, que l'historien Louis Frégault[1] était du nombre des intervenants. Le colloque à peine achevé, une petite dame s'est avancée vers moi: *«Je suis Gabrielle Roy, votre compatriote de l'Ouest canadien!»*

J'étais à la fois surpris et enchanté de découvrir enfin la romancière en chair et en os! Nous avons échangé quelques propos, puis mon inter-locutrice m'a fait promettre de lui rendre visite chez elle, au Château Saint-Louis, où elle habitait avec son mari, le Dr Marcel Carbotte. Il avait été mon médecin lorsque je vivais à Saint-Boniface. Au printemps 1944, en plein milieu de mes examens scolaires, c'est lui qui m'avait annoncé que je souffrais des oreillons et que je devais rentrer chez moi. De plus, ma femme, qui était infirmière à l'Hôpital Général, avait eu l'opportunité de travailler à ses côtés.

À quelque temps de là, je suis donc allé frapper à la porte de Gabrielle Roy. Nous avons tout d'abord évoqué notre province natale, le Manitoba, où nous n'avions même jamais eu l'occasion de nous croiser. Dans le feu de la discussion, nous étions redevenus deux enfants, gam-badant ici et là, de Saint-Boniface à Cardinal et de Saint-Lupicin à Notre-Dame de Lourdes.

Ensuite, nous avons comparé les activités qu'à des époques diffé-rentes, nous avions l'un et l'autre exercées au sein du Cercle Molière. C'est là que Gabrielle m'a confié sa profonde tristesse d'avoir quitté le Manitoba. Jadis, elle s'était cru obligée de s'éloigner de son pays pour mieux vivre sa vie d'écrivain. À mon tour, je lui ai alors avoué que je me sentais, moi aussi, un peu coupable d'avoir abandonné les miens, mais que cette «rupture» était inévitable si je voulais réussir ma carrière à la radio et à la télévision.

À ce sujet, la romancière n'a pas attendu davantage pour me révéler sa sainte horreur des caméras. Dans toute son existence, elle n'a dû accorder qu'une seule entrevue télévisée, et encore, à une amie en qui elle avait entièrement confiance, la journaliste Judith Jasmin. Elle paraissait très mal à l'aise à l'écran et s'exprimait avec peine alors que, dans l'intimité, elle ressemblait à un véritable verbo-moteur.

Cette première réunion avec l'écrivain s'est avérée fort réjouissante. Nous sommes restés au moins trois bonnes heures en tête-à-tête, puis le Dr Marcel Carbotte nous a rejoints dans le salon.

Le nid québécois

L'un de mes plus chers désirs aurait été de rencontrer aussi Gabrielle Roy dans son chalet de Petite-Rivière-Saint-François. Malheureusement, la seule et unique fois où je m'y suis rendu, la propriétaire des lieux était absente. J'ai pu cependant admirer le promontoire que formait son domaine au-dessus du majestueux Saint-Laurent. Nul doute que celui-ci contribuait à entretenir chez la romancière un puissant sentiment d'évasion dans le temps et dans l'espace.

Un hommage à la Nature

Elle puisait l'essentiel de son inspiration dans la nature qui l'environnait. Nous en acquérons la certitude en relisant *Mon Héritage du Manitoba*[2], qui se termine sur l'exclamation suivante: «*(...) Vous savez combien il se joue de nous, cet horizon du Manitoba!*» C'est un texte que j'ai souvent cité pour rendre hommage à son auteur.

Fille de la Plaine, Gabrielle a su mettre en valeur le moindre relief, car la plaine n'est pas le désert, mais les montagnes, elles, ne sont que des collines[3].

Dans son reportage, la romancière écrit encore ceci: «*Ainsi allait naître et se perpétuer dans notre famille un amour partagé entre la plaine et la montagne, un déchirement comme je l'ai raconté dans «La Route d'Altamont», mais aussi, car c'est dans le conflit d'âme qu'il y a peine et richesse pour l'artiste, et au reste, dans toute vie, une inépuisable source de rêves, d'aveux, de départs et de «voyagements» comme peu de gens en connurent autant que nous, famille, s'il en fut jamais, de chercheurs d'horizons.*»

Gabrielle avait peut-être trouvé son paradis dans son chalet de Petite-Rivière-Saint-François. Songez que ma mère n'était jamais parvenue à oublier les paysages du Québec!

Toutefois, je demeure convaincu que la romancière portait aux êtres humains un amour beaucoup plus fort que la nature. L'homme et la femme perdus au cœur de la Création ne constituent-ils pas le thème principal de son œuvre? Dans *La Montagne Secrète*, par exemple, les états d'âme de ses héros survolent la rudesse et la beauté des paysages décrits. C'est avec les yeux de Pierre Cadorai ou du vieux Gédéon, le chercheur d'or, que nous les découvrons[4].

Cependant, Gabrielle s'est efforcée avant tout de rester fidèle aux fascinants récits que lui avait transmis le peintre René Richard sur le Grand Nord canadien. Pour ma part, je possède un tableau de cet artiste et j'ai également bien connu son frère, Paul-Jean, un autre géant suisse, ancien professeur de littérature à l'Université du Manitoba.

Peu après ma visite à la «cage vide», il m'a été demandé de rédiger un texte pour le congrès de l'Association canadienne d'Éducation en langue française (A.C.E.L.F.)[5] tenant ses assises à Winnipeg. C'est au cours de cette conférence[6] que j'ai rappelé combien Gabrielle Roy avait besoin de solitude pour créer. Peut-être était-ce afin d'accorder le plus de liberté possible aux personnages réels qu'elle utilisait pour ses romans.

«L'apatride»

L'écrivain et moi-même nous sommes revus à plusieurs reprises à Québec, au Château-Frontenac, ainsi qu'à son appartement, sur la Grande Allée. Par contre, nos échanges épistolaires se sont limités à deux ou trois cartes de souhaits et courtes lettres[7].

Quant à moi, je me suis toujours considéré comme l'un des plus fervents admirateurs de Gabrielle Roy. Je le lui ai confessé un jour. En retour, elle m'a complimenté pour mes prestations télévisées. Elle se réjouissait pleinement que des gens puissent nous avoir choisis, elle, comme auteur, moi, comme présentateur, et nous aimer. Je lui avais déjà fait remarquer que les Manitobains rencontraient un certain succès dans le domaine de la communication. Sans doute celui-ci est-il dû au fait que nous avons éprouvé nombre de difficultés pour conserver notre langue et développé un esprit d'entregent en vivant dans un milieu majoritairement francophone. À l'époque de la romancière, ce terme était encore peu usité.

En somme, l'amitié qui nous unissait, Gabrielle et moi, était celle de deux compatriotes qui se retrouvent, en quelque sorte, «à l'étranger»[8]. Bien sûr, il s'agissait d'un exil volontaire, mais quasi indispensable pour nous qui étions en quête de notre véritable évolution. Peut-on parler d'exil alors que nous n'avions même pas changé de pays? Oui, car celui de la majorité et celui de la minorité ne se ressemblent pas du tout.

Par contre, je ne pense pas que l'écrivain se soit jamais rangée du côté des nationalistes séparatistes. Elle se disait plutôt nationaliste canadienne-française, revendiquant sa plaine et ses Montagnes Rocheuses.

Une force précaire

De Gabrielle, je conserve le souvenir ému d'une personne aussi fragile sur le plan physique que sur le plan psychologique. Elle m'avait raconté que l'écriture de ses livres la plongeait dans la dépression et comparait chacun d'eux à une maternité dont elle sortait souffrante et épuisée. On la sentait affectueuse, mais particulièrement soucieuse de se protéger parce que très vulnérable. Son excès de perfectionnisme lui commandait de revoir, de relire ses textes, de les corriger jusqu'à ce qu'elle soit totalement satisfaite du vocabulaire employé, du mouvement de la phrase et du souffle créateur; ceci afin d'éviter le déjà-vu, le déjà-entendu. Quant à son caractère, je crois qu'il était puissant, volontaire, aux antipodes de sa fragilité. Cette observation peut sembler paradoxale, pourtant, c'est un fait que la romancière ne s'accordait que peu de répit ou de repos entre chacune de ses créations. Sans doute devait-elle se sentir toujours plus ou moins fatiguée, mais sa volonté de produire, sa passion de l'écriture la soulevaient littéralement et la remettaient au travail...

Lettre de Gabrielle Roy à Henri Bergeron

Dans ce message de vœux adressé à Henri Bergeron, Gabrielle Roy ne peut s'empêcher d'effectuer une allusion complice à leur province natale, mais ne serait-ce pas plutôt l'indice d'une blessure secrète? Hommage aux qualités humaines et professionnelles de son destinataire, cette lettre brosse en même temps un bref portrait de l'ami fidèle.

Québec, le 8 décembre 1962

Cher Henri Bergeron,

Votre visite nous a été un tel plaisir — comme un souffle vivifiant de nos plaines; était-il besoin d'en marquer le souvenir par ceci encore; ces jolies fleurs que j'ai reçues hier de votre part.

J'espère que vous reviendrez chez nous tout aussi spontanément seul ou avec des amis que vous pourriez avoir le goût de nous faire connaître.

Nous vous aimions déjà beaucoup à la télévision, à cause d'une qualité de naturel et d'authentique chaleur humaine qui se fait jour aisément à travers les emplois que vous y tenez. À vous connaître, on s'aperçoit que tout cela est bel et bien vous-même.

Pour vous et votre famille, je vous prie d'accepter de ma part et de celle de Marcel, nos vœux les plus chaleureux pour un Joyeux Noël et une bonne année.

Gabrielle Roy-Carbotte

CLELIO RITAGLIATI :
SOLO DE VIOLON POUR GABRIELLE

> *« Il était parti de Winnipeg avec pour tout bien son violon sous le bras[1]. »*
>
> La Détresse et L'Enchantement

Né près de Milan (Italie), Clelio Ritagliati émigra avec ses parents au Manitoba à l'âge de six ans. Il avoue avoir entièrement consacré sa vie à la musique, effectuant une prestigieuse carrière de violoniste dans l'Orchestre symphonique de Winnipeg[2], puis enseignant son instrument favori pendant de longues années.

Fervent admirateur de Gabrielle, la femme comme l'écrivain, Clelio donne l'impression d'avoir toujours un peu vécu dans son ombre.

Enfant timide et délicat, il contemple sa chevelure de fée dans la cour de récréation de l'École Provencher.

Jeune homme discret et réservé dont les goûts et la sensibilité s'accordaient en tous points avec ceux de la future romancière, il se voit néanmoins relégué par elle au rang peu enviable de «soupirant».

Adulte enfin, son brillant parcours musical, au lieu de le rapprocher de son «étoile», l'en éloigne définitivement.

Cependant, à la bancale et hasardeuse table de jeu que représente toute destinée amoureuse et artistique, on se demande qui, de Gabrielle ou de Clelio, fut le malheureux gagnant ou l'heureux perdant.

Prélude à l'amitié

Lorsque j'ai connu Gabrielle Roy à Saint-Boniface, je n'étais encore qu'un jeune garçon. Elle enseignait à l'École Provencher où j'étais moi-même élève. Toutefois, elle n'a jamais été mon institutrice. J'ignore d'ailleurs à quel niveau elle faisait la classe et quelles matières elle

194

dispensait. Je me rappelle seulement qu'à cette époque, elle se passionnait déjà pour le théâtre.

Hymne à l'amitié

C'est seulement lorsque nous nous sommes retrouvés à Londres, en 1938, que Gabrielle et moi avons lié amitié[3]. Ma compatriote avait traversé l'Atlantique pour venir perfectionner ses talents de comédienne dans la capitale britannique; quant à moi, je poursuivais mes études à la Royal Academy of Music. Nous sentant tous deux quelque peu étrangers au pays, il nous arrivait d'évoquer des heures durant la ville que nous avions laissée derrière nous: Saint-Boniface. Bien entendu, nous échangions également beaucoup sur notre volonté de progresser et de réussir dans notre domaine artistique respectif.

Requiem pour l'amitié

Physiquement et moralement, Gabrielle est toujours restée la même: elle n'a jamais pris un kilo de trop ni perdu son caractère ouvert et jovial. D'une profonde sensibilité, l'amour des arts, chez elle, se confondait avec celui qu'elle portait à la nature.

Malheureusement, le destin et nos carrières ont fait en sorte de nous séparer pendant presque toute la durée de notre vie...

VII

LES AMIS RENIÉS

Gabrielle Roy était-elle capable de renier des êtres chers? À priori, non. En effet, même si elle ne se sentait jamais aussi proche d'eux que par l'écriture (correspondance, écrits intimes, romans), elle leur était fidèle et pour peu que l'on se montrât droit, honnête et franc envers elle, pouvait vivre de longues, chaleureuses et sincères amitiés. Chez elle, cela n'était pas un vain mot. Dès que son œuvre lui laissait un peu de répit, elle recevait, fréquentait et rendait volontiers visite à ses proches. De même, lorsque, par malchance, l'un d'eux se trouvait dans la peine ou confronté à quelque difficulté, elle lui tendait aussitôt la main, lui envoyait de l'argent ou lui prodiguait, par courrier, encouragements et consolations. Jusqu'à la fin, elle mettra son talent d'écrivain au service d'un cœur généreux et tentera de repousser le mal au moyen de sa seule plume.

Néanmoins, comme tout un chacun, il lui est arrivé de se brouiller passagèrement avec certains de ses intimes: sa sœur Anna Painchaud, qui la harcelait de reproches, à la fois par frustration personnelle, dépit professionnel et jalousie pécuniaire; ses camarades de classe, ses soupirants, ses relations de travail: ses grandes amies, Madeleine Chassé et Madeleine Bergeron... Cependant, cette boudeuse au cœur d'or s'apaisait aussi vite qu'elle s'était emportée et ne gardait par la suite nulle rancune à ceux auxquels l'avait opposée un petit différend.

Liées à des motifs plus ou moins passionnels, ce sont également produites, dans la vie de Gabrielle, des cassures profondes, irréparables, définitives: avec Henri Girard, l'homme de *Bonheur d'Occasion*, qui non seulement refuse de divorcer pour elle – situation on ne peut plus classique – mais ne soutient physiquement pas la comparaison avec le beau Dr Marcel Carbotte aux yeux de velours sombre; avec son employée de maison, la Londonienne Connie Smith, parce que trop enfermée dans ses petites habitudes de travail, de confort et de vie, elle ne supporte en aucune façon les *«écarts de conduite»* des autres; avec l'enseignante Jeanne Lapointe qui, professant des opinions sur la littérature diamétralement opposées aux siennes, a écrit un article jugé *«attentatoire»* à son œuvre; enfin, ses réserves de pardon épuisées, avec sa sœur Marie-Anna qui, par la publication de son ouvrage à scandale *Le Miroir du Passé*, lui a porté un *«coup de poignard»* fatal...

Et puis il y a eu, avec quelques uns de ses compatriotes manitobains, ces fameuses «ruptures» que les deux seules «victimes» ayant accepté de témoigner ici, jugent, plus de soixante ans après les événements, *«injustes, irrationnelles et absurdes»*.

Exposons brièvement les faits: entre 1930 et 1937, apparemment sans raison aucune et sans donner la moindre explication, Gabrielle tourne successivement le dos à plusieurs amis de Somerset, de Cardinal et même de Saint-Boniface. Amis, précisons, avec lesquels elle s'est, jusqu'ici, parfaitement entendue, qui l'ont toujours accueillie chez eux à bras ouverts et traitée, les adultes, comme *«la fille de la maison»*, les enfants, comme *«une grande sœur»*.

Elle ne leur rendra plus jamais visite ni ne leur écrira ou ne les évoquera dans son œuvre.

Alors, que s'est-il passé? En compagnie de personnes âgées, contemporaines des incidents, et d'un petit groupe d'universitaires, mes témoins et moi avons passé des heures et même des soirées entières à échafauder, dans un climat de bonne humeur parfois troublée par quelques disputes de bon aloi, toutes sortes de théories allant de la plus sérieuse à la plus farfelue.

Mon rôle n'étant ni d'accuser ni de défendre Gabrielle; n'ayant pas, de surcroît, la prétention de résoudre une énigme aussi éloignée dans le temps – si toutefois énigme il y a – je me limiterai, par conséquent, à livrer ici quelques unes de nos suppositions.

En premier lieu, nous n'avons pas hésité à mettre «l'abandon» de Gabrielle sur le compte de sa jeunesse. Âgée seulement d'une vingtaine d'années à cette époque, peu mature selon les dires, sans doute ne sait-elle pas encore très bien ce que recouvre le mot «amitié». On nous la décrit comme une jeune fille un peu superficielle, désinvolte, voire même volage. Pour ma part, je ne doute pas un seul instant qu'elle ait sincèrement aimé ses hôtes. Ainsi reviendra-t-elle séjourner à plusieurs reprises chez M. et Mme B... après son année d'enseignement à Cardinal. Mais se sachant simplement de passage dans la région de la Montagne Pembina, elle a très bien pu ne voir en eux que des «amis du moment» et choisir de ne pas s'attacher outre mesure. Eux, par contre, ont commis l'erreur de se laisser prendre dans les rets de son charme.

On nous la décrit également comme une enseignante un tantinet «profiteuse» et «opportuniste». En fait, incapable de faire quoique ce soit de ses mains et habituée à être servie par sa mère et sa sœur Clémence, elle n'avait pas d'autre choix que de rechercher une ou plusieurs familles d'accueil susceptibles de la décharger de tout problème matériel. Par ailleurs, nous nous sommes demandés si, de par sa position d'institutrice – fonction généralement très respectée dans les campagnes – elle ne s'estimait pas comme quelqu'un à qui tout est dû. C'est peu probable. Par contre, elle pensait ne rien devoir à personne en échange de ses cours.

Il est fort possible qu'elle ne se soit absolument pas rendu compte du mal qu'elle a causé en ne donnant plus signe de vie, au bout de quelque temps, à ses anciens hôtes; ni des doutes et des interrogations qu'elle a soulevées dans leur esprit; encore moins de la tristesse qu'elle a semée au plus profond de leur âme.

En second lieu, nous n'avons pas manqué de rappeler que Gabrielle était, comme on dit aujourd'hui, une «adolescente prolongée», plutôt mal dans sa peau. Romantique, mais aussi déchirée entre *«spleen»* et *«idéal»*, à la manière du jeune poète Baudelaire, elle rêve déjà d'une autre vie, d'un «ailleurs», et économise sur son maigre traitement afin de pouvoir un jour fuir: sa famille, son milieu social, sa ville natale. Mais aussi voyager, faire du théâtre, apprendre, s'élever.

Dans le même ordre d'idées, son ambition quant au choix de ses fréquentations la pousse très tôt vers les jeunes filles de la haute société manitobaine, aisées, élégantes et brillantes, auprès desquelles celles du monde rural doivent lui paraître bien fades et bien insipides. À tel point qu'elle retourne moins souvent les voir puis qu'elle met définitivement un terme à ses visites.

Quoiqu'elle conservera toute sa vie d'excellents rapports avec les riches héritières de Winnipeg, elle n'a sans doute malheureusement pas compris qui étaient ses véritables amies.

Enfin, il nous a paru utile de souligner le caractère susceptible et intransigeant dont Gabrielle faisait parfois montre à l'égard de son entourage. Qui dit qu'elle ne s'est pas uniquement froissée à cause d'une remarque désobligeante, d'un reproche un peu vif, d'une plaisanterie déplacée ou mal interprétée? Ainsi, pourquoi a-t-elle fréquenté Clérina Girouard pendant dix-huit ans alors que, depuis son départ de Cardinal, elle a cessé toute relation avec ses parents Louis et Iphigénie ainsi qu'avec sa sœur Anna? Une querelle, un malentendu, un quiproquo, que sais-je encore? a pu survenir sans que mes témoins en aient eu connaissance, provoquant la colère de la jeune Bonifacienne et sa décision irrémédiable de rompre ses liens. Connaissant sa nature charitable, il est surprenant qu'elle ne soit pas revenue un peu plus tard à de meilleurs sentiments; mais impulsive et inexpérimentée comme on le sait, peut-être était-elle alors incapable de faire la part des choses et de passer sur les fautes ou les excès de langage d'autrui. En outre, aveuglée par son orgueil, peut-être le mot «pardon» était-il, pour elle, synonyme d'«humiliation».

* * *

Certains amis de Gabrielle, parmi lesquels M. et Mme B... et leurs enfants, se sont plaints notamment de ne plus l'avoir revue ni reçu de nouvelles d'elle après son départ du Manitoba. À cette défection, nous avons tenté d'apporter quelques éléments d'explication.

Tout d'abord, la rencontre de la jeune fille avec d'autres lieux, d'autres gens et d'autres milieux a précipité la «rupture» d'avec son pays natal qui s'était subrepticement amorcée en elle au cours de ses années d'enseignement. Tout au long de son périple en Europe, elle mûrit, évolue, se transforme. De fait, à son retour, aussi cruel que puisse paraître cette réflexion, a-t-elle vraisemblablement un peu «oublié» les gens du passé ou bien ne sait-elle plus trop que leur dire... Le Manitoba, dans son paysage affectif, n'est plus que de l'histoire ancienne. Du moins le croit-elle. Car elle y reviendra bien plus vite que prévu: par l'écriture.

L'on sait ensuite que les séjours de Gabrielle dans sa province natale étaient en général très brefs. Ses passages-éclairs la contraignaient à effectuer des «choix» parmi ses hôtes et donc à négliger des amis au profit d'autres. Très certainement a-t-elle dû aussi remettre sans cesse au lendemain le projet de plusieurs visites puis, par lassitude, paresse ou sentiment de culpabilité, finir par l'abandonner. Totalement accaparée par sa vie professionnelle, assaillie de multiples soucis (la santé de ses sœurs), épuisée par ses voyages, l'écrivain, lors de ses haltes au Manitoba, n'aspirait qu'à goûter la paix de l'anonymat.

Une dame a attiré notre attention sur cette autre éventualité: et si les amis de la romancière avaient fait partie de cette cohorte de puritains qui, lors de sa parution, avaient accueilli *Bonheur d'Occasion* par de hauts cris et des commentaires malveillants? Il est de notoriété publique que Gabrielle garda toute sa vie une rancœur tenace contre Saint-Boniface à la suite de la réception acrimonieuse qu'une partie de la population avait réservé à son premier roman. Cette piste n'est pas à sous-estimer.

Pareillement, qui sait si l'écrivain n'a pas été le jouet innocent de vils ragots et de mesquineries ayant pour seul dessein de la détourner de ses proches? Si, soucieux de jouir du privilège exclusif de l'amitié d'une célébrité, des voisins, des relations ne lui ont pas monté la tête contre ses anciennes fréquentations? Dotée d'une sensibilité d'écorchée vive, mais surtout absente de Saint-Boniface la majeure partie du temps, la romancière n'avait guère le loisir de vérifier l'authenticité des propos qu'on lui rapportait.

Enfin, faut-il croire, au risque de tomber dans l'affabulation, que des faits graves se sont déroulés au temps où Gabrielle exerçait encore sa profession d'institutrice? Par exemple, comme l'a sugéré l'un de nos interlocuteurs, qu'elle fut victime de harcèlement de la part d'hommes de l'entourage des familles B... et Girouard? Évidemment, cette hypothèse n'est pas à exclure, mais elle ouvre aussi grand la porte à toutes les élucubrations possibles et imaginables.

*   *   *

Le couple B... ainsi que les Girouard ont depuis longtemps quitté ce monde. Néanmoins, lors de nos réunions, Anna Thévenot-Girouard et notre témoin anonyme ont observé, non sans amertume, que

Gabrielle n'y avait jamais fait la moindre allusion dans son œuvre; en particulier dans l'autobiographie qui offrait, selon eux, l'occasion idéale de les mettre à l'honneur.

Même si on ne peut leur donner entièrement tort, les adeptes de la romancière et moi-même les avons trouvés un peu sévères et injustes à son endroit.

En effet, non seulement il lui était impossible de citer tout le monde dans cet ouvrage, mais, âgée de soixante-quatre ans lorsqu'elle en entreprend la rédaction, elle avoue très honnêtement souffrir de *«trous de mémoire»*; il ne faut pas perdre de vue que «l'épisode Cardinal» la ramène plus de quarante ans en arrière.

De surcroît, nous est revenu à l'esprit le témoignage «Gabrielle, l'Écrivain du Cœur» (IVᵉ partie: Les Élèves) qui explique les «silences» de Gabrielle par le fait qu'elle se refusait catégoriquement à *«gêner»* des gens ayant à l'époque pignon sur rue à Cardinal, Somerset et ailleurs.

Ce en quoi elle s'est complètement fourvoyée car, en voulant ménager les susceptibilités, elle s'est attirée la réaction inverse.

Toutefois, les affirmations de mes interviewés apparaissent doublement erronées dans la mesure où, dans *« Gagner Ma Vie» (Rue Deschambault)*, il nous est aisé de reconnaître Mᵐᵉ B... sous les traits de Mᵐᵉ Toupin, cette énergique Cardinalaise qui prend sous sa protection Christine, l'institutrice débutante, et s'en fait une amie. Le choix du roman comme mode d'expression autorisait – et même appelait – le pseudonyme.

Dans *«De la Truite dans L'Eau Glacée» (Ces Enfants de Ma Vie)*, l'apparition de cette *«logeuse»* un tantinet commère est peut-être aussi un clin d'œil mi-amusé mi-satirique de Gabrielle à l'adresse de son ancienne hôtesse. À mon humble avis, l'anonymat qui l'entoure constitue bien moins une *«attaque personnelle»* – comme semblent le croire nos informateurs – qu'une marque de discrétion ou un simple procédé littéraire: ce personnage n'est, après tout, qu'une figure secondaire et accessoire dans le déroulement du drame psychologique qui nous intéresse.

Du coup, notre invité-mystère a surenchéri en déclarant que Gabrielle n'avait à aucun moment mentionné le nom de Cardinal dans ses livres. Nous nous sommes cette fois vivement inscrits en faux contre cette assertion.

Effectivement, si, dans *La Détresse et L'Enchantement*, la romancière ne s'attarde guère sur l'évocation de cette localité, c'est, comme elle le rappelle elle-même, parce qu'elle en a déjà *«dit assez exactement l'atmosphère»* dans deux de ses romans.

En outre, si elle s'est contentée de la peindre en quelques rapides touches de couleur – le ton rouge dominant permettant toutefois de l'identifier sans peine – c'est parce que, hautement représentative de l'Ouest canadien, elle voulait en faire le symbole de tous les petits villages du monde (Cardinal, village universel: quel plus bel hommage pouvait-elle rendre à ses habitants?). Écrivain de métier accompli, elle savait parfaitement que le lecteur étranger au Manitoba attendait non pas tant une description précise et détaillée d'une commune inconnue qu'une histoire originale et bien construite.

L'affaire des «amis reniés» renvoie inévitablement au vieux débat entre «vérité et fiction» de l'œuvre de Gabrielle qui, depuis une quarantaine d'années, divise un certain nombre de Manitobains. À chaque publication de la romancière – *La Petite Poule d'Eau, Rue Deschambault, La Route d'Altamont, Ces Enfants de Ma Vie* – ceux-ci avaient escompté découvrir une peinture fidèle et minutieuse d'eux-mêmes, de leurs proches, de leur cadre de vie et de leurs us et coutumes; déçus dans leurs expectatives, piqués dans leur orgueil, ils mettent depuis lors presque un point d'honneur à dénigrer ces ouvrages. Pour ma part, j'ai toujours trouvé regrettable de les voir s'épuiser en de vaines recherches d'ordre patronymique, toponymique, topographique, géographique, et j'en passe. Comme si le propre de l'écrivain d'imagination n'était pas d'inventer, à partir d'une réalité vécue ou non, des personnages, des situations, des lieux inédits et de se faire, à travers eux, le porte-parole des joies, des peines, des angoisses et des aspirations des êtres.

N'est-il pas grand temps que, dépassant les limites d'un nombrilisme étroit et réducteur, ces lecteurs se laissent porter par le style, emporter par les récits, enfin transporter par le «message» humaniste et chrétien – au sens le plus large du terme – que leur compatriote leur a légué?

La politesse exigeait que nous abandonnions le mot de la fin à nos témoins invités: s'avouant peu convaincus par nos arguments, ils ont conclu que les «ellipses» de Gabrielle étaient assurément dues à la honte qu'elle éprouvait en regard de sa pauvreté passée. Certes, peut-être en a t-elle souffert et, par une éloquente réserve, signifié qu'elle n'avait contracté de dette envers personne. Mais dans ce cas, pourquoi, une fois devenue écrivain, est-elle régulièrement retournée à la Montagne rendre visite à plusieurs familles autres que les B... et les Girouard?

Personnellement, je ne désespère pas de résoudre un jour ce mystère ou de rencontrer un(e) Manitobain(e) susceptible de me fournir une réponse satisfaisante. Toutefois, je pencherais plutôt à croire que Gabrielle a entraîné à jamais dans la tombe le secret de son «reniement». Et sans doute a-t-elle bien fait. Accordons-lui au moins cette part d'ombre: ne serait-il pas la trahir aussi que d'arracher toutes les fleurs de son jardin secret?

UNE MÈRE DE FAMILLE:
«GABRIELLE,
LE BOURREAU DES CŒURS»

«Les quelques parents que j'ai encore là se plaignent que, si je trouve un peu de temps pour me rendre sur place, c'est d'abord pour revoir les lieux avant les gens.»

La Détresse et L'Enchantement

Ce témoignage brosse un portrait sans complaisance de Gabrielle, doublé d'un assez véhément réquisitoire à son encontre. Révélé par un «contemporain bien renseigné» sur l'année Cardinal, le visage de l'auteur apparaît ici entaché d'imperfections et de défauts: égoïsme, vanité, inconstance, juvénile cruauté. Ceux-là même que sa propre sœur Marie-Anna ne cessa de dénoncer et que, soi-disant en accord avec certains membres de son entourage, l'écrivain se serait ingénieusement employée à dissimuler...

Il est difficile de juger d'un événement aussi lointain que la «rupture» de Gabrielle avec ses amis et d'une colère qui, aussi justifiée soit-elle, n'en demeure pas moins, comme toute passion de cette nature, personnelle et subjective... Aussi me contenterai-je de souligner l'erreur de mon témoin selon laquelle la romancière n'aurait jamais effectué, dans son œuvre, la moindre allusion au village de Cardinal ni à ses habitants. Espérant que ma réflexion lui sera une invite à relire plus attentivement «*Gagner Ma Vie*» (*Rue Deschambault*), «*La Maison Gardée*» et «*De la Truite dans l'Eau Glacée*» (*Ces Enfants de Ma Vie*), ainsi que *La Détresse et L'Enchantement*.

Un départ difficile

Fraîchement émoulue de l'École Normale de Winnipeg, Mlle Roy est arrivée à l'automne 1929 à Cardinal. Le commissaire d'école lui a proposé de loger tout d'abord chez l'agriculteur Wenceslas Lemieux, qui était parti charrier des *logs* avec son camion dans la campagne onta-rienne. Cependant, l'infortunée Gabrielle s'est retrouvée isolée dans une maison glaciale, chauffée uniquement au bois et dépourvue d'eau cou-rante. Comme elle ne savait rien faire de ses dix doigts, pas même cuire un œuf, c'est un petit garçon qui venait lui mettre son chauffage en route...

Lorsque, de passage à Cardinal pour les fêtes de Noël, Mélina Roy a découvert l'arrangement, elle a immédiatement demandé à M. et Mme B..., des habitants du village, de prendre sa fille en pension chez eux.

Portrait de Gabrielle

Gabrielle était, dirais-je, une jeune fille assez ordinaire, aux che-veux blonds-souris (sic) naturellement frisés, et aux yeux gris, remplis de mélancolie. Joyeuse certains jours, elle paraissait triste certains autres, et demeurait alors confinée tout au fond de sa classe. Elle avait hérité, paraît-il, du tempérament cyclothymique des Landry.

On la disait bonne institutrice et, apparemment, elle ne s'est jamais trouvé confrontée à de graves problèmes de discipline. Elle savait se faire aimer des petits et obéir des grands. Peut-être sa force résidait-elle dans le fait qu'elle ne se fâchait jamais. Particulièrement férue d'art dra-matique, elle déclamait volontiers les *Fables* de La Fontaine, qu'elle con-naissait par cœur.

Elle lisait également beaucoup, n'hésitant pas à effectuer à pied les cinq kilomètres aller et retour qui la séparaient de la bibliothèque des Pères de Notre-Dame-de-Lourdes.

Solitaire, elle passait néanmoins les fins de semaine chez son oncle, à Somerset, ou bien s'en allait jouer au tennis chez les Girouard. Hors ce sport, elle pratiquait le ski et la raquette.

De ses interminables «visites» à Dame Nature, elle rapportait une foule de notes et accumulait des piles de cahiers sur sa table de travail. Écrire était déjà un véritable besoin chez elle. De grandes et nobles idées l'animaient, sans doute aspirait-elle à une plus haute destinée, mais jamais ne s'est ouverte à qui que ce soit de ses ambitions propres.

Une jeune fille très égoïste

Sur le plan de la vie quotidienne, c'est Mme B... qui s'occupait du linge de la jeune institutrice. Légére et insouciante, elle trouvait parfaitement normal de se faire servir. Ainsi, chaque vendredi soir, lui fallait-il impérativement sa jupe blanche en flanelle pour partir en week-end. Or, c'était le jour où sa logeuse avait le plus d'ouvrage à effectuer à la maison. Je revois néanmoins Gabrielle tournant autour d'elle avec une petite voix mielleuse: *«Mme B..., pourriez-vous m'arranger ma jupe, s'il vous plaît?»* Toujours cette *saprée* jupe le vendredi! Littéralement hors de ses gonds, M. B... maudissait l'égoïsme insupportable et les exigences outrancières de la nouvelle maîtresse d'école.

À la rentrée suivante, Gabrielle est partie enseigner aux enfants des *grades* 1 et 2 de l'École Provencher de Saint-Boniface. Elle revenait régulièrement en vacances chez M. et Mme B..., parfois même avec des amis.

Puis cela a été au tour de leur fille aînée, Y... d'aller passer une semaine chez la famille Roy. Non sans une profonde stupeur, l'adolescente a constaté que c'était Clémence qui faisait tout à la maison. En effet, rien n'intéressait Gabrielle en dehors de ses livres – elle a toujours utilisé des gens à son service et, lors de ses séjours en France, probablement donnait-elle son linge chez le *nettoyeur* –. Réfugiée au troisième étage, dans le pignon de la demeure parentale, la future romancière passait le plus clair de son temps à écrire et à noter ses impressions, ses réflexions[1]. Elle menait une vie relativement tranquille, n'acceptant de rencontrer que quelques amis choisis.

Ingratitude et traîtrise de Gabrielle

Après son équipée en Europe, aucun membre de la famille B... n'a jamais revu Gabrielle. Pour leur cinquantième anniversaire de mariage, les parents lui ont adressé une invitation mais... ont reçu dix piastres pour toute réponse! Ce geste a été fort mal perçu, en particulier par Y... qui a aussitôt retourné l'argent à son expéditrice. En manière d'excuse, Gabrielle a alors envoyé deux de ses ouvrages, présent qui, cette fois, a été accueilli avec un réel plaisir par la jeune fille.

La Gabrielle Roy que j'ai connue n'est certes pas l'auteur profond et inspiré de *La Détresse et L'Enchantement*. À l'époque, elle n'était encore qu'une petite citadine de vingt ans, immature et désinvolte, venue enseigner dans un village insignifiant où elle ne se plaisait guère. Vous vous demandez assurément ce qui me permet d'affirmer cela...

Tout d'abord le fait qu'elle n'ait jamais tenté de renouer avec ses anciens amis. Ainsi, lors de ses séjours à Saint-Boniface, n'a-t-elle jamais daigné gratifier d'une visite les parents B... qui, depuis 1948, étaient installés dans le quartier voisin.

Ensuite, le fait qu'elle ne les ait jamais évoqués dans ses œuvres. Ce silence fatal a dû cruellement blesser la bonne Mme B... qui aimait et gâtait la jeune enseignante à l'égal de ses filles. Même les Girouard, dont les largesses à l'égard de Gabrielle étaient bien connues, n'ont pas eu le droit à une seule ligne de la part de leur ancienne pensionnaire!

Enfin, le fait qu'elle n'ait jamais mentionné le nom de Cardinal dans ses livres. Pourtant, j'ai su qu'elle était retournée au moins une fois au village et qu'elle avait même demandé la clé de l'école à Angèle Fougeray, la sœur de Marcel Lancelot.

La conduite dont Gabrielle a fait preuve envers ses familiers est rien moins que décevante. Longtemps, ceux-ci ont cherché à comprendre: pourquoi la jeune femme tenait-elle à tout prix à oublier Cardinal, à tourner la page sur cet épisode de son existence?

Cependant, si l'ancienne institutrice n'a jamais redonné signe de vie à ses intimes, eux non plus n'ont pas hésité à adopter vis-à-vis d'elle la même attitude d'ignorance et de rejet. Ainsi, lors de la parution de *Bonheur d'Occasion*, aucun d'entre eux ne lui a-t-il écrit pour la féliciter. Les B..., en particulier, n'auraient jamais voulu avoir l'air de mendier quelque chose ou de s'agenouiller devant elle. Quant à X..., leur fille cadette, elle était bien trop jeune et trop timide pour esquisser le premier pas vers la nouvelle célébrité.

Lorsque je fais le bilan de la vie de Gabrielle, je me demande si elle a été vraiment heureuse. Son roman, *La Montagne Secrète*, traduit un état de perpétuelle insatisfaction; le personnage principal, Pierre Cadorai, apparaît fortement mécontent de son sort et à la fin, ne réalise même pas qu'il a atteint son but. Sur la photographie que je possède d'elle, les yeux tristes de l'auteur semblent délivrer un message identique: «*Il y a toujours mieux à faire...*»

De toute façon, comment Gabrielle aurait-elle pu connaître la paix intérieure après avoir si injustement renié, comme elle l'a fait, ses fidèles et loyaux amis?

ANNA THÉVENOT-GIROUARD :
LES TRAHISONS DE GABRIELLE

«L'oubli n'était ni plus ni moins que de l'indifférence.»
La Détresse et L'Enchantement

Troisième fille de Louis et d'Iphigénie Girouard, commerçants à Somerset, Anna exerça le métier de modiste avant d'épouser un fermier, Louis Thévenot, dont elle eut dix enfants. Femme dynamique et entreprenante, elle demeure encore aujourd'hui très active au sein de la communauté francophone, jouant notamment de l'orgue dans une église de Saint-Boniface.

La toute jeune fille qui partageait les jeux, les rires et les «folies» de Gabrielle, au temps où elle débutait dans sa profession d'institutrice à Cardinal, n'a jamais compris pourquoi son amie «disparut» un beau jour sans jamais plus lui donner signe de vie...

Près de soixante ans après les événements, Anna s'interroge encore sur les motivations qui poussèrent la romancière à délaisser des gens qui, d'après elle, *«avaient tout fait pour la rendre heureuse et améliorer son séjour dans le pays.»*

Oubli? Indifférence? Dédain? Simple coquetterie ou volonté délibérée de blesser? Le mystère reste entier. Cependant, le temps ayant atténué les passions, aucune animosité ne semble, à présent, habiter Anna, dont le témoignage se veut aussi objectif que possible. Seulement, peut-être, tout au fond d'elle-même, le sentiment douloureux d'une profonde injustice...

Une bonne vivante

J'avais à peu près seize ans lorsque je me suis liée d'amitié avec Gabrielle Roy. Alors institutrice à Cardinal, elle venait passer régulièrement les fins de semaine chez mes parents, qui tenaient le *magasin général* de Somerset. Ses visites me réjouissaient d'autant plus qu'élevée sévèrement au sein de ma famille, il m'était défendu de sortir tard le soir.

S'il y a quelqu'un avec qui nous nous sommes vraiment amusées, mes deux sœurs et moi-même, c'est Gabrielle! Nous étions tout le temps *en party*, pratiquant le tennis sur le court de mes parents, chantant, jouant du piano, du violon et du banjo. Parfois même, Mélina Roy, la mère de notre amie, se joignait à nous.

Une comédienne née

Le soir, après nous avoir aidées à faire nos devoirs, notre invitée s'allongeait en travers de son lit et nous récitait des poèmes ou nous racontait des histoires jusqu'à deux ou trois heures du matin. Je me souviens qu'un de ses récits débutait ainsi: «*Il faisait nuit. Tout était tranquille. On entendait seulement le bruissement des feuilles et le piétinement des animaux dans les buissons...*» C'était beau, nous commencions toutes les trois à être prises par l'atmosphère du conte, quand soudain: «*Marie était couchée*, poursuivait Gabrielle sur un ton mystérieux, *une voix s'éleva alors dans le silence: Passe-moi l'pot, j'ai envie!*» Et elle partait d'un formidable éclat de rire. Elle ne perdait jamais une occasion de plaisanter. C'est bien simple: elle faisait l'actrice tout le temps. À cette époque, j'étais persuadée qu'elle serait devenue comédienne, pas écrivain!

Ma mère, qui adorait recevoir, s'était prise d'une affection toute particulière pour la jeune institutrice: ainsi, lorsque sonnait l'heure du départ, lui donnait-elle toujours du pain, des biscuits et de la confiture pour emporter à Cardinal.

L'été, nous ramenions Gabrielle avec la carriole à chevaux. Nous nous arrêtions en route pour manger des *cannes* de fèves au lard ou de sardines. Je me rappelle que la jeune maîtresse d'école possédait un couteau pour toute richesse.

L'hiver, nous effectuions le trajet en auto. À son arrivée, Gabrielle réchauffait un peu sa maison, nous causions *une secousse*, puis nous nous en retournions.

Le caractère de Gabrielle

Gabrielle était ce que j'appellerais une bonne fille, gentille, aimable et bien éduquée. Son intelligence ne la rendait ni fière ni prétentieuse et jamais elle n'a tenté d'écraser quiconque du poids de sa supériorité intellectuelle.

Bien qu'ayant grandi à la ville, elle avait conservé des manières simples, ne *se peinturait* pas, ne jouait pas à la grande demoiselle. Au contraire, elle agissait comme si elle avait toujours vécu à la campagne. En outre, consciente de la modicité de son salaire, elle se montrait prudemment économe, ne se permettant pas le moindre excès.

En revanche, Gabrielle nous apparaissait comme une jeune fille secrète, renfermée, solitaire, ne se mêlant aux gens qu'en de rares occasions. Le plus souvent, elle demeurait plongée dans un monde de rêves et d'idées qu'elle puisait, j'imagine, dans les différents endroits où elle a résidé. Distraite, songeuse, on l'aurait dit infiniment plus attirée par l'air que par la terre.

Elle aimait néanmoins la nature et surtout se promener tout en observant les arbres, les fleurs et les animaux. Ainsi lui arrivait-il quelquefois de marcher jusqu'à la ferme de son oncle, Excide Landry, un homme *pas mal tâteux* qui tournait autour d'elle.

Un cruel abandon

Hélas! mille fois hélas! Après la publication de ses ouvrages, nous n'avons jamais entendu reparler de Gabrielle. Jamais une lettre, jamais un coup de téléphone, jamais une visite... Bref, elle n'a jamais cherché à nous revoir. Elle ne nous a jamais non plus ni dédié ni dédicacé ni offert un de ses livres. Et dans ses romans, comme d'ailleurs dans l'autobiographie, elle n'a jamais fait la moindre allusion à notre maison.

C'est comme si elle nous avait oubliés, effacés de sa mémoire, définitivement rayés de son existence. Nous n'avons pas compris, ne lui ayant jamais rien dit ni fait de mal. Toutefois, que de questions nous nous sommes posées! Avait-elle honte de la pauvreté dont elle avait souffert lors de son année d'enseignement à Cardinal? Voulait-elle gommer par tous les moyens le souvenir du temps où elle avait été contrainte de dépendre des gens? Et qui sait, après tout, si elle se fichait pas mal de nous autres? Si elle n'a pas uniquement profité de nous parce que cela l'arrangeait?

Si Gabrielle n'a jamais réapparu dans notre vie, par contre, sa sœur, Marie-Anna, est venue dans les années soixante à Somerset afin de recueillir des informations pour ses propres ouvrages. Elle *restait* chez les

Landry et passait de temps en temps prendre le café à la maison. Cette femme ne m'a jamais fait une très bonne impression. Elle avait une étrange allure et se promenait dans le village avec un curieux chapeau affublé d'un voile.

Quoique je ne sois pas une grande lectrice, je me suis tout de même plongée dans quelques uns des romans de Gabrielle et ai aussi vu le film d'amour plutôt *toffe* qui a été adapté de *Bonheur d'Occasion*[1]. Toutefois, j'aurais préféré que l'auteur me parle personnellement de son talent.

Si je conserve d'elle de merveilleux souvenirs d'adolescence, j'avoue avoir été profondément déçue par l'indifférence avec laquelle elle m'a traitée, moi, son amie. Mais davantage encore, je crois, par l'ingratitude dont elle a fait montre envers mes parents; des gens qui étaient la bonté même et qui avaient absolument tout fait pour l'aider à ses débuts dans la vie.

VIII

DESTINS CROISÉS

Nombreux sont les Manitobains qui ont tout simplement croisé, aperçu ou entrevu Gabrielle Roy au cours de leur existence. Mais, paradoxalement, ils sont très difficiles à trouver et surtout réfractaires aux interviews, s'imaginant, Dieu seul sait pourquoi, n'avoir pas grand chose à dire.

Pourtant, c'est bien souvent le contraire...

Témoin cette dame anonyme, rencontrée par hasard dans une rue de Saint-Boniface, qui m'a fait des révélations tout à fait inattendues sur «l'enfant-écrivain» que fut Gabrielle. Si l'on en croit ses dires, la vocation de la célèbre femme de lettres se serait éveillée dès ses débuts d'écolière à l'Académie Saint-Joseph. Surprenant, non?

Témoin aussi l'agricultrice Irène Crites, dont j'ai fait la connaissance à l'automne 1989, alors que je m'étais égarée dans les petits chemins de terre de Cardinal. Quelques années plus tard, elle m'a appris que la romancière rendait régulièrement visite à sa mère, Berthe Danais, dans une petite maison du village. Cette amie possédait un trésor inépuisable d'anecdotes sur les habitants de la région, leur histoire, leur mode de vie, etc., dans lequel elle a dû amplement puiser pour bâtir son œuvre. Dommage que je n'aie pu en savoir plus sur la teneur de leurs conversations!

Certes, ce ne sont là que de petits détails, mais nul n'ignore qu'ils permettent parfois d'éclairer un point obscur de la vie ou de l'œuvre d'un écrivain, de remettre en question telle ou telle théorie en apparence solidement échafaudée, voire de détruire tout un bataillon de clichés colportés d'ouvrage en ouvrage.

Toutefois, je déplore non seulement de ne pas avoir pu interroger davantage de témoins, mais plus encore qu'une partie d'entre eux ait refusé de figurer dans ce livre: contemporains de la romancière ayant entendu parler d'elle par des tiers; compatriotes l'ayant admirée – ou à l'inverse, peut-être honnie – dans l'ombre, sans qu'elle n'en ait jamais rien su; inconditionnels de son œuvre n'ayant jamais osé ou eu l'occasion de l'approcher.

En effet, de combien d'informations précieuses et inédites leur silence ne nous prive-t-il pas aujourd'hui?

* * *

Des destins, Gabrielle en a croisé tout au long de sa vie des milliers, auxquels, comme toute personne, elle n'a guère prêté attention. C'est le cas, par exemple, de mes deux interviewées: cette voisine avec qui la romancière ne se serait jamais *«abaissée»*, dans sa jeunesse, à faire un brin de conversation; aussi Irène, à la compagnie de laquelle elle semble avoir toujours préféré celle de sa mère.

Mais fréquemment est-il arrivé aussi qu'un homme, une femme, un enfant ou un groupe capte son regard, fixe son intérêt et l'émeuve au point de parvenir à arrêter le temps: quelques instants, quelques heures, pour elle l'éternité... Car aucun être ne laissait indifférent celle dont la mission, sur cette terre, paraît bien avoir été de découvrir à travers l'écriture, en chacun, *«une valeur unique»*[1].

Le contact à peine établi avec son interlocuteur de passage, apparaissait alors une autre Gabrielle, la «vraie», heureuse, épanouie, généreuse, prête à sympathiser avec la terre entière. Son amie, l'infirmière Clérina Karper, ne me confiait-elle pas un jour que, bien avant de se lancer dans le journalisme, elle s'intéressait de manière *«quasi obsessionnelle»* aux gens? Les personnalités les plus en vue du Manitoba comme le plus parfait inconnu. À Annette Saint-Pierre, la romancière elle-même confirmera qu'elle aimait *«rencontrer des gens»*, quels que soient leurs origines, leur catégorie socio-professionnelle, leur culture ou leur niveau d'instruction.

Des célébrités, il lui sera donné d'en côtoyer toute sa vie, depuis ses modestes débuts dans la presse québécoise jusqu'à sa consécration de femme de Lettres, comblée par les honneurs et le succès: industriels, hommes politiques, artistes, écrivains, universitaires, professeurs, etc. Mais aux gens *«bien placés»*, comme elle les appelle, aux mondains qui l'indisposent, aux intellectuels qui la fatiguent ou l'ennuient, aux enseignants qui l'accablent de questions embarrassantes, elle préfèrera toujours les êtres simples et ordinaires *«avec leur langage si plein de riches trouvailles (...) palpitantes de réalité.»*[2] Ceux auxquels elle a l'impression d'apporter vraiment quelque chose et qui, en contrepartie, lui fournissent la matière de ses œuvres. Aux relations superficielles et par trop convenues, elle opposera, en toute circonstance, les liens fondés sur l'échange et le partage. Peut-être est-ce la raison pour laquelle certains ont été jusqu'à parler, à son sujet, de *«socialisme chrétien»*.

C'est donc parmi les étrangers et les humbles que Gabrielle se sent généralement le plus à son aise. Elle ne cessera jamais, à travers ses romans, de défendre la cause de ceux qui, pour elle, composent le visage du «vrai Canada».

Dans son enfance déjà, elle se sent inexplicablement attirée par les colons ukrainiens, tchèques, doukhobors, ruthènes, etc., dont son père a charge de favoriser l'implantation dans les immenses plaines de l'Ouest. Cette fascination précoce pour le spectacle de la *«disparité humaine»*[3] la poussera à écrire, dans les années quarante, toute une série de reportages sur les *«Peuples du Canada»* qui, plus tard, prendront place dans *Fragiles Lumières de la Terre*.

Jeune institutrice, quoiqu'éblouie par le clinquant de la vie bourgeoise et facile, elle prend des notes sur les besogneux pionniers de Cardinal, de la Poule d'Eau, et s'avère particulièrement sensible à la «condition inhumaine» de ses petits élèves de l'École Provencher: elle leur consacrera les grands romans que l'on sait.

Son séjour en Europe lui offre enfin la chance exceptionnelle de se frotter aux gens de la rue – ici, une poignée de spectateurs à l'entrée d'un théâtre parisien là, une foule de voyageurs dans le car qui la conduit chez les Perfect, en Angleterre – et d'aiguiser son sens de l'observation. Grâce à ces éphémères contacts, elle prend peu à peu conscience du sentiment de *«fraternité»* et de *«solidarité»* qui, non seulement unit les êtres entre eux, mais encore elle, aux autres. Deux thèmes qu'elle aura largement l'occasion de développer dans ses œuvres à venir.

Mais c'est surtout durant ses années de journalisme qu'elle plonge en pleine pâte humaine, mettant en priorité son art au service du «petit peuple» de son pays: ouvriers, chômeurs, agriculteurs, pêcheurs, forestiers, bûcherons, etc. De ses tournées de reportages, depuis Montréal jusqu'aux frontières de l'Alaska en passant par la Gaspésie et ses chères Prairies, elle rapporte une pleine moisson d'impressions, de couleurs, de senteurs, de paysages, et surtout de visages. Des visages de pauvres, mais riches d'un vécu tragique, qu'elle a scrutés, détaillés, interrogés et qu'elle ne reverra sans doute jamais plus. Elle s'en servira, dans ses articles et nouvelles, pour créer des types, des symboles, et déjà des héros – ou anti-héros – représentatifs d'une ethnie, d'un groupe social ou plus simplement de notre fragile humanité.

* * *

En lisant l'œuvre de Gabrielle, on se rend compte que ce ne sont pas uniquement les grandes rencontres ni les amitiés fortes qui lui ont inspiré ses personnages et permis de devenir «*une sorte de guetteuse des pensées et des êtres*»[4], tel qu'il lui a plu de se décrire à travers Christine, son héroïne favorite.

Bien au contraire, des relations brèves, fugaces, fugitives, l'ont parfois marquée plus durablement que celles d'ordinaire très suivies qu'elle entretenait avec ses proches. Peut-être oubliées depuis des années, d'autres sont revenues frapper sans s'annoncer à la porte de sa mémoire.

«Certains de mes personnages sont nés d'une rencontre de hasard, d'un visage entrevu dans la rue ou même d'un furtif échange de regards dans un tramway», confesse-t-elle dans *Ma Rencontre avec les Gens de Saint-Henri*, courte présentation de *Bonheur d'Occasion*[5]. Cette phrase résume à elle seule la méthode que la romancière utilisera pour construire chacun de ses chefs-d'œuvre.

Telle une abeille butinant de fleur en fleur, elle fait son miel de toute âme un tant soit peu insolite ou touchante que la destinée place sur son chemin.

Partout, dans la rue, en voyage, ou depuis son «*observatoire*» de Petite-Rivière-Saint-François, l'œil de l'imagination sans cesse aux aguets et la plume toujours en alerte, elle saisit au vol un geste, une expression, une intonation de voix dont elle s'attache ensuite à extraire puis à distiller «l'essence» dans ses romans.

Ainsi, au cours de ses promenades dans les vieux quartiers de Montréal, la simple vision d'une jeune serveuse derrière la vitre d'un restaurant puis d'un garçonnet souffreteux couché dans un taudis lui a-t-il suffi pour camper, dans *Bonheur d'Occasion*, Florentine Lacasse et son petit frère Daniel. De la même manière, la plupart des protagonistes de *La Rivière Sans Repos* ont été croqués sur le vif lors d'un séjour en Ungava, photographiés par son cœur hypersensible, enregistrés par sa prodigieuse mémoire. Les exemples pourraient se multiplier à l'infini. Balzac et Zola ne procédaient pas différemment mais eux, avec le secours d'un carnet de notes.

* * *

«*Brefs instants d'illumination*», «*éclats de lumière*» – «*épiphanies*» aurait dit James Joyce – les rencontres de Gabrielle avec les gens du quotidien, fulgurantes et miraculeuses derrière leur apparente banalité, comptent parmi celles qui ont le plus enrichi sa personnalité et son itinéraire d'écrivain.

En effet, tant par leur foisonnement que par leur particularité, leur diversité que par leur ressemblance, elles lui ont dévoilé le fil de mystérieuse fraternité qui relie les humains entre eux comme la profonde unité régissant le monde et les êtres vivants.

Nulle part mieux que dans *Fragiles Lumières de la Terre* et *Cet Eté qui Chantait* cette philosophie n'a trouvé son plein et entier épanouissement.

Individuels ou collectifs, discrets ou éclatants, ces destins croisés tissent inlassablement, pour Gabrielle, le vieux rêve de la «grande famille universelle».

UNE MÈRE DE FAMILLE:
«GABRIELLE, UN ÉCRIVAIN DE SIX ANS»

«Il paraît que dans ce temps-là je savais pleurer à mon gré. (...)»

Un Bout de Ruban Jaune (Rue Deschambault)

Encore un témoignage qui porte un sérieux coup à l'image de marque de la romancière, en particulier à la «Petite misère»[1] de *Rue Deschambault* et de *La Détresse et L'Enchantement*, fillette fragile et réfléchie, déjà si sensible à la souffrance d'autrui!

Narcissique, entêtée, bien trop choyée, Gabrielle le fut assurément. D'ailleurs, sa sœur Marie-Anna ne se prive nullement de nous le rappeler à travers ses innombrables écrits. Mais quel enfant ne l'est pas, surtout de nos jours? Les préceptes d'éducation libérale de Mélina Roy avaient tout simplement quelques décennies d'avance.

N'est-il pas plutôt amusant et attendrissant d'imaginer Gabrielle, ce petit bout de femme de Lettres haute comme trois pommes, noyée dans un flot de boucles et de rubans, tentant de «mettre en mots» – sans doute encore bien malhabiles – ses toutes premières émotions, et de se faire reconnaître par les amies de sa mère qui ne la comprennent pas?

On apprend ainsi que Gabrielle, découvrant le pouvoir magique du Verbe dès son entrée à l'école, commença à exercer sa plume bien plus tôt qu'on ne l'aurait cru jusqu'ici.

En tout cas, il est heureux que, bien des années plus tard, son œuvre reçût un accueil autrement plus enthousiaste que celui de ses premières lectrices. Mais ne les blâmons pas trop vite! Les dames de Saint-Boniface ignoraient alors qu'elles étaient en train d'assister à l'éclosion d'un «génie».

Déjà auteur mais aussi... comédienne!

Si j'ai connu la petite Roy! Personnellement, non, quoique j'aie été l'une de ses proches voisines à Saint-Boniface, mais ma mère, ah! çà, oui! Dommage qu'elle ne soit plus de ce monde, car elle aurait certainement eu beaucoup de choses à vous raconter sur ses visites chez Madame Roy...

Elles se déroulaient, paraît-il, selon un rite quasi immuable: Mélina Roy priait son invitée de s'asseoir au salon, servait le thé et les biscuits, puis prenait place à ses côtés. À peine les deux dames commençaient-elles à deviser que la porte s'ouvrait et qu'une petite fille vêtue d'une élégante robe à dentelles et coiffée d'un gros nœud dans les cheveux, faisait irruption dans la pièce, serrant un cahier sous son bras. C'était Gabrielle...

«Écoutez-moi! Je vais vous lire l'histoire que je viens d'écrire!» annonçait l'enfant sur un ton péremptoire, sans même saluer la visiteuse ni attendre de sa mère le moindre signe d'approbation.

Si Mme Roy poursuivait le fil de sa conversation en affectant de ne pas l'avoir entendue, la fillette allait jusqu'à elle, la tirait par sa jupe, puis grimpait sur ses genoux et se mettait à la *tanner* de mille manières.

«Allons, Gabrielle, va jouer, grondait doucement Mélina Roy au bout d'un moment, *tu vois bien que je suis avec quelqu'un, tu nous ennuies!»* Et c'est alors que le drame éclatait: l'écrivain en herbe fondait en larmes, criait, hurlait, trépignait, se roulait par terre de rage.

N'importe quelle autre mère de famille l'aurait prestement relevée pour lui administrer une bonne fessée. Au lieu de cela, Mélina Roy demeurait plantée là à la regarder, les bras ballants, et s'excusait en riant auprès de Maman, un peu gênée, toutefois, de son manque d'autorité.

Que voulez-vous! Elle était en admiration devant la précocité intellectuelle de cette enfant qu'elle avait eue sur le tard et à qui elle passait toutes ses fantaisies.

Excédée mais vaincue, une fois de plus, elle se rasseyait avec un soupir, tandis qu'un sourire de triomphe rayonnant à travers ses larmes, Gabrielle entamait sa lecture d'une petite voix flûtée.

221

Un «public» ingrat

J'ai souvent entendu dire que la romancière s'était mise à écrire à l'âge de dix ou douze ans[2]. Mais ma mère, pour sa part, a toujours soutenu qu'elle avait commencé beaucoup plus jeune: vers six ou huit ans. Et elle en savait quelque chose, elle qui, à chaque visite chez les Roy, devait se prêter contre mauvaise fortune bon cœur à l'audition des interminables textes de l'apprentie écrivain!

D'ailleurs, elle était très loin d'être la seule victime des «caprices littéraires» de cette gamine exclusive et m'as-tu-vu. Lors de leurs petites réunions, rue Deschambault, parentes, amies et voisines de Mme Roy étaient systématiquement soumises qui, à la lecture d'une rédaction ou d'une histoire inventée de toutes pièces, qui, à la récitation d'un poème, qui, enfin, à la déclamation d'une saynète de théâtre.

Il paraît que Gabrielle possédait déjà un joli talent pour son âge, mais ces dames n'entendaient pas grand chose à la littérature enfantine. Surtout, elles ne se retrouvaient pas chez Mme Roy pour cela.

En quittant leur hôtesse, toutes bénissaient le Ciel de ne pas leur avoir accordé de petite fille aussi insupportable et mal élevée!

Ange ou démon?

Si Gabrielle s'est assagie en grandissant, elle n'en est pas devenue pour autant plus polie à l'égard des voisines de sa mère. Ainsi nous arrivait-il parfois de la croiser dans la rue, Maman et moi, lorsqu'elle allait enseigner à l'École Provencher. Croyez-vous qu'elle aurait daigné nous saluer ou nous gratifier seulement d'un regard, d'un sourire? Certes non! Mademoiselle faisait la fière, Mademoiselle faisait l'importante! Portant sa tête comme le Saint-Sacrement, elle marchait très dignement sur le trottoir d'en face, son petit cartable sous le bras. Oh! sans doute nous considérait-elle comme quantité négligeable, elle qui, disait-on, fréquentait du «beau monde» en ville. Comme elle rêvait, vous savez bien, de faire du théâtre, peut-être se prenait-elle aussi pour une star. Toujours est-il qu'à cette époque, je lui trouvais un petit air poseur, bêcheur, snob en un mot. Enfin, il est vrai qu'elle n'avait alors qu'une vingtaine d'années et qu'à cet âge, on s'efforce toujours de paraître ce que l'on n'est pas.

Elle avait pourtant de bien belles qualités: c'était une fille très intelligente, courageuse, travailleuse et volontaire. En dépit de ses griefs contre elle, Maman reconnaissait et ne pouvait s'empêcher d'admirer ses mérites.

Quant à moi, j'ai très vite perdu de vue Gabrielle, mais le bruit a toujours couru, à Saint-Boniface, qu'elle avait deux ambitions dans l'existence: devenir un grand écrivain et... une grande sainte!

Si elle a atteint, à n'en pas douter, son premier objectif, j'ignore, par contre, si le fait d'avoir aidé ses sœurs et correspondu avec des religieuses une bonne partie de sa vie a suffi à lui ouvrir les portes du Paradis tant convoité[3]!

IRÈNE CRITES – DANAIS OU UNE PRAIRIE AU BOUT DU MONDE

*«Que d'amis inattendus je me suis fait aux quatre coins
du monde pour avoir cherché l'affection des gens simples
qui, rarement, celle-la, m'a été ôtée.»*

La Détresse et L'Enchantement

Fille aînée de Théophile Danais et de Berthe Debreuil, des cultiva-teurs français émigrés au Manitoba au début du siècle, Irène travailla pendant plusieurs années comme aide-cuisinière à l'Hôpital Général de Saint-Boniface. «Reconvertie» dans l'agriculture, elle exploite encore, à soixante-quinze ans passés, sa ferme de Cardinal, assistée dans cette lourde tâche par ses deux fils, Léon et Edgar.

Si les chemins d'Irène et de Gabrielle ne s'étaient pas croisés de manière aussi fugitive, peut-être l'écrivain aurait-elle reconnu en celle qui porte aujourd'hui fièrement le titre de «Reine de la Prairie» l'un de ses personnages de roman. En effet, enracinée depuis un demi-siècle en pleine terre manitobaine, perdue au milieu de la «plaine-océan» et exclusivement vouée au soin de ses animaux et de ses fleurs, Irène ne fait-elle pas songer à Martha Yaremko, cette pionnière ukrainienne qui choisit de demeurer toute sa vie prisonnière d'un *Jardin au Bout du Monde*?

«Jours de Plaine»

Ma mère, Berthe Danais, connaissait Gabrielle Roy. Elles avaient dû se rencontrer à l'époque où la jeune fille enseignait à Cardinal et, quoique Maman n'ait guère fréquenté l'école plus de deux ans, elles étaient devenues de bonnes amies.

Au début des années cinquante, la romancière est revenue à deux reprises dans notre village. La première fois, nous avons échangé quelques paroles, ce qui m'a permis d'apprécier les qualités de finesse et d'intelligence de cette visiteuse.

La seconde, nous nous sommes contentées de nous saluer, car non seulement nous ne nous connaissions pas suffisamment pour pouvoir soutenir une longue conversation, mais j'étais, pour ma part, très impressionnée par la personnalité de Gabrielle. En effet, je n'avais guère plus de vingt-huit ou de vingt-neuf ans, alors qu'elle avait déjà dépassé la quarantaine. De même, je n'étais qu'une obscure fille de cuisine travaillant de nuit à l'Hôpital de Saint-Boniface, tandis qu'elle apparaissait tout auréolée de sa gloire d'auteur international.

Ce jour-là, elle s'est d'ailleurs directement rendue chez ma mère. Elle l'aurait écoutée pendant des heures parler des gens de Cardinal, de sa vie, de la France. Et aussi des cinq années au cours desquelles maman était restée seule sur la ferme avec mes trois petits frères et moi-même, mon père combattant sur le front de la Guerre de 1914-1918 dans son pays natal. De son côté, ma mère m'avait confié un jour qu'elle trouvait l'auteur très intéressant et qu'elle apprenait toutes sortes de choses à son contact.

Malheureusement, jusqu'à présent, le dur métier de cultivatrice que j'exerce au cœur de la plaine ingrate ne m'a guère laissé le loisir de découvrir son œuvre...

IX

UNE INTERVIEW EXCLUSIVE DE MARIE-ANNA ROY

Gabrielle et Marie-Anna, Marie-Anna contre Gabrielle: extrêmement différentes, voire opposées, l'écriture, comble du paradoxe, était leur seul point commun. Au lieu de les rapprocher, elle les a divisées. Elle a fait d'elles deux concurrentes, deux rivales. Du moins le temps de leur séjour terrestre. Peut-être pas à jamais. Marie-Anna a tant prié pour qu'elle les réunisse dans l'autre monde!

Quasi pathologiques, les relations du tandem infernal que formaient les sœurs Roy sont fertiles en coups de théâtre et en épisodes à rebondissements exhalant un certain parfum de scandale: scènes, disputes, reproches, harcèlement, lettres incendiaires, menaces de révélations «brûlantes» (de la part de Marie-Anna), course à la publication, coups bas, ruptures, réconciliations et promesses d'amour éternel, re-ruptures, et j'en passe. Sur le plan de l'écriture, les «mots doux» que, directement ou par personne interposée, les deux auteurs ont échangés tout au long de leur vie, s'étendrait sur plusieurs pages. *Voleuse d'idées»*, *«profanatrice de manuscrits»*, *«menteuse»*, *«mythomane»*, *«affabulatrice»*, *«dévoyée»* ne sont là que quelques-uns des innombrables qualificatifs dont Marie-Anna orne «amoureusement» le portrait de Gabrielle dans *Le Miroir du Passé* et ses inédits. De son côté, dans *Ma Chère Petite Sœur – Lettres à Bernadette*, Gabrielle choisit avec un soin tout particulier les épithètes destinées à «rehausser» la description de Marie-Anna: *«folle dangereuse»*, *«malade»*, *«comédienne»*, *«persécutée»*, *«insociable»*...

Difficile de faire la part des choses lorsque les passions atteignent un tel degré d'exacerbation!

J'appelle de nouveau «à la barre» celle qui est à la fois le témoin et l'accusée: afin qu'elle s'explique, se défende, se repente des «délits littéraires» et des préjudices moraux qu'elle commit jadis à l'encontre de sa sœur.

Bien que cette écorchée vive grossisse exagérément le trait et pratique une critique décapante, exempte de toute espèce de complaisance, il n'est plus permis ni possible aujourd'hui d'ignorer, de moquer ou de passer sous silence la parole de Marie-Anna, demeurée, à mon sens, trop longtemps étouffée. Ne serait-ce que parce que, sœur aînée et marraine de Gabrielle, elle l'a élevée, choyée, regardée grandir, bercée de récits du terroir rapportés de ses lointains postes d'institutrice dans les Plaines, et, par conséquent, me paraît être la mieux placée pour l'évoquer.

Et si, en dehors de ses griefs personnels et de ses ambitions scripturales déçues, tout ce qu'elle a pu dire, écrire et raconter sur sa filleule était en partie vraie?

Son témoignage – à mon avis, le plus intéressant de la série – ouvre mon recueil. Par souci de justice et d'équité, cet autre le clôt. Je ne me ferai ni l'avocate ni le juge, encore moins le bourreau de Marie-Anna, mais le «témoin» que je suis, moi aussi, à ma façon, estime de son devoir de lui donner ici une possibilité de se faire entendre. Je dirai simplement que sa principale «faute» fut d'avoir voulu marcher sur les brisées de Gabrielle. N'allait-elle pas jusqu'à s'identifier à elle? Or, son talent, quoique non dénué d'une certaine poésie était, selon moi, celui d'une journaliste, d'un chroniqueur, d'une historienne et d'une ethnologue – ce qui n'est pas déjà si mal! Non celui d'une romancière.

Au Manitoba, d'aucuns prétendent qu'à la fin de sa vie, elle a mis un point d'honneur à encenser celle qu'elle avait naguère tant décriée, dans le seul dessein de se valoriser et de faire encore parler d'elle. Qui peut en décider? Pour ma part, j'ai suffisamment fréquenté Marie-Anna la-mal-aimée pour me rendre compte que, franche, entière et sans détours dans ses actes comme dans ses prises de position, elle était incapable de jouer la comédie. En bref, je l'ai toujours sue sincère. Enfin, à quatre-vingt-dix-neuf ans, soit six malheureuses années avant le «Grand Départ», qu'aurait-elle encore eu à gagner?

MARIE-ANNA ROY:
CONFIDENCES À MEZZO VOCE

«Pauvre Gabrielle, pardon! Oublions nos offenses
mutuelles, pensons plutôt aux bonnes choses du passé afin
de quitter ce monde réconciliées et l'âme en paix.»
À L'Ombre des Chemins de l'Enfance

Le plus souvent, on l'a présentée comme la «face noire»[1] de Gabrielle. Pourtant, quelque temps avant sa disparition, Marie-Anna avouait se sentir bien plus proche du pardon que de la haine envers sa jeune sœur.

Riche d'un destin hors du commun, phénomène de longévité exceptionnel dans le monde des Lettres, l'on est venu ces dernières années des quatre coins du Canada, et même d'Europe, rendre hommage à ce «monument» poussé en plein cœur de la sauvage et solitaire plaine du Manitoba, pour la plus grande gloire de la Francophonie.

Impressionnante petite vieille, en effet, que cette Marie-Anna, redoutablement lucide et douée d'une prodigieuse énergie, citant de mémoire des passages entiers de son œuvre, des vers classiques et des poètes du terroir. Tout son être respirait la littérature, ayant consumé sa vie au feu de celle dont elle ne parlait jamais qu'en termes religieux, comme inspirée, et ravivée la lumière au plus profond de ses yeux morts.

Au cours de nos entrevues ont revécu, pêle-mêle, ses souvenirs d'enfance, Gabrielle qu'elle «aimait», mais à qui d'évidentes divergences littéraires, éthiques, philosophiques et métaphysiques l'opposaient parfois violemment, ses expériences d'enseignante, ses voyages, ses amitiés, ses correspondances, son œuvre enfin; autant de «fragments d'une âme» dont, selon le vœu de l'intéressée, je ne livre ici que la *«quintessence choisie»*.

Réminiscences nocturnes

«Je suis maintenant semblable à un vieil arbre dépouillé de son feuillage, qui pousse des surgeons. Ces rejetons sont mes souvenirs qui surgissent du fond de ma mémoire.»[2]

Dans un an, je serai centenaire. En 1988, j'ai été victime d'une fracture à la jambe. Personne n'est venu me voir à l'Hôpital de Saint-Boniface où j'ai été *servie* avec brutalité: on m'a pris mes lunettes, j'ai perdu la vue, j'ai perdu mes dents. L'on m'a opérée, mais aujourd'hui, je me retrouve dans un état pitoyable. Non seulement je suis presque aveugle, mais il faut encore que je *procède* sur ma jambe malade.

Au fil de mes longues nuits sans sommeil, je revois mon grand-père[3] dont les histoires enchantaient mon enfance. Je me rappelle tous les personnages des Contes de Perrault et de Grimm.

À l'âge de quatre ans, je suis venue habiter la «Maison Rouge», à Saint-Boniface. À présent, elle est toute blanche. Je suis en train d'écrire un article sur elle pour le journal fransaskois *L'Eau Vive*[4].

Des profondeurs de ma nuit, je vois défiler tous les *«chers visages»*[5] du passé: mon père, ma mère, mes frères Rodolphe et Germain, mes sœurs Bernadette et Anna, Gabrielle aussi, qui, petite enfant, tendait vers moi *«sa frimousse ronde, ses yeux fièvreux au regard étonné, ses mains menues aux doigts incurvés comme les pétales d'une corolle entr'ouverte...»*[6]

«Depuis toutes ces années, toutes ces figures (...) sont devenues cendre et poussière dans la nuit du tombeau. Leurs yeux se sont fermés; mais nous ne pouvons croire qu'ils soient morts.»[7]

Le «grand pardon»

L'on m'a souvent accusée d'avoir jalousé, harcelé, sali et même haï ma benjamine... Mais combien de fois Gabrielle ne s'est-elle pas montrée égoïste, ingrate, indifférente, ladre, capricieuse, dure et cinglante envers la famille?

À mon égard, j'ai souligné, dans *Les Surgeons*[8], le peu de *«compréhension»*, de *«sympathie»* et de *«chaleur fraternelle»* dont elle a fait preuve.

En effet, elle critiquait ouvertement mon *«œuvre en puissance»* et me déniait tout talent d'écrivain, allant jusqu'à me voler mes idées et biffer des passages entiers de mon *Pain de Chez Nous* qu'elle jugeait *«trop longs et sans valeur»*, tentant même de déchirer mes manuscrits. J'ai toujours voulu écrire, mais elle s'est toujours acharnée à m'en empêcher...

Avec le temps, je lui ai évidemment pardonné: c'était un grand écrivain. Aujourd'hui, je m'efforce de *«porter secours»* à son âme *«par la pensée et par la prière. Je ne cesserai de le faire tant que je vivrai, car je crois à la Communion des Saints...»*[9]

En fait, personne ne saura jamais à quel point je l'ai aimée, notre Gabrielle!

La vérité sur la maladie de Clémence

Durant mes insomnies, je songe aussi à ma sœur Clémence, qui respire à deux pas de ma chambre. À quatre-vingt-quinze ans, elle n'est plus, à présent, qu'une morte-vivante. C'est une handicapée mentale qui demeure sur son lit, immobile, refusant depuis des années de lire ou d'écrire.

Elle a subi sa première crise à l'âge de dix-huit ans. Alors qu'elle était en train de jouer à cache-cache dans notre jardin, rue Deschambault, un voisin a surgi brusquement devant elle, montrant son sexe. Nous avons eu beau lui dire que ce n'était qu'un *«serpent jouant de l'accordéon»*, cet acte d'exhibitionnisme honteux l'a plongée, vers sa quarantième année, dans un état voisin de la folie.

Le Grand Oeuvre

Parfois, ma mémoire me joue un mauvais tour en ressuscitant les péripéties de ces interminables années d'enseignement durant lesquelles *«j'ai usé mes forces dans des tâches dures, ingrates, (...) privée de toute société aimable, de tout confort, isolée dans des endroits misérables.»*[10] Heureusement, j'ai rattrapé par la suite tout ce temps perdu lorsque j'ai vécu à Paris et voyagé à travers l'Europe[11].

J'ai lu tous les grands auteurs, parmi lesquels André Malraux. Après mon accident, j'ai redécouvert l'une de ses œuvres, *Les Voix du Silence*, qui expriment un profond recueillement.

À l'époque où j'étais encore institutrice, je lisais volontiers les poètes du terroir et de la Gaspésie à mes élèves. Dans ses recueils, William Chapman[12] évoque son grand-père, le pain béni par le père et distribué, selon la coutume, par les enfants, et le chien ramenant les brebis au bercail. Blanche Lamontagne[13] célèbre, quant à elle, la maison aux vieilles traditions et les prières de la famille.

Cela fait quarante ans que j'écris, moi aussi, mais *« la fortune qui sourit aux audacieux »* m'a toujours refusé la gloire des Lettres. Aujourd'hui, je n'aspire plus qu'à finir ma tâche et à demeurer calme en Dieu.

Mon dernier roman s'intitule *Une Quête sans Repos et sans Espérance*. Je continue également à écrire des articles sur le passé qui vont paraître dans *L'Eau Vive*. Jadis, j'ai soutenu une thèse de latin, traduit Horace ainsi que *L'Énéide* de Virgile.

J'ai déposé mes œuvres aux Archives Nationales du Québec, à Sainte-Foy, ainsi qu'aux Archives provinciales du Manitoba, à Winnipeg. Après ma mort, elles seront publiées et contribueront, je l'espère, à bâtir un nouveau Temple à la Francophonie.

Le Jugement de la Postérité

L'écrivain Rossel Vien[14] possédait également chez lui un coffre qui contenait mes œuvres. Cet homme exprimait une pensée au-dessus du commun, c'était un esprit du *« juste milieu »*. Il aurait pu devenir critique dans des journaux aussi importants que *Le Droit* ou *Le Devoir*, mais il n'a pas eu de chance. Il était malade depuis longtemps. Il vivait seul, dans une sorte de retrait ou de réticence, parlant peu et vivant un drame secret à l'intérieur de lui-même. J'ai été bouleversée par sa mort et ai fait donner six messes pour le repos de son âme.

Rossel Vien s'employait activement à faire connaître mon œuvre au Canada. Gérard Bessette[15], pour sa part, avait recommandé *Le Miroir du Passé* à des éditeurs : ce dernier s'est toujours bien occupé de moi. Tout comme Paul Genuist[16], Roger Léveillé[17], Paul Dubé[18] et Myo Kapetanovitch[19], qui va consacrer une étude à mes ouvrages.

J'ai eu, en outre, tout au long de ma vie, l'insigne privilège de correspondre avec des êtres d'exception : Jean Gautier, Mgr Louis Canivet, évêque de la Vieille église catholique de Thionville (en Moselle, dans l'est de la France), René Rottiers[20], directeur des Éditions Louis Riel[21] et de *L'EauVive*, et Michel Billerey qui, depuis seize ans, m'entretient de la situation de la France et de sa littérature. Tous des *« âmes d'élite »*[22], comme je les appelle, dont les lettres constituent pour moi de véritables «*pépites d'or*»[23]. Les amis ne représentent-ils pas ce que l'on a de plus précieux dans l'existence?

Des «charognards littéraires»

Par contre, plusieurs universitaires peu scrupuleux se sont frauduleusement emparés de certains de mes dossiers. Ainsi, sans me demander mon autorisation, M. X... a-t-il révélé le contenu d'un de mes articles aux membres de l'Université de Y... Pour sa part, M. Z...[24] est passé maître en l'art de la subtilisation: il s'est servi de ma généalogie alors qu'il n'en avait pas le droit. Ce vautour-là ne cherche qu'à gagner de l'argent en exploitant la mémoire des écrivains.

C'est pourquoi je range désormais mes papiers les plus importants dans un coffre de sûreté; ma correspondance avec les membres de ma famille, les amis, les journalistes, les universitaires et les Archives nationales, mais aussi la paperasserie funéraire, des fragments de mon œuvre, les articles que je suis en train d'écrire, des coupures de presse me concernant, des études sur l'œuvre de Gabrielle, ainsi que de petits cahiers d'écolière tout quadrillés sur lesquels je note des pensées, des citations en anglais et en latin extraites de mes lectures.

À Saint-Boniface, non seulement l'on ne me connaît pas, mais l'on ne m'a jamais comprise. J'ai passé pour une femme folle et immorale parce que je menais ma vie à ma guise.

Qu'importe! Au cimetière Archibald, j'ai acheté un monument pour Clémence et pour moi-même, sur lequel j'ai fait graver, en mémoire de ma famille, une citation du poète latin Virgile: «*Après le bon combat, repos éternel*»[25]. À présent, tout est prêt...

CONCLUSION

On ne la connaît pas. Les spectateurs de la vie manitobaine de Gabrielle Roy nous laissent bien peu de choses sur elle, du moins si l'on pense à ces centaines de témoins muets pour l'éternité et à ceux qui ont préféré garder le silence.

Si l'on joint à mes documents les nombreuses anecdotes, authentiques puisque recueillies auprès d'interlocuteurs très divers, il peut sembler que l'on ait en main tous les éléments d'un portrait vrai et complet de Gabrielle Manitobaine. Pourtant, elle nous échappe: la personne est comme submergée, masquée par la perpétuelle fluctuation que déterminent à sa surface les caprices de l'existence et ceux de la création. De sorte que jamais on ne l'atteint dans son être. Quel est-il? Où est-il?

Dans le panégyrique, rehaussé de généreux superlatifs, qu'offrent d'elle ses compatriotes, j'ai bien souvent eu l'impression d'avoir davantage affaire à une princesse de conte de fée qu'à une femme de chair et de sang. Belle, bonne, intelligente, donnante... La liste de ses qualités et de ses vertus prendrait une page entière.

L'image essentielle que les Manitobains ont conservée, retenue d'elle, et qu'ils mettent le plus souvent en avant, est celle de l'institutrice. Une institutrice altruiste, animée d'une haute idée de sa mission, qui s'efforce d'éveiller conjointement l'esprit critique et la curiosité intellectuelle de ses élèves afin de leur apporter autre chose qu'un enseignement traditionnel de base. À la fois conteuse et comédienne, elle a tôt fait de transformer son estrade en petite scène de théâtre où ses leçons relèvent plus du spectacle que du cours magistral, sévère et figé, tel qu'on le dispense d'ordinaire à son époque. Ainsi, par ses méthodes pédagogiques innovantes, fait-elle figure de maîtresse d'école «hors classe» – si je puis me permettre ce jeu de mots – originale, exceptionnelle.

Mais à la considérer d'un peu plus près, on se rend compte qu'elle est un véritable tissu de contradictions qui, tour à tour, amuse, déçoit, surprend, émeut, exalte et choque.

Joyeuse, bavarde, ouverte au dialogue et à la discussion, elle communique volontiers dans le travail avec des gens triés sur le volet: collègues, élèves, amis... En même temps, sauvage, fuyante, avide de solitude et de repli sur soi, elle s'enferme avec son œuvre à la sortie de l'école, révélant à ses proches, ébahis, tout un pan de «montagne secrète».

On pourrait presque affirmer qu'elle mène une double vie...

* * *

De manière encore plus complexe, coexistent, chez cette exubérante introvertie, plusieurs personnes, plusieurs Gabrielle Roy qui correspondent aux différentes époques de sa vie et de son évolution.

Enfant, elle est plutôt perçue comme une élève brillante, volontaire, étonnamment ambitieuse pour son âge, qui dénote au sein de sa famille.

Jeune femme, elle se positionne dans la société à travers son métier d'institutrice et ce rôle d'«éveilleuse des consciences» sur lequel insistent tant de témoignages.

Devenue «écrivain-star», s'opère, selon sa sœur Marie-Anna Roy qui, nonobstant ses frustrations personnelles, la connaît fort bien, un changement radical dans son attitude. Sa véritable nature éclate à la lumière, ingrate, égoïste, un brin mystificatrice, entièrement tournée vers son parcours professionnel. Tout se passe comme si la nouvelle romancière avait délibérément choisi de briser le «miroir du passé». Par contre, la grande majorité des autres personnes interrogées assureront que non seulement le triomphe de *Bonheur d'Occasion* ne l'a pas métamorphosée d'un iota, mais encore qu'elle conservera toujours la même simplicité.

Gabrielle Roy jouait-elle concurremment de deux facettes, l'une réservée à ses intimes, l'autre à un public davantage éloigné?

L'autre souvenir qu'elle lègue à ses contemporains est celui d'une femme en quête permanente d'un absolu, doublement incarné par la nature et l'écriture.

Quoique croyant en Dieu ou en une forme d'intelligence supérieure, il semble qu'elle ne trouve pas de réponse suffisante à son questionnement intérieur dans la structure religieuse sociale. Trop mystique sans doute, indépendante et exigeante quant à sa recherche de la Vérité, c'est donc dans une relation personnalisée à la nature, vécue comme temple et comme refuge, qu'elle projette sa foi. *«De confession panthéiste»*, aux dires-mêmes de ses amies moniales, elle se ressource totalement à son contact, communie et fusionne avec elle jusqu'au vertige.

De la même façon, ses souffrances présentes et passées nourrissent abondamment la poursuite de son idéal. Angoissée, tourmentée, adonnée – ne devrais-je pas plutôt dire «abonnée»? – aux cruels délices de l'introspection, cette*«force fragile»*, telle que nous la dépeint avec tant de finesse le journaliste Henri Bergeron, s'emploie à sublimer, par la création littéraire, ce qu'elle ressent au plus profond d'elle comme des échecs. Douée d'un sens aigu de l'observation, elle demeure continuellement à l'affût des êtres, des choses et des éléments de la Création, s'attachant à tout embrasser, à tout noter, à tout graver dans son cœur. À l'image de son élocution, il en résulte une écriture claire, limpide, précise, concise, «didactique» en un mot. En effet, n'est-ce pas d'abord et avant tout son expérience d'institutrice – dans laquelle, parfois inconsciemment, elle ne cesse de puiser – qui a forgé sa personnalité et son style? En quelque sorte, ne restera-t-elle pas toujours l'élève d'elle-même, la première et la meilleure?

Quoiqu'il en soit, femme, enseignante, comédienne ou écrivain, Gabrielle Roy n'aura laissé indifférent aucun de mes témoins, tant sur le plan physique – mentionnés à de nombreuses reprises, ses yeux continuent de fasciner par-delà les années – que moral, affectif, intellectuel et spirituel. Persisteront-ils, comme d'autres, comme moi, à chercher, à essayer de comprendre l'être Gabrielle? Entreprise bien téméraire, folle et audacieuse s'il en est, inéluctablement vouée à l'échec. Il n'est pas à elle, ni d'elle, ni «elle». Son être, c'est sans doute le secret d'*«une petite fille égarée dans un monde trop vaste qu'elle maniait avec tant de maîtrise dans son écriture»*[1], tel que la décrit Alain Stanké. Son être, c'est son talent-même qui couvre et remplit tout, ne concédant aux autres manifestations de la vie que le trop-plein de son activité.

REMERCIEMENTS

Comme on peut le supposer, l'élaboration d'un recueil de cette sorte nécessite un concours de conditions favorables, à la fois matérielles, morales, intellectuelles, et d'un solide réseau d'amitiés.

À la joie de cette évocation se mêle la profonde tristesse de constater que plusieurs de ces correspondants nous ont déjà quittés, parmi lesquels Marie-Anna Roy, que ses démêlés fameux avec sa sœur Gabrielle ne m'ont jamais empêchée d'apprécier à sa juste valeur humaine et littéraire.

Au premier rang de ceux qui ont des droits à ma reconnaissance figurent les Éditions Internationales Alain Stanké pour leur accueil, leur confiance, leur disponibilité et en particulier leur fondateur lui-même, dont la rencontre, épistolaire, puis de vive voix, fut une «occasion de bonheur» – pour reprendre le titre de l'une de ses œuvres – sans précédent.

Je suis également redevable à Jean-Louis Morgan, conseiller littéraire, journaliste et auteur: sans les lumières de son expérience et sans ses suggestions avisées, cet ouvrage ne serait pas ce qu'il est.

Ma ferveur et ma gratitude vont bien entendu aux habitants de Saint-Boniface, la ville natale de Gabrielle Roy, et des villages manitobains qui m'ont toujours accueillie et traitée comme une enfant du pays. Ce livre leur est dédié en hommage d'affectueux souvenir.

Alan Mac Donell, professeur à l'Université du Manitoba (Winnipeg), m'avait ouvert la voie de cette enquête en me faisant partager sa conception «ouestrienne» de l'œuvre de Gabrielle Roy. Que sa gentillesse, sa compétence et son érudition soient ici saluées.

Mes prospections furent également encouragées par Madeleine Ducrocq-Poirier, professeur de Littérature et Civilisation canadiennes-françaises à la Sorbonne et chercheur au Centre National de la Recherche Scientifique (C.N.R.S., Paris): elle est généralement considérée comme «la» spécialiste – trop modeste – de Gabrielle Roy en France, et reconnue internationalement.

Sans jamais faillir, plusieurs bibliothécaires et archivistes m'ont apporté le soutien de leur dévouement dans la collecte de renseignements et de documents – parfois rares – destinés à faciliter la rédaction de mes notes: Ursula Matlag (Délégation générale du Québec), Lorna Knight et Linda Hoad (Bibliothèque Nationale du Canada), Linda Jones (Conseil International des Études canadiennes), Sœur Laura Gosselin (Résidence Saint-Joseph, Saint-Boniface).

Je ne remercierai jamais assez ma fidèle «assistante», Irène Crites, qui n'est ni universitaire ni documentaliste, mais agricultrice à Cardinal (Manitoba), un petit village où enseigna Gabrielle Roy. Devenue très proche de ce travail par sa finesse et sa sensibilité, elle a parcouru des kilomètres à pied par tout temps et toutes saisons afin de récolter des informations d'ordre biographique sur ses compatriotes. De son côté, mon amie Marcelle Lemaire, enseignante à Saint-Boniface, s'est dépensée sans ménager son temps ni sa peine.

Je me garderai bien d'oublier ceux qui m'ont fait bénéficier de leur savoir dans les domaines historique: Alfred Fortier d'Iberville et Gilles Lesage (Société Historique et Centre du Patrimoine de Saint-Boniface); géographique: Marie-José Tolszczuk (Bibliothèque Nationale du Canada), Gerald Holms, toponymiste provincial (Ministère des Richesses Naturelles du Manitoba); religieux: Mgr Louis Canivet, évêque de la Vieille église catholique de Thionville (France).

Je reconnais, que pour de délicats problèmes de bilinguisme et de traduction de témoignages de l'anglais au français, j'ai eu recours aux services de l'Honorable Armand Dureault, juge à la Cour du Banc de la Reine (Winnipeg) et spécialiste de la question des langues officielles au Manitoba.

Enfin, me furent particulièrement précieux les conseils de Gil Gianone, conservateur du Patrimoine (Fréjus, France) et admirateur de l'œuvre de Gabrielle Roy, qui a relu et corrigé avec une juste sévérité l'ensemble de ce travail.

Remerciements Complémentaires

Organismes et collectivités: Abbaye Cistercienne Notre-Dame du Bon-Conseil (Saint-Romuald,Québec) – Archevêché de Montréal – Archevêché de Saint-Boniface – Archives du Carmel de Trois-Rivières (Québec) – Archives de la Compagnie de Jésus (Saint-Jérôme, Québec) – Archives des Missionnaires Oblats de Marie-Immaculée (Montréal) – Archives du ministère de la Culture, du Patrimoine et de la Citoyenneté (Winnipeg) – Archives du Musée des Beaux-Arts de Montréal – Archives Nationales du Québec (Montréal) – Archives des Pères Jésuites (Saint-Jérôme, Québec) – Archives des Prêtres de Saint-Sulpice (Paris) – Archives provinciales du Manitoba (Winnipeg) – Archives des Sœurs Grises (Saint-Boniface) – Archives des Sœurs de Sainte-Anne (Lachine, Québec) – Association France-Québec (Paris) – Bibliothèque publique de Saint-Boniface – Bibliothèque «Gabrielle Roy» de Somerset (Manitoba) – Centre Culturel Franco-manitobain (Saint-Boniface) – Centre de documentation du Centre culturel Canadien (Paris) – Centre d'Études québécoises de l'Université de Montréal – Communauté des Sœurs de la Charité d'Ottawa (Ontario) – Communauté des Sœurs des Saints Noms de Jésus et de Marie (Montréal) – Communauté des Sœurs des Saints Noms de Jésus et de Marie (Saint-Boniface) – École Provencher (Saint-Boniface) – Éditions de la Nouvelle Plume (Regina, Saskatchewan) – Industry Trade and Tourism Ministery (Winnipeg) – Librairie «À la Page» (Saint-Boniface) – Manitoba Pool Elevators (Winnipeg) – Mission Vieille Catholique (Paris) – Municipalités d'Altamont, de Dauphin, d'Élie, de Notre-Dame-de-Lourdes, de Ritchot, de Saint-Adolphe, de Saint-Léon, de Sainte-Rose-du-Lac, de Somerset, de Winnipegosis (Manitoba), de Kelowna (Colombie – Britannique) – Musée de Saint-Boniface – Musée Fort-Dauphin (Dauphin, Manitoba) – Saint-Mary Academy (Winnipeg) – Secrétariat de la Province canadienne des Pères de Sainte-Croix (Montréal) – Service d'information de l'Université Laval (Québec) – Studio de Photo Sears Brampton (Ontario) – Travel Manitoba (Winnipeg) – Université du Manitoba (Winnipeg) – Université de Regina (Saskatchewan).

* * *

Particuliers

Mesdames: Annick Basilevsy (Winnipeg) – Madeleine Beaudin (Somerset, Man.) – Françoise Boixière (Saint-Brieuc, France) – Marielle Brook (Hull, Qc) – Danièle Cagnat (Librairie de l'Amitié, Fréjus, Fr.) – Sœur Françoise Carignan (Communauté des Sœurs des SNJM, Saint-Boniface) – Sœur Thérèse Carignan (Communauté des Sœurs de la Providence, Edmonton, Alb.) – Jocelyne Carpentier (professeur de Lettres Classiques, Saint-Brieuc, Fr.) – Victorine Cousin (Winnipeg) – Monique Genuist (Université de Saskatoon, Sask.) – Aurore Goulet (Saint-Malo, Man.) – Pierrette Lagarde (Barbizieux, Fr.) – Sylviane Lanthier (Journal «La Liberté», Saint-Boniface) – Anne-Marie Leperre (Waterhen, Man.) – Odile Martel (Saint-Léon, Man.) – Edna Medd (Winnipegosis, Man.) – Allison Mitchell (Relations Publiques, Winnipeg Symphony Orchestra) – Madeleine Reny-Gendron (Journal «Le Droit», Ottawa, Ont.) – Nathalie Robert-Soukup (Winnipeg) – Mary Roy-Nakonesky (Man.) – June Stockford (Altamont, Man.) – Venice Todd-Roy (Man.) – Sylvie Toussaint-Cavan, (Saint-Brieuc, Fr.).

Messieurs: Père Robert Bernardin, O.M.I. (curé de la Poule d'Eau, Man.) – Père B. Boulant (Centre National des Archives de l'Église de France, Paris) – Philippe Brazeau (Journal «L'Eau Vive», Regina, Sask.) – Michel Cagnat (Librairie de l'Amitié, Fréjus, Fr.) – Léo Campbell (Waterhen, Man.) – Père Jean-Charles Cassista (Résidence Marianiste, Saint-Anselme, Qc). Lionel Dorge (Éditions du Blé, Saint-Boniface) – Paul Genuist (Université de Saskatoon, Sask.) – Laurent Gimenez (La Liberté du Manitoba) – Gérald Grenier (École de Saint-Léon, Man.) – Richard Grenier (Archives de la Mairie de Saint-Léon, Man.) – Raymond Hébert (Collège Universitaire de Saint-Boniface) – Jocelyn Huard (Photographe, Saint-Romuald) – Guy Landry (Kelowna, C.-B.), Roger Léveillé (journaliste-écrivain, Saint-Boniface) – Père Normand Martel (Missionnaires Oblats de Marie-Immaculée, Montréal) – Hubert Pantel (photographe, Saint-Boniface) – Révérend René Peeters (Paroisse Saint-Émile de Saint-Vital, Man.) – Léo Rémillard (Saint-Boniface) – Jean-Marie Taillefer (Saint-Adolphe, Man.) – Barthélemy Toussaint (Saint-Brieuc).

BIBLIOGRAPHIE

1) Ouvrages et thèses:

BEAUCHAMP, Colette: *Judith Jasmin (1916-1972) De Feu et de Flamme*, Éditions Boréal, Montréal, 1996.

BEAUDOIN, Évelyne; LA ROCHE Madeleine; BEAUDOUIN Pierre: *Otterburne hier... Otterburne aujourd'hui*, Techmedia Services, 1987.

BELLEAU, Janick: *Le Manitoba des Femmes répond: Questionnaire Gabrielle Roy*, Éditions du C.E.F.C.O., Saint-Boniface, 1984.

BIGLOW, A.C.: *Holland, Manitoba (1877-1967), Centennial History Book. Brandon Normal School*, Publication du Manitoba Culture, Heritage and Recreation Ministery, 1996.

BRANDT, Yvette: *Memories of Lorne (1880-1980): A History of the Municipality of Lorne, Somerset, Manitoba*, Municipality of Lorne, 1981.

CARIGNAN, (Sœur Françoise): *La Congrégation des SNJM et son apport à l'enseignement du français au Manitoba*, Thèse de maîtrise-ès-Arts, Université Laval, Québec, 1958.

Le Cercle Molière, 50ᵉ année, Éditions du Blé, Saint-Boniface, 1975.

CLEMENTE, Linda and Bill: *Gabrielle Roy, Creation and Memory*, ECW Press, Toronto, 1997.

COLLET, Paulette: *L'Hiver dans le Roman Canadien-Français*, Thèse de Doctorat, Université Laval, Québec, 1962.

DESROCHERS, Jean-Paul: *La Famille dans l'œuvre de Gabrielle Roy*, thèse de maîtrise, Université Laval, Québec, 1965.

DUCROCQ-POIRIER, Madeleine: *Le Roman Canadien de Langue Française de 1860 à 1958, Recherche d'un esprit romanesque*, Éditions Nizet, Paris, 1958.

DUCHAUSSOIS, Rev. Père, O.M.I: *Apôtres Inconnus*, Éditions Spes, Paris, 1924. *L'Encyclopédie du Canada*, vol. I, II, III, Éditions Internationales Alain Stanké, Montréal, 1988.

FRIESEN, Gerald: *The Canadian Prairies: A History*.

GABORIEAU, Antoine: *Notre-Dame-de-Lourdes, Manitoba (1891-1990); Un Siècle d'Histoire*, Comité des Fêtes du Centenaire, Notre-Dame-de-Lourdes, 1990.

GAGNÉ, Marc: *Visages de Gabrielle Roy*, Éditions Beauchemin, Montréal, 1973.

GAULIN, Lucien: *Le Thème du Bonheur dans l'œuvre de Gabrielle Roy*, thèse de maîtrise, Université de Montréal, 1962.

GENUIST, Monique: *La Création Romanesque chez Gabrielle Roy*, Éditions du Cercle du Livre de France, Montréal, 1966.

GENUIST, Paul: *Marie-Anna Roy, Une Voix Solitaire*, Éditions des Plaines, Saint-Boniface, 1992.

HAM, Penny: *Place Names of Manitoba*, Western Producer Prairie Books, Saskatoon, Saskatchewan, 1980.

HAMBLET, Edwin: *La Littérature Canadienne Francophone*, Éditions Hatier, Paris, 1987.

HARVEY, Carol: *Le Cycle Manitobain de Gabrielle Roy*, Éditions des Plaines, Saint-Boniface, 1993.

HESSE, M.G.: *Gabrielle Roy par elle-même*, Éditions Internationales Alain Stanké, Montréal, 1985.

Inventaire des Archives Personnelles de Gabrielle Roy conservées à la Bibliothèque Nationale du Canada (publié sous la responsabilité de François Ricard), Éditions Boréal, Montréal, 1991.

LEVASSEUR, Donat: *Histoire des Missionnaires Oblats de Marie-Immaculée, Essai de Synthèse*, tomes I (1815-1898) et II (1898-1985), Maison Provinciale O.M.I., Montréal, 1983 et 1986.

LE VASSEUR, Jean-Marie: *Gabrielle Roy, Peintre de la Famille Canadienne-Française*, thèse de maîtrise, Université de Montréal, 1960.

MITRI, A.: *Mère Emilie Gamelin et sa Cause de Béatification*, Permis d'Imprimer, 1978.

BIBLIOGRAPHIE

MORENCY, Jean: *Un Roman du Regard: La Montagne Secrète*, C.R.E.L.I.C.Q.R., Québec, 1986. *Noms et Lieux du Québec*, Dictionnaire Illustré, Commission de Toponymie du Québec, 1996.

QUENNEVILLE, J.G. (1930-1933): *Le Voyage d'un Solitaire*, Éditions du Trécarré, Montréal, 1985.

RICARD, François: *Gabrielle Roy*, Éditions Fidès, Montréal, 1975.

———— «*Gabrielle Roy, Une Vie*, Éditions Boréal, Montréal, 1996.

Gabrielle Roy: Sa Vie au Manitoba, Publication du Conseil Manitobain du Patrimoine, Manitoba Culture, Heritage and Citizenship, Winnipeg, 1992.

Œuvres de Gabrielle ROY:

Bonheur d'Occasion, Société des Éditions Pascal, Montréal, 1945, 2 vol.; Éditions Internationales Alain Stanké, Montréal, 1978.

La Petite Poule d'Eau, Éditions Beauchemin, Montréal, 1950; Éditions Internationales Alain Stanké, Montréal, 1980.

Alexandre Chenevert, Éditions Beauchemin, Montréal, 1954; Éditions Internationales Alain Stanké, 1979.

Rue Deschambault, Éditions Beauchemin, Montréal, 1955; Éditions Internationales Alain Stanké, Montréal, 1980.

La Montagne Secrète, Éditions Beauchemin, Montréal, 1961; Éditions Internationales Alain Stanké, Montréal, 1978.

La Route d'Altamont, Éditions HMH, Montréal, 1966.

La Rivière Sans Repos, Éditions Beauchemin, Montréal, 1970; Éditions Internationales Alain Stanké, Montréal, 1979.

Cet Eté qui Chantait, Éditions Françaises, Montréal, 1972; Éditions Internationales Alain Stanké, Montréal, 1979.

Un Jardin au bout du Monde, Éditions Beauchemin, Montréal, 1975; Éditions Internationales Alain Stanké, Montréal, 1987.

Ces Enfants de Ma Vie, Éditions Internationales Alain Stanké, Montréal, 1977.

Fragiles Lumières de la Terre, Éditions Quinze / Prose Entière, Montréal, 1978.

De Quoi t'ennuies-tu, Èveline? suivi de *Ely!Ely!Ely!*, Éditions du Sentier, Montréal, 1982.

La Détresse et L'Enchantement, Éditions Boréal, Montréal, 1984; Éditions Arléa, Paris, 1986.

Ma Chère Petite Sœur – Lettres à Bernadette 1943-1970, Éditions Boréal, Montréal, 1988.

Le Temps qui m'a Manqué, Éditions Boréal, Montréal, 1997.

La Saga d'Èveline, «Fonds Gabrielle Roy», Bibliothèque Nationale du Canada, Ottawa, (MSS 1983-11 – 1986-11 – Boîtes 72, 73, 74).

Baldur, «Fonds Gabrielle Roy», Collection des Manuscrits Littéraires, Bibliothèque Nationale du Canada, Ottawa (MSS 1983-11 – 1986-11, Boîte 70).

Œuvres de Marie-Anna ROY:

Le Pain de chez Nous, Éditions du Lévrier, Montréal, 1954.

La Montagne Pembina au Temps des Colons, Canadian Publishers, Winnipeg, 1969.

Les Capucins de Toutes-Aides et leurs Dignes Confrères, Éditions Franciscaines, Montréal, 1977.

Le Miroir du Passé, Éditions Québec-Amérique, Montréal, 1979.

Journal Intime d'une Âme Solitaire, Reflet des Ans dans le Miroir du Passé, Un Effort sans Repos et sans Espérance, Inédit, 305 p.

À la Lumière du Souvenir (ou Une Quête sans Repos et sans Espérance – Un Effort sans Repos et sans Espérance), Inédit, 1964, 136 p.

Voyages en Europe, Inédit, 85 p.

Grains de Sable et Pépites d'Or, Inédit, 103 p.

Indulgence et Pardon, Inédit, 1983, 39 p.

Surgeons, Inédit, 22 p.

Les Grandes Cathédrales de France, Inédit.

Rupert's Land to Riel: Manitoba, A History, Great Plain Publications, Winnipeg, 1993.

Oeuvres d'Annette SAINT-PIERRE:

Gabrielle Roy sous le Signe du Rêve, Éditions des Plaines, Saint-Boniface, 1975.

Le Rideau se Lève au Manitoba, Éditions des Plaines, Saint-Boniface, 1980.

La Fille Bègue, Éditions des Plaines, Saint-Boniface, 1982.

Répertoire Littéraire de l'Ouest Canadien, Éditions du C.E.F.C.O., Saint-Boniface, 1984.

Sans Bon Sang, Éditions des Plaines, Saint-Boniface, 1987.

Coups de Vent, Éditions des Plaines, Saint-Boniface, 1990.

Le Manitoba au Cœur de l'Amérique, Éditions des Plaines, Saint-Boniface, 1992.

BIBLIOGRAPHIE

De Fil en Aiguille, Éditions des Plaines, Saint-Boniface, 1995.

SOCKEN, Paul: *L'Homme et le Monde dans l'Oeuvre de Gabrielle Roy*, Bibliothèque Nationale du Canada, Ottawa, 1971.

STANKÉ, Alain: *Occasions de Bonheur*, Éditions Internationales Alain Stanké, Montréal, 1993.

TOUSSAINT, Ismène: *L'Homme et la Nature dans l'Oeuvre de Gabrielle Roy*, Mémoire de D.E.A., Bibliothèque de l'Université de Rennes II Haute-Bretagne, Rennes, 1987; repris dans *Études Canadiennes: Publications et Thèses Étrangères*, collection «Canada» de la Bibliothèque Nationale du Canada, Ottawa, 1995.

──────── *L'Homme et la Nature dans l'Oeuvre de Gabrielle Roy*, Thèse de Doctorat de 3ᵉ cycle, Centre de Documentation Historique et Littéraire du Meiller (C. D.H.L.M. 73), Meiller, 1994.

Treasures of Time, The Rural Municipality of Cartier (1914-1984), History Book Commitee, R.M. of Cartier, Élie, Manitoba, 1985.

VIRGILE: *L'Énéide* (Préface de Robert Brasillach), Le Livre de Poche, Hachette, Paris, 1967.

WELSTED, John – EVERITT, John – STADEL, Christopher: *The Geography of Manitoba, its Land and its People*, The University of Manitoba Press

WILSON, Keith: *The Development of Education in Manitoba*.

II) Articles:

Actes du Colloque International «Gabrielle Roy» (soulignant le 50ᵉ anniversaire de *Bonheur d'Occasion*, 27-30 septembre 1995), Presses Universitaires de Saint-Boniface, 1996.

Annales du Journal *La Liberté*, Saint-Boniface, 1914-1929.

The Annual Reports of the Department of Education, Manitoba.

The Annual Reports of the Department of Agriculture, Extension Services, Manitoba.

Association d'Éducation des Canadiens-Français: *Bref respectueusement soumis à la Commission Royale d'Enquête sur la Radio et la Télévision par l'A.E.C.F.M.*, Saint-Boniface, 10 avril 1956.

BERGERON, Henri: *Quinquennale de la Francophonie Canadienne: Hommage à Gabrielle Roy*, communication inédite présentée dans le cadre de l'Association Canadienne d'Éducation en Langue Française, Université du Manitoba, 13 août 1980, pp. 2-6.

BESSETTE, Gérard: «Interview avec Gabrielle Roy», *Une Littérature en Ébullition*, Éditions Le Jour, Montréal, 1968, pp. 209-308.

BLAY, Jacqueline: «Le Centenaire des Lois de 1890 au Manitoba», *Cahiers Franco-Canadiens de l'Ouest*, vol. 2, n° 1, printemps 1990, pp. 37-59.

Cahiers Franco-Canadiens de l'Ouest, vol. 3, n° 1, «Spécial Gabrielle Roy: Voies Nouvelles», printemps 1991, 163 p.

Cahiers Franco-Canadiens de l'Ouest, vol. 8, n° «Spécial Gabrielle Roy», Presses Universitaires de Saint-Boniface, 1996, 387 p.

CHAPUT, Blandine (Sœur): «Les Chanoinesses Régulières des Cinq Plaies du Sauveur, Cent ans de Présence et de Service», *Bulletin de la Société Historique de Saint-Boniface*, n° 2, hiver 1996, pp. 3-8.

CHAPUT, Lucien: «L'Île Gabrielle Roy dans la Rivière Poule d'Eau», *La Liberté*, Saint-Boniface, 12-19 octobre 1989.

_____ «Gabrielle Roy, La Religieuse de la Littérature», *La Liberté*, Saint-Boniface, 16-22 mars 1990.

CHARTRAND, Yves: «La Petite Poule d'Eau de Gabrielle Roy: Réalité et Fiction d'une œuvre Manitobaine», *La Liberté*, 8-14 mai 1992.

Chroniques des Sœurs des SNJM de Saint-Jérôme (Laurentides), Résidence Saint-Sauveur des Monts, Québec, Année 1974.

Chroniques des Sœurs des SNJM, Couvent de Saint-Jean-Baptiste, Manitoba, Année 1975.

CLOUTIER, Annie: «Marie-Anna Roy n'est plus: une nièce se rappelle», *La Liberté*, 10-16 avril 1998.

Dossier «Gabrielle Roy» (à l'occasion du Colloque International «Gabrielle Roy» fêtant les 50 ans de *Bonheur d'Occasion*, 27-30 septembre 1995), *La Liberté*, 22-28 septembre 1995.

DUBÉ, Jean-Pierre: «L'Auteure Franco-Manitobaine Marie-Anna Roy a 99 ans: Une Femme instruite, c'était une folle», *La Liberté*, 2O-26 mars 1992

DUBÉ, Paul: «Stratégiques Portraits de Soi: l'Oeuvre autobiographique de Gabrielle Roy», Université de l'Alberta, Edmonton, 15p.

ESSAR, Dennis: «Gabrielle Roy et la Création Littéraire: De l'Espace et du Temps dans *La Route d'Altamont*», *Actes du Colloque «La Langue, la Culture et la Société des Francophones de l'Ouest»*, C.E.F.C.O., Saint-Boniface, 1984, pp. 47-66.

GENUIST, Paul: «Les Errances d'une Institutrice dans l'Ouest canadien», *À La Mesure du Pays*, Actes du 10ᵉ Colloque du CE.F.C.O. tenu au Collège Saint-Thomas More, Université de la Saskatchewan, 12-23 octobre 1990, pp. 191-199.

BIBLIOGRAPHIE

GIMENEZ, Laurent: «Maison de Gabrielle Roy: La Pierre Angulaire du Nouveau Saint-Boniface», *La Liberté*, 4-10 novembre 1990.

GODBOUT, Jacques: «Gabrielle Roy, Notre-Dame des Bouleaux», *L'Actualité* n° 1, janvier 1979, pp. 30-34.

HARVEY, Carol: «Les Collines et la Plaine: L'Héritage Manitobain de Gabrielle Roy», *Bulletin du C.E.F.C.O.* n° 12, octobre 1982, pp. 22-27.

_____ «Gabrielle Roy institutrice: reportage et texte narratif «*Cahiers Franco-Canadiens de l'Ouest*, vol. 3, n° 1 «Spécial Gabrielle Roy: Voies Nouvelles», printemps 1991, pp. 31-42.

HÉBERT, François: «Que de force derrière l'apparente précarité!», *Le Devoir*, 6 octobre 1984, pp. 21 et 28.

HUGHES, Kenneth James: «Tony Tascona», *Manitoba Arts Monographs*, Department of Cultural Affairs and Historical Resources, Manitoba, 1982, pp. 249-304.

JASMIN, Claude: «Two Persons Exhibition: Tony Tascona», *La Presse*, 4 mai 1963, p. 22.

JASMIN, Judith: «Entrevue avec Gabrielle Roy», *Premier Plan*, Programme de TV, Radio-Canada, Montréal, 30 janvier 1961.

_____ «Défense de la Liberté», textes recueillis par Colette Beauchamp, coll. «Papiers Collés«, Éditions Boréal, Montréal, 1992.

KUSHNER, Èva: «Gabrielle Roy, de la représentation à la vision du monde», *Québec Français*, n° 36, décembre 1979, pp. 56-57.

LANTHIER, Sylviane: «Les Cent Ans de Marie-Anna Roy: J'ai poursuivi mon noble rêve», *La Liberté*, 3 février 1992.

LEGRAND, Albert: «Gabrielle Roy ou l'Être partagé», *Études Françaises*, 1re année, n° 2, juin 1965, pp. 39-65.

LÉVEILLÉ, Roger: «Roy R.I.P.», *La Liberté*, 17-23 avril 1992.

«Les Marianistes», *Bulletin de la Société Historique de Saint-Boniface*, n° 3, printemps 1994, pp. 15-17.

«Marianistes – 100 ans de service au Canada», Archives Provinciales du Manitoba, Winnipeg, pp. 10-48.

PALMER, Gwen: «Camperville and Duck Bay, Parts I, II», *Manitoba Pageant*, vol. 18, n° 2, 1973, pp. 11-17 (Manitoba Historical Society).

PICARD, Geneviève: «Gabrielle Roy», *Elle Québec* n° 19, février 1991, pp. 70-74.

PICCIONE, Mary-Lyne: «La Dialectique de la Plaine et de la Montagne dans l'oeuvre de Gabrielle Roy», *Actes du Colloque International «Gabrielle*

Roy» (soulignant le 50ᵉ anniversaire de *Bonheur d'Occasion*, 27-30 septembre 1995), Presses Universitaires de Saint-Boniface, 1996, pp. 313-323.

«René Richard», *Dictionnaire des Artistes de Langue Française en Amérique du Nord* (David Karel), Musée du Québec, Les Presses de l'Université Laval, 1992, pp. 691-692.

ROTTIERS, René: «Ces Auteurs de l'Ouest canadien que l'on devrait connaître: 11 Chroniques sur Marie-Anna Roy», *L'Eau Vive*, Regina, 18 février-26 mai 1988.

Articles de Gabrielle ROY:

«Cent pour Cent d'Amour», *Le Samedi*, Montréal, 31 décembre 1936.

«Pitié pour les institutrices!», *Bulletin des Agriculteurs*, vol. 37, nº 3, 1942, pp. 7, 45 et 46.

«Souvenirs du Manitoba«, *Mémoires de la Société Royale du Canada*, t.48, 3ème série, juin 1944, pp. 1-6.

«My Schooldays in Saint-Boniface», *The Globe and Mail*, Toronto, 18 décembre 1976; traduction inédite en français «Mes Études à Saint-Boniface» (souvenirs1976), «Fonds Gabrielle Roy», Bibliothèque Nationale du Canada, ref.: 68 (18).

«Le Cercle Molière... Porte Ouverte – Souvenirs du Cercle Molière (1936-1938)», *Chapeau Bas, Réminiscences de la vie théâtrale et musicale du théâtre français, Iʳᵉ partie, Cahiers d'Histoire de la Société Historique de Saint-Boniface*, Éditions du Blé, 1980.

«La Légende du Cerf Ancien», *Cahiers Franco-Canadiens de l'Ouest*, vol. 3, nº 1 «Spécial Gabrielle Roy: Voies Nouvelles», printemps 1991, pp. 151-163 (nouvelle écrite vers 1938; présentation de François Ricard).

«Ma Petite Rue qui m'a menée autour du monde», *Littératures* nº 14, 1996 (récit autobiographique écrit vers 1977; présentation de François Ricard).

«Ma Rencontre avec les Gens de Saint-Henri», *Cahiers Franco-Canadiens de l'Ouest*, vol. 8, nº 2, Presses Universitaires de Saint-Boniface, 1996 (texte de 1947; présentation de François Ricard).

ROY, Marie-Anna: «Cher Visage», *Bulletin du C.E.F.C.O.* nº 28, juin 1988, pp. 3-8.

_____ «À l'Ombre des Chemins de l'Enfance», 38 épisodes, *L'Eau Vive*, Regina, 6 juillet 1989 – 26 avril 1990.

_____ «Vieux Souvenirs de Lumière», *L'Eau Vive*, 8 juillet 1993.

ROY-CYR, Yolande: «Gabrielle Roy, Fragile Lumière, Immortel Éclat», *Actes du Colloque International «Gabrielle Roy»* (soulignant le 50ᵉ anniversaire de *Bonheur d'Occasion*) 27-30 septembre 1995, Presses Universitaires de Saint-Boniface, pp. 719-728.

SAINT-PIERRE, Annette: «L'Écriture Française dans l'Ouest canadien», *Revue de l'Université d'Ottawa* n° 3, juillet-septembre 1986, pp. 71-76.

SIROIS, Antoine: «De l'Idéologie au Mythe: la Nature chez Gabrielle Roy», *Voix et Images* n° 42, printemps 1989, pp. 380-386.

SHEK, Ben Z.: De quelques influences possibles de Gabrielle Roy: Georges Wilkinson et Henri Girard, *Voix et Images* n° 42, printemps 1989, pp. 437-452.

STANKÉ, Alain: «Gabrielle Roy: La Promesse et... Le Désenchantement», *Occasions de Bonheur* (même auteur), Éditions Internationales Alain Stanké, Montréal, 1993, pp. 55-73.

THIBEAULT, Carole: «J'étais en amour avec elle», *La Liberté*, 22-28 septembre 1995.

_____ «Marie-Anna Roy en héritage», *La Liberté*, 5 février 1998.

TOUSSAINT, Ismène: «Inauguration de l'Île Gabrielle Roy dans la Rivière Poule d'Eau (Manitoba)», *Cahiers Franco-Canadiens de l'Ouest*, vol. 2, n° 1, printemps 1990, pp. 91-95.

_____ «La Petite Poule d'Eau de Gabrielle Roy: une adaptation sensible et émouvante», *La Liberté*, 8-14 mai 1992.

_____ «Marie-Anna Roy, un Être d'exception», *La Liberté*, 25-31 décembre 1993.

_____ «Une Visite Guidée de Saint-Boniface par Louis Riel et Gabrielle Roy», suivie de «Gabrielle Roy, Écrivain de la Condition Humaine» et de «Louis Riel, le Père du Manitoba», *Revue Francophone «Sol'Air»* n° 8, Nantes, mai-août 1995, pp. 146-172.

_____ «Gabrielle Roy: Un Sommeil de Belle au Bois Dormant», *La Liberté*, 25-28 septembre 1995.

TREMBLAY, Odile: «Les Visages de Gabrielle Roy: L'Ombre et la Lumière», *Le Devoir*, 22-23 février 1997.

TRÉPANIER, Jean: «René Richard», *Cent Peintres du Québec, Cahiers du Québec*, coll. Beaux-Arts, Éditions Hurtubise H.M.H., 1980, pp. 176-177.

The Western School Journal, Manitoba.

CHRONOLOGIE
DE GABRIELLE ROY

1886: 23 novembre: Mariage de Léon Roy et d'Émilie (Mélina) Landry, tous deux d'origine québécoise, à Saint-Léon, Manitoba.

1897: Léon Roy devient agent d'immigration auprès du gouvernement fédéral. Sa famille s'installe dans la «Maison Rouge» de Saint-Boniface.

1905: La famille Roy emménage rue Deschambault.

1909: 23 mars: Naissance de Marie Rose Emma Gabrielle.

1915: Léon Roy perd son emploi.

1915-1927: Études primaires et secondaires chez les Sœurs des SNJM, à l'Académie Saint-Joseph (Saint-Boniface) où elle a pour camarades de classe Maria Prénovost et Marie-Ange Jalbert.

Selon des témoins, elle commence à écrire à l'âge de six ou huit ans.

Elle passe presque toutes ses vacances à Somerset (Man.) avec ses cousins, parmi lesquels Alberta (Rose-Éliane), Cléophas et Germain Landry.

1920: Sa vocation d'écrivain se précise.

1928-1929: Études Pédagogiques à l'École Normale d'Institutrices de Winnipeg où elle a pour condisciple Alice Willis (Dawson).

22 février 1929: mort de Léon Roy. La même année, son frère Germain épouse Antonia Houde. Ils auront deux filles, Lucille et Yolande (Cyr).

Elle enseigne quelques semaines à Marchand (Sud-est du Manitoba).

1929-1930: Elle est nommée à l'École Saint-Louis de Cardinal, où elle a pour élèves Marcel Lancelot, Odette Fouasse (Touchette), Philippe Cardinal, Aimé et Marcel Badiou.

Elle se lie d'amitié avec Louis et Iphigénie Girouard, propriétaires d'un magasin général à Somerset, ainsi qu'avec leurs trois filles: Yolande, Clérina (Karper) et Anna (Thévenot). À la fin de son séjour, elle rompra avec cette famille sans explication.

1930-1937: Elle enseigne à l'École Provencher de Saint-Boniface où elle a pour collègue de travail Léonie Guyot et pour élève Tony Tascona. C'est au cours d'un congrès d'enseignants qu'elle rencontre sa jeune consœur Marcelle Lemaire.

Activités théâtrales au Cercle Molière de Saint-Boniface. Deux pièces dans lesquelles elle se produit remportent le Trophée Bessborough au Festival National d'Art Dramatique d'Ottawa: *Blanchette* d'Eugène Brieux (1934) et *Les Sœurs Guédonnec* de Jean-Jacques Bernard (1936). Elle décide d'embrasser une carrière de comédienne. Frère Joseph Roy et Albert Monnin ont l'occasion de l'admirer sur scène. Le jeune violoniste Clelio Ritagliati devient l'un de ses soupirants.

1934: Publication de sa première nouvelle, *«The Jarvis Murder Case»* dans le *Winnipeg Free Press*.

1936: Séjour d'été à Camperville (Man.) chez ses cousins Laurent et Éliane Jubinville. Elle fait la classe à leurs enfants, au nombre desquels Céline, Denise et Guy Jubinville.

1937: Poste temporaire d'été sur «l'île» de La Petite Poule d'Eau où elle a pour élèves Marie-Côté (Maynard), Adolph et Ludger Farand, et accessoirement Simone Côté (Gentès).

Elle rend régulièrement visite à la jeune épicière de Meadow Portage, Annette Jeannotte-Burel.

1937-1939: Séjour en France et en Angleterre pour se perfectionner en art dramatique.

Pour raisons de santé, elle renonce au théâtre et publie ses premiers articles en France et dans *La Liberté* du Manitoba.

1939-1945: De retour au Canada, elle s'installe à Montréal et se lance dans le journalisme: elle publie articles et nouvelles dans *Le Jour, La Revue Moderne* et *Le Bulletin des Agriculteurs*.

Séjours à Rawdon, à Port-Daniel (Qc) et dans l'Ouest du Canada pour son travail. Parallèlement, elle entreprend la rédaction de *Bonheur d'Occasion*.

1943: 26 juin: Décès de Mélina Roy.

1945: Publication, à Montréal, de *Bonheur d'Occasion*.

1946: Elle reçoit la Médaille Richelieu de l'Académie canadienne-française.

1947: En mai, la traduction anglaise de *Bonheur d'Occasion*, *The Tin Flute*, est choisie comme Livre du Mois par la Literary Guild of America et reçoit le Prix du Gouverneur général au Canada.

En juin, la Universal Pictures en achète les droits cinématographiques

Le 30 août, elle épouse le Dr Marcel Carbotte à Saint-Vital (Man.) Elle fait la connaissance de sa belle-sœur, Léona, et de son mari, Arthur Corriveau.

En septembre, elle est reçue à la Société Royale du Canada.

En novembre, l'édition parisienne de *Bonheur d'Occasion* (Flammarion) obtient le Prix Fémina.

1947-1950: Séjour à Paris. Voyage en Bretagne, en Suisse et en Angleterre.

1950: De retour au Canada, les Carbotte s'établissent à Ville Lasalle (Qc) puis à Québec où ils demeureront jusqu'à la fin de leur vie.

Publication, à Montréal, de *La Petite Poule d'Eau*.

1951: Parution du roman à Paris et de sa traduction anglaise à New York: *Where Nests The Waterhen*.

Court séjour au Manitoba. C'est lors d'une visite à Cardinal qu'elle rencontre *Irène Crites*, fille de son amie Berthe Danais.

1954: Publication, à Montréal et à Paris d'*Alexandre Chenevert*.

Au printemps, séjour au Manitoba.

1955: Parution de sa traduction anglaise, *The Cashier*. Publication, à Montréal et à Paris, de *Rue Deschambault*.

1956: Parution de sa traduction anglaise, *Street of Riches*, qui obtient le Prix du Gouverneur général.

Elle reçoit le Prix Duvernay pour l'ensemble de son œuvre.

1957: Acquisition d'une propriété à Petite-Rivière-Saint-François (Comté de Charlevoix, Nord du Québec). Marcel Carbotte, petit-cousin de son mari, y fera une brève halte avec ses parents.

1958: À l'été, séjour au Manitoba.

1961: Au printemps, séjour au Manitoba.

Voyage en Ungava (Nord du Québec) et en Grèce. Mort de son frère Germain.

Publication, à Montréal, de *La Montagne Secrète*.

1962: Parution du roman à Paris et de sa traduction anglaise, *The Hidden Mountain*.

C'est approximativement cette année-là qu'elle se lie d'amitié avec Henri Bergeron

1963: C'est approximativement l'année où elle rencontre Sœur Berthe Valcourt.

1964: Séjour d'hiver en Arizona. Mort de sa sœur Anna.

1966: Publication, à Montréal et à Paris, de *La Route d'Altamont*, puis de sa traduction anglaise *The Road Past Altamont*.

1967: Elle est faite Compagnon de l'Ordre du Canada.

1968: Elle reçoit un Doctorat *Honoris Causa* de l'Université Laval de Québec.

1969: Annette Saint-Pierre, alors étudiante en maîtrise à Ottawa, entre en contact avec elle.

1970: Au printemps, séjour à Saint-Boniface. Mort de sa sœur Bernadette.

Publication, à Montréal et à Paris, de *La Rivière Sans Repos*; puis de sa traduction anglaise *Windflower*.

1971: Elle reçoit le Prix David pour l'ensemble de son œuvre.

À l'été, séjour au Manitoba où elle rencontre Sœur Bérénice Houde, sœur d'Antonia Roy. Mort de son frère Rodolphe.

1972: Publication, à Montréal, de *Cet Eté qui Chantait*.

1974: À l'été, séjour au Manitoba.

1975: Publication, à Montréal, d'*Un Jardin au Bout du Monde*.

1976: Parution de la traduction anglaise de *Cet Eté qui Chantait: Enchanted Summer*.

Publication, à Montréal, de *Ma Vache Bossie*, un album pour enfants.

1977: Parution de la traduction anglaise d'*Un Jardin au Bout du Monde: Garden in the Wind*.

Publication, à Montréal et à Paris, de *Ces Enfants de Ma Vie*. Elle obtient, au Canada, le Prix du Gouverneur général et en France, celui de Culture et Bibliothèque pour tous.

1978: Publication, à Montréal, de *Fragiles Lumières de La Terre*.

Elle reçoit le Prix Molson du Conseil des Arts du Canada.

1979: Parution de la traduction anglaise de *Ces Enfants de Ma Vie: Children of my Heart*.

Publication, à Montréal, de *Courte-Queue*, un album pour enfants, qui obtient le Prix de la Littérature pour la Jeunesse du Conseil des Arts du Canada.

1980: Parution de sa traduction anglaise: *Cliptail*.

1982: Parution de la traduction anglaise de *Fragiles Lumières de La Terre: The Fragile Lights of Earth*.

Publication, à Montréal, de *De Quoi t'ennuies-tu, Èveline?*

1983: 13 juillet: Elle s'éteint à l'Hôtel-Dieu de Québec. 14 juillet: elle est décorée, à titre posthume, de l'Ordre des Francophones d'Amérique.

Le même jour, *Bonheur d'Occasion*, film de Claude Fournier, est projeté en première mondiale au Festival de Moscou.

1984: Publication, à Montréal, de l'autobiographie *La Détresse et L'Enchantement.*

1986: Parution, à Paris de *La Détresse et L'Enchantement.*

Publication, à Montréal, de *L'Espagnole et La Pékinoise,* un album pour enfants.

1987: Parution de la traduction anglaise de *la Détresse et L'Enchantement: Enchantment and Sorrow.*

1988: Publication, à Montréal, de *Ma Chère Petite Sœur – Lettres à Bernadette 1943-1970.*

Parution de la traduction anglaise de *L'Espagnol et La Pékinoise: The Tortoiseshell and the Pekinese.*

1989: 8 juillet: Mort du Dr Marcel Carbotte.

1990: Parution de la traduction anglaise de *Ma Chère Petite Sœur – Lettres à Bernadette: Letters to Bernadette.*

1994: Parution, à Paris, de *Ces Enfants de Ma Vie.*

1997: Publication, à Montréal, de *le Temps qui m'a Manqué,* suite de *La Détresse et L'Enchantement.*

1998: Mort de sa sœur Marie-Anna à l'âge de 105 ans.

NOTES

Avant-propos: Un Album de Famille pour Gabrielle Roy

1. Éditions Internationales Alain Stanké, Montréal, 1985, p. 10.

2. Ibid, p. 241.

3. Poète romantique français, Félix Arvers (1806-1850) doit sa célébrité à un unique sonnet écrit en hommage à son amour malheureux pour Marie Nodier, fille de l'écrivain Charles Nodier.

I- La Famille

1. Les Indiens et les Inuit furent les premiers occupants de ce vaste territoire que constitue aujourd'hui le Manitoba (650 000 km^2). Le premier Européen à y poser le pied fut le Capitaine Button en 1612, puis, entre 1733 et 1738, des Français explorèrent les rivières Rouge et Assiniboine sous le commandement de La Vérendrye. Au XIXe siècle, la concurrence pour la traite des fourrures entre la Compagnie montréalaise du Nord-Ouest et la Compagnie anglaise de la Baie d'Hudson – qui avait étendu sa suzeraineté sur tout un territoire, baptisé alors Terre de Rupert – aboutit à une guerre sans merci. C'est à ce moment-là que se forma la Colonie de la Rivière Rouge, établie par un Écossais, Lord Selkirk. En 1869, la Compagnie de la Baie d'Hudson accepta de céder les terres de l'Ouest au gouvernement canadien sans consulter la population locale, essentiellement d'origine métisse. Un mouvement de résistance s'organisa alors autour d'un jeune universitaire, Louis Riel, qui élut un gouvernement provisoire puis négocia l'entrée de la Colonie de la Rivière Rouge dans la Confédération canadienne sous le nom de la Province du Manitoba. En indien, «manito» signifie «esprit» et «baw», «passage».
    Gabrielle a puisé une large part de son inspiration dans sa Province natale: *La Petite Poule D'Eau, Rue Deschambault, La Route d'Altamont, Ces Enfants de Ma Vie, Fragiles Lumières de la Terre, La Détresse et L'Enchantement* suivie de *Le Temps qui m'a Manqué*, ainsi que divers articles, nouvelles et récits.

2.   À partir de 1916, la Loi Thornston interdit l'enseignement du français dans les écoles manitobaines.

3.   Capitale des Francophones de l'Ouest, Saint-Boniface compte aujourd'hui 50 000 habitants.

4. 5. 6.   Expressions revenant fréquemment sous la plume de Gabrielle.

7.   C'est ainsi que se qualifie Gabrielle dans la seconde partie de *La Détresse et L'Enchantement*: «*Un Oiseau tombé sur le Seuil*».

8.   Voir *La Détresse et L'Enchantement*.

9.   Voir *Ely! Ely! Ely!*

10.   À l'époque de Gabrielle, la rue Deschambault donnait directement sur les plaines. Rachetée depuis 1995 par la «Maison Gabrielle Roy Incorporation» (Saint-Boniface), la demeure de ses parents va être prochainement transformée en Musée sous la direction de l'architecte Etienne Gaboury.

11.   C'est la couleur qui domine toujours dans les portraits que Gabrielle effectue de sa sœur. Voir *La Détresse et L'Enchantement*.

Marie-Anna Roy (1893-1998), grande sœur rebelle et écrivain maudit

1.   Dans *La Détresse et L'Enchantement*, Gabrielle utilise une image révélatrice des impressions contradictoires que lui inspire cette commune déserte et endormie: un «*enchantement morose*».

2.   Voir bibliographie en fin d'ouvrage.

3.   Fille d'Élie Landry et d'Emilie Jeansonne, Émilie, dite Mélina ou Mina, (1867-1943) avait émigré avec ses parents au Manitoba. En 1886, elle épousa Léon Roy et éleva une famille de onze enfants (Voir *La Détresse et L'Enchantement*). Véritable héroïne de romans, Gabrielle s'inspira largement d'elle pour créer ses personnages de mères de famille, parmi lesquels Èveline dans *Rue Deschambault, La Route d'Altamont, De Quoi t'ennuies-tu, Èveline?* et *La Saga d'Èveline*, un roman resté inachevé.

4.   Fils de Charles Roy et de Marcellina Morin, Léon Roy (1850-1929) quitta très tôt son village natal de Saint-Isidore de Beaumont (Québec) pour aller tenter sa chance en Nouvelle-Angleterre, puis au Manitoba. Après avoir exercé différents métiers, il devint agent d'immigration pour le compte du gouvernement fédéral. Malheureusement, sa mise à pied, en 1915, occasionna de graves difficultés matérielles au sein de sa famille. (Voir *La Détresse et L'Enchantement*.) Il servit maintes fois de modèle à Gabrielle pour ses personnages de pères de famille absents physiquement, psychologiquement ou les deux, tels Édouard dans *Rue Deschambault*.

5.   À la mort de Léon Roy, sa femme dut recourir à d'innombrables petits travaux afin de subvenir à ses besoins et à ceux des enfants encore à sa charge.

6.   «*(...) je voulais être aimée d'un amour exclusif et sans partage*», écrit effectivement Gabrielle dans *La Détresse et L'Enchantement*.

7. Fils de Joseph Carbotte et d'Aline Scholtès, d'origine belge, Marcel Carbotte (1914-1989) était médecin à l'Hôpital de Saint-Boniface et Président de la troupe théâtrale du Cercle Molière lorsqu'il rencontra Gabrielle en 1947. Le couple se maria le 30 août de la même année.

8. Le couple Roy-Carbotte séjourna en France de 1947 à 1950. En dehors des visites touristiques qu'ils effectuaient comme n'importe quels étrangers au pays, Marcel et Gabrielle poursuivaient, l'un, une spécialisation en gynécologie, l'autre, l'écriture de *La Petite Poule d'Eau*.

9. En effet, *Ma Chère Petite Sœur-Lettres à Bernadette* révèle que Marie-Anna refusait systématiquement l'argent que lui envoyait Gabrielle. Toutefois, notre témoin semble oublier que, dès 1947, elle avait sollicité une place de gouvernante et de secrétaire auprès de sa sœur (Voir *Le Miroir du Passé*).

10. Toute sa vie, Marie-Anna accusa Gabrielle de faire preuve, dans ses œuvres, d'une imagination excessive et d'un insupportable esprit d'affabulation. Ainsi, dans *À L'Ombre des Chemins de l'Enfance*: «*L'imagination délirante et débridée de Gabrielle cherche un exutoire dans des images irréelles qu'elle invente et dans lesquelles elle vit une existence supplétive en quête d'un bonheur impossible. Elle nage dans les eaux troubles du mensonge et de l'onirisme.*»

11. Remarquons, au passage, que Gabrielle formule le même reproche à l'encontre des écrits de Marie-Anna: «*Au reste, les manuscrits de la pauvre Adèle sont moins dangereux qu'on ne pourrait le supposer, manquant d'intérêt comme ils en manquent en général, pour la raison qu'elle est trop uniquement tournée sur elle-même.*» (*Ma Chère Petite Sœur-Lettres à Bernadette*)

12. Arthur Boutal (mort en 1941) était journaliste et imprimeur du journal franco-manitobain *La Liberté*, et sa femme, Pauline Le Goff (1895-1992), dessinatrice, peintre et décoratrice de théâtre.Tous deux formaient en quelque sorte les «têtes de proue» de la petite élite intellectuelle locale de Saint-Boniface. Gabrielle leur rend longuement hommage dans ses articles «Souvenirs du Manitoba», *Mémoires de la Société Royale du Canada*, tome 18, 3ᵉ série, juin 1954 et «Le Cercle Molière... Porte Ouverte – Souvenirs du Cercle Molière 1936-1938», *Chapeau Bas, Réminiscences de la vie théâtrale et musicale du Manitoba Français, 1ʳᵉ* partie, Cahiers d'Histoire de la Société Historique de Saint-Boniface, Éditions du Blé, 1980, ainsi que dans *La Détresse et L'Enchantement*.

13. Créée en 1925 à l'initiative d'André Castelein de La Lande, Louis-Philippe Gagnon et Raymond Bernier, le Cercle Molière est devenu aujourd'hui la troupe de théâtre francophone la plus importante de l'Ouest. (Voir *Le Cercle Molière: 50ᵉ* anniversaire, Éditions du Blé, Saint-Boniface, 1975).

14. Sur les amitiés littéraires et socialistes de Gabrielle à cette époque, voir Ben Z. Shek: «De quelques influences possibles de Gabrielle Roy: George Wilkinson et Henri Girard», *Voix et Images* n° 42, Montréal, printemps 1989, pp. 437-452.

15. Docteur en Droit canon et licencié en Philosophie scolastique, Jean Gautier (1895-1989) entra en 1924 dans la Confrérie des Prêtres de Saint-Sulpice et mena une double carrière de professeur et d'écrivain.

16. Dans ce roman, Marie-Anna peint sans concessions une série de portraits familiaux, dont celui de Gabrielle, alias Gaétane, enfant égocentrique et capricieuse.
Par l'intermédiaire de sa sœur Bernadette, l'auteur de *Bonheur d'Occasion* tenta de dissuader Marie-Anna de publier son ouvrage, mais en vain, puisqu'il vit le jour en 1954. Publié un an plus tard, le roman de Gabrielle, *Rue Deschambault*, apparut aux yeux de son aînée comme un démarquage de sa propre œuvre: *«Quand les gens de Saint-Boniface lurent le livre de Gabrielle, ils s'écrièrent: «Gabrielle vous a volé cet ouvrage. Tout ce qu'elle raconte, nous l'avons lu dans «Le Pain de Chez Nous» (À L'Ombre des Chemins de L'Enfance).*
Le même scénario se reproduisit en 1979, lors de la publication du *Miroir du Passé*, qui retraçait, cette fois sans masques ni noms fictifs, l'histoire de la famille Roy et de ses relations tumultueuses. Gabrielle rompit en la circonstance avec Marie-Anna et tenta sans succès d'empêcher la diffusion de son livre.

17. Ce jugement me paraît excessif dans la mesure où c'est la description de la misère ouvrière, dans *Bonheur d'Occasion*, qui a fondé la gloire littéraire de Gabrielle.

18. Cette remarque fait douloureusement écho à une affirmation contenue dans *Le Miroir du Passé: «Il est, dans la vie, des actes, des paroles, que rien ne répare!»*

19. Tout au long de sa vie et de son œuvre, Marie-Anna reprocha à Gabrielle de ne pas l'avoir aidée dans son cheminement littéraire et pis, de lui avoir dénigré tout talent d'écrivain. Plusieurs *Lettres à Bernadette* semblent néanmoins attester que la romancière souhaitait sincèrement la réussite de son aînée.
Anna, une autre sœur Roy, nourrissait, elle aussi, des ambitions littéraires: brillante épistolière, elle avait publié une nouvelle dans une revue importante mais ne fit jamais carrière.
Enfin, Bernadette, la religieuse qui ornait sa correspondance de belles descriptions de la nature, avait hérité, elle aussi, d'un réel don pour l'écriture.

20. Septième des enfants Roy, Bernadette, dite Sœur Léon-de-La-Croix (1897-1970), entra en 1919 chez les Sœurs des SNJM et effectua une carrière d'institutrice et de professeur de diction. Gabrielle correspondit pendant près de trente ans avec elle et écrivit *Cet Été qui Chantait* à sa mémoire. Voir également *La Détresse et L'Enchantement* et la nouvelle semi-autobiographique *«Un Bout de Ruban Jaune» (Rue Deschambault)*.

21. Ce manuscrit inédit (1983) fait le point sur les rapports discordants que Marie-Anna et Gabrielle entretinrent au fil de leur vie. Persuadée que la publication de *Miroir du Passé* a hâté la fin de sa sœur et franchement opposée à son incinération, l'auteur tente ici, à travers la prière et l'écriture, de *«lui porter secours».*

22.   Les deux sœurs ne se revirent jamais après 1954.

23.   Marie-Anna renchérit dans *À L'Ombre des Chemins de L'Enfance*: «*Gabrielle, au soir de sa vie, comblée de louanges et de lauriers, riche d'un grand talent et d'une fortune enviable, se demandait si toutes ces choses valaient les sacrifices consentis et les pénibles et douloureux efforts qui l'avaient épuisée.*»

24.   Gabrielle s'éteignit le 13 juillet 1983 à l'Hôtel-Dieu de Québec, et ses cendres furent dispersées dans le Jardin du Repos.

Rose-Éliane Landry: Une Cousine sous le Charme de Gabrielle

1.   Dans *La Détresse et L'Enchantement*, Gabrielle écrit au sujet de cette ferme qu'elle fut «*l'une des maisons les plus aimées de (sa)vie*».

2.   Dans *La Détresse et L'Enchantement*, Gabrielle décrit son oncle Excide Landry (1875-1961) comme «*un bel homme, grand, bien bâti, de teint très foncé, les cheveux d'un noir lustré, partagés au milieu par une raie avec de superbes moustaches, noires également*», les yeux «*de verre sombre*», tour à tour «*gai*» et «*mélancolique*».
     Pour les besoins de la forme romanesque, elle le fait revivre sous le nom d'Oncle Nicolas dans *Rue Deschambault*, d'Oncle Cléophas dans *La Route d'Altamont* et de Prosper dans *Baldur*, un roman inédit.

3.   Fille de Cléophas Major et de Julienne Rondeau, Luzina (1875-1922) épousa le fermier Excide Landry et éleva une famille de huit enfants avant de mourir de la tuberculose.
     Cette «*bonne*» et «*douce*» tante qui apparaît anonymement dans «*Mon Chapeau Rose*» et «*La Tempête*»(*Rue Deschambault*) a donné son prénom à l'héroïne de *La Petite Poule d'Eau*. En guise d'hommage, Gabrielle a fait également d'elle, sous le nom d'Edouardine, la principale protagoniste de *Baldur*, un roman inédit.

4.   Quatrième enfant Landry, Léa (1908-1988) épousa Oscar Lafrenière dont elle eut un fils, Donald, et une fille, Mariette. Dans «*Mon Chapeau Rose*» (*Rue Deschambault*), on la reconnaît sous les traits de la cousine Rita, petite fille courageuse et consciencieuse, occupée à «*ravauder un grand bas noir*» qui deviendra, quelques nouvelles plus loin, une jeune femme «*finement rêveuse*» (*La Tempête*).

5 et 6.   Voir témoignages suivants.

7.   L'on trouve un écho de ces travaux champêtres dans *La Route d'Altamont* et *La Détresse et L'Enchantement*.

8.   Mélina Roy narrait volontiers la traversée des Plaines que, dans la plus pure tradition des pionniers de l'Ouest, sa famille et elle-même avaient effectué en chariot de Saint-Norbert (Manitoba) jusqu'à Saint-Léon. L'équipée maternelle avait vivement frappé l'imagination de Gabrielle qui la retrace à son tour dans *La Route d'Altamont*, «*Mon Héritage du Manitoba*» (*Fragiles Lumières de La Terre*) et *La Détresse et L'Enchantement*. Dans *Rue Deschambault, De Quoi*

t'ennuies-tu, Èveline? et *La Saga d'Èveline*, un roman inédit, elle brosse également le portrait d'une mère à l'âme voyageuse.

9.   Comme envers la plupart des villages manitobains où elle a eu l'occasion de séjourner, Gabrielle éprouve des sentiments contradictoires à l'égard de Cardinal. D'un côté, elle le décrit comme un hameau *«triste, monotone, ennuyeux, désert, seulement peuplé de gens ombrageux»*, de l'autre, comme un port d'attache où elle aurait passé *«l'une des années les plus marquantes de (sa) vie»* *(La Détresse et L'Enchantement)*.

10.   Il était forgeron mais effectua différents autres métiers.

11.   Impressionnée par le côté *«tzigane»* de cette grand-mère *«en longue jupe»* qui *«fabriquait du boudin ou du savon dans une énorme marmite noire, au-dessus d'un feu de broussailles»* tout en prédisant l'avenir, Gabrielle lui consacre quelques pages dans *La Détresse et L'Enchantement*.

12.   Presque tous les témoins interrogés pour le présent ouvrage m'ont confirmé que la marche était l'une des activités favorites de Gabrielle.

13.   Gabrielle et Marcel Carbotte habitaient au n° 135 du Château Saint-Louis, dans la Grande Allée, qui traverse le secteur de la Haute-Ville.

14.   C'est en 1957 que Gabrielle fit l'acquisition de cette propriété qui dominait le Saint-Laurent, à 100 km au Nord de Québec. Elle l'évoque longuement dans *Cet Eté qui Chantait*.

15.   Philippe (1905-1983), le cadet des enfants Landry, exerça les fonctions de chef d'entreprise à Chicago avant de prendre sa retraite en Floride. Il était marié à Ethel Milcham.

16.   Elle était atteinte du cancer qui l'emportera en 1970.

17.   Lycée catholique de jeunes filles fondé en 1874 par les Sœurs des SNJM. Bilingue, il porte aussi le nom de «Saint-Mary's Academy».

18.   Traditionnellement surnommée «La Porte de l'Ouest», Winnipeg, capitale du Manitoba, compte actuellement quelque 610 770 habitants. Ancien poste de traite des fourrures exploité par les deux grandes Compagnies du Nord-Ouest et de la Baie d'Hudson, elle se développa notamment sur la rive droite de la Rivière Rouge, où est situé le quartier francophone de Saint-Boniface. Gabrielle semble n'avoir jamais beaucoup aimé cette ville anglophone où elle se sentait étrangère. Voir *la Détresse et L'Enchantement* et *«Le Manitoba»* *(Fragiles Lumières de la Terre)*.

19.   Le souvenir de ce bois de trembles et de petits chênes revient de manière obsessionnelle dans l'œuvre de Gabrielle. Elle était particulièrement sensible au bruit de la pluie que le vent imite parfois en soufflant dans les arbres: *«Je revoyais avec plaisir, enserrant la maison de mon oncle Cléophas, un gentil bois de jeunes trembles dont le murmure imprégnait toutes les journées d'été là-bas et qui me faisait m'écrier un peu tristement: tiens, il pleut!»* *(La Route d'Altamont)* Cette musique «aquatique» et si étrange du vent dans les feuilles est encore

délicatement suggérée dans *Rue Deschambault, La Détresse et L'Enchantement* et *Ma Chère Petite Sœur – Lettres à Bernadette.*

20. En fait, les sentiments de Gabrielle à l'égard de Somerset sont totalement contradictoires. Si, dans *La Détresse et L'Enchantement*, elle rappelle *«la fascination qu'ont exercée, qu'exercent encore sur (elle) ce village et ses alentours»*, on peut lire quelques pages plus loin cette surprenante affirmation: *«ce village que j'ai, par ailleurs, presque oublié.»*

Un Cousin dans la Tourmente: Cléophas Landry (1910-1998), le Cocher de Gabrielle

1. Il est exploitant d'une pommeraie et professeur d'agronomie à l'Université en Colombie-Britannique.

2. Gabrielle, que cet incident avait autant frappée que Cléophas, le relate dans *La Détresse et L'Enchantement*. Mais contrairement à son cousin, elle affirme que tous deux se rendaient de Somerset à Cardinal – et non l'inverse – et que la visibilité était bonne: *«C'était par une nuit très claire. La neige durcie scintillait presque autant que l'immense champ d'étoiles dont j'apercevais le fourmillement.»*

   À deux reprises, la romancière transpose cette mésaventure dans son œuvre littéraire. *«La Tempête»* raconte comment Christine et plusieurs membres de sa famille, partis un soir en *cabane close* chez des voisins, sont surpris par une bourrasque de neige qui réunit amoureusement l'héroïne et son cousin.

   Dans *«De la Truite dans l'Eau Glacée»*, le traîneau *«haut sur patins»* ramenant d'un dîner Médéric et son institutrice est pris, lui aussi, dans une *poudrerie* aussi violente que les sentiments et le flot de sensualité qui submergent les deux jeunes gens.

3. L'on remarquera que, par deux fois, la tempête de neige se révèle propice à un rapprochement amoureux dans l'œuvre de Gabrielle. Doit-on en déduire que la jeune fille ébaucha un flirt avec son cousin lors de la nuit qu'ils passèrent ensemble dans la voiture? Rien ne nous autorise à l'affirmer. Rien ne nous autorise à l'infirmer non plus...

4. Dans *La Détresse et L'Enchantement*, Gabrielle évoque la *«tente de peaux»* dans laquelle Cléophas et elle-même se mirent à l'abri.

5. Décédée le 26 juin 1943, Mélina Roy fut inhumée le 30 juin.

Un Fidèle Petit Soldat: le Cousin Germain Landry (1917-1996)

1. Mariée à Louis Beaudin, Germaine Landry a quatre enfants: Louise, Méhel, Marie et Alain.

2. Mariée à Michel Lafrenière, Lorraine Landry a un fils, Daniel, et une fille, Lynette.

3. Clémence (1895-1993), la quatrième des enfants Roy, souffrait de troubles psychologiques. Elle vécut avec sa mère jusqu'à la mort de cette dernière, en 1943, puis fut placée dans différents foyers d'accueil. (Voir *La Détresse et*

L'Enchantement ainsi que la nouvelle à saveur autobiographique, *«Alicia»* dans *Rue Deschambault.)*

4. C'était plus vraisemblablement la rédaction du *Bulletin des Agriculteurs*, journal auquel Gabrielle vendait à cette époque des reportages d'intérêt social et ethnique.

Sœur Denise Jubinville, la Studieuse Joséphine de *La Petite Poule d'Eau*

1. Laurent Jubinville (1899-1963) demeura toute sa vie agriculteur au Manitoba. Gabrielle ne lui consacre qu'une ligne dans *La Détresse et L'Enchantement*. On le retrouve davantage dans le personnage du fermier Hippolyte Tousignant de *La Petite Poule d'Eau*.

2. Fille aînée d'Excide et de Luzina Landry, Éliane (1903-1979) épousa en 1925 Laurent Jubinville dont elle eut onze enfants. Décrite dans *La Détresse et L'Enchantement* comme *«une belle femme blonde, élancée, aux yeux bleus tout pleins de bonté»*, elle servit de modèle à Gabrielle pour peindre Luzina Tousignant, l'héroïne de *La Petite Poule d'Eau*. Dans *«Mon Chapeau Rose» (Rue Deschambault)*, la romancière vante les qualités manuelles de la cousine de Christine qui rappelle fortement sa propre parente: *«L'une ravaudait du linge à menus, menus points...»*

3. Dans *La Détresse et L'Enchantement*, Gabrielle dépeint cette localité comme *«un petit village de rien du tout sur les bords du merveilleux lac Winnipegosis, l'un des plus limpides et aussi des plus tempêtueux du Manitoba.»*

4. Habitation faite de gros rondins de bois dont on relève une brève description dans *La Détresse et L'Enchantement*: *«La maison était seule au milieu d'un champ de cailloux et il se dégageait de cet étrange paysage nu un sentiment de désolation.»*

5. Née en 1938, Monique, la septième des petits Jubinville, effectua une carrière dans l'enseignement. De son mariage avec Edd Bird, naquirent trois enfants: Rosanna, Jonathan et Christopher.

6. Fondé en 1898 à l'embouchure de Massy River, ce village prit tout d'abord le nom de «Massy Point», puis celui du lac Winnipegosis.

7. Née en 1934, Marielle, la cinquième des enfants Jubinville, fut successivement institutrice au Manitoba, en Allemagne et à Ottawa. Elle fit ensuite carrière dans la fonction publique fédérale, comme professeur de langue, puis spécialiste d'évaluation de l'apprentissage d'une seconde langue. Mariée à Roy Brook, elle eut un fils, Philippe.

8. Secte de dissidents orthodoxes russes dont la doctrine, inspirée de Danielo Filippov, prêcheur renégat du XVIIe siècle, rejette la liturgie et les gouvernements séculiers. Elle prône également le pacifisme ainsi que le retour au texte biblique originel et transmissible oralement.
    Persécutés durant deux siècles par le régime tsariste, les Doukhobors émigrèrent en 1898 dans l'Ouest du Canada où ils se mirent à exploiter leur propre concession tout en vivant en communauté.

Au nombre de trente mille, la moitié d'entre eux conservent encore aujourd'hui leurs coutumes religieuses, leur langue ainsi que leurs convictions pacifistes. Ils constituent l'une des sectes les mieux intégrées à la mosaïque culturelle canadienne.

Paru sous le titre «*De Turbulents Chercheurs de Paix*» dans *Le Bulletin des Agriculteurs*, vol. 38, n° 12, déc. 1942, pp. 10 et 39-40, le reportage de Gabrielle sur cette minorité a été repris en i978 dans *Fragiles Lumières de la Terre*.

9.   Il s'agit vraisemblablement de *Courte-Queue* (1979), un conte pour enfants, ou de *De Quoi t'ennuies-tu, Èveline?* (1982).

Guy Jubinville: La Voie de L'Émotion

1.   Plusieurs témoignages confirment cette manie qu'avait Gabrielle de marcher le long des rails du chemin de fer. Dans *Cet Eté qui Chantait*, la narratrice raconte quelques-unes de ces promenades peu ordinaires.

2.   Guy Jubinville et Lucille Aubin eurent quatre enfants: Jacques, Lise, Marc et Luc.

Céline Jubinville, la Fille Spirituelle de Gabrielle Roy

1.   Né en 1926, René, l'aîné des enfants Jubinville, fit carrière dans l'aviation canadienne. Ses compétences dans le domaine des moteurs d'avion et d'hélicoptère le conduisirent ensuite au service d'une compagnie internationale. Il se maria avec Claire Préfontaine dont il eut une fille, Shirley.

2.   Né en 1928, Alain, le second des enfants Jubinville, devint directeur des relations internationales, puis sous-gouverneur de la Banque du Canada à Ottawa. Il épousa Henriette Toupin et eut quatre enfants, Yves, Louise, Denis et François.

3.   Ce souvenir a inspiré une scène de *La Petite Poule d'Eau* dans laquelle Luzina, un nourrisson dans les bras, va guetter l'arrivée de l'institutrice sur l'île: «*Luzina ne pouvait plus tenir en place. Elle prit le bébé dans ses bras et, suivie des quatre enfants, elle alla se poster au bord de la Petite Poule d'Eau.*»

4.   Gabrielle rend compte de la visite de Laurent et d'Éliane Jubinville dans *Ma Chère Petite Sœur-Lettres à Bernadette*

5.   Voir la lettre de remerciement de Gabrielle.

6.   Docteur en linguistique, Michel de Repentigny est professeur de Communication et d'Information à l'Université Laval de Québec.

7.   Paul de Repentigny est programmeur et responsable de formation en informatique dans une entreprise de Québec.

8.   Claude de Repentigny est infographiste dans une compagnie québécoise.

9.   Ce fleuve joue un rôle important dans *Cet Eté qui Chantait*. Gabrielle en effectue également plusieurs descriptions dans «*Mon Héritage du Manitoba*» (*Fragiles Lumières de la Terre*) et *Ma Chère Petite Sœur – Lettres à Bernadette*.

10. Pour Marie-Anna, il y a un lien évident entre la publication, cette année-là, de son ouvrage *Le Miroir du Passé* qui dénonçait les rapports conflictuels de la famille Roy, et le malaise cardiaque de la romancière.

11. Gabrielle en a fait le thème central de *La Route d'Altamont*. La structure circulaire de ses nouvelles démontre que jeunesse et vieillesse finissent toujours par se rejoindre.

12. Né en 1942 à Lauzon (Lévis, Québec), Pierre Morency est l'auteur de nombreux recueils de poèmes dont les mots dégagent une présence physique intense tout en ayant le pouvoir de toucher les âmes: *Poèmes de la Vie Déliée* (1968), *Au Nord constamment de l'Amour* (1973), *Les Passeuses* (1976), *Effets Personnels* suivis de *12 Jours dans la Nuit* (1987), *Les Paroles qui Marchent dans la Nuit* (1994).

13. Né en 1937 à Saint-Gédéon de Beauce (Québec), Jacques Poulin a bâti une œuvre hantée par la problématique essentielle de la modernité. Qu'il évoque l'Église, la terre, l'amour ou les affaires politiques du Québec, il le fait toujours avec une grâce et un humour mitigés d'angoisse et d'amertume: *Mon Cheval pour un Royaume* (1967), *Jimmy* (1967), *Le Cœur de la Baleine Bleue* (1979), *Volkswagen Blues* (Prix du Gouverneur général 1984).

14. Situé à l'extrémité est de la municipalité de Saint-Joachim, ce cap culmine à 579 m et sert de refuge à plus de deux-cent cinquante espèces d'oiseaux.

Arthur et Léona (1919-1995) Corriveau: Dans l'Intimité de Gabrielle

1. Cette «Gabrielle-Roy Island», à qui l'on a refusé le générique français, de 750 m de long sur 150 m de large environ, se situe dans la Rivière Poule d'Eau (Waterhen River), près de la localité de Waterhen (intersection des routes 276 et 328).

2. Né au Manitoba, Antoine D'Eschambault (1896-1960) fut ordonné prêtre en 1921. Il déploya une vie intellectuelle intense dans les domaines de l'éducation, de la recherche historique et de la radio. Gabrielle reconnaissait éprouver *«presque une tendresse filiale pour lui, en plus d'une admiration réelle pour son esprit si ouvert, si humain». (Ma Chère Petite Sœur – Lettres à Bernadette)*.

3. C'est ce qu'affirme également le journaliste franco-manitobain Henri Bergeron dans une conférence prononcée dans le cadre de l'Association canadienne d'Éducation en langue française à l'Université du Manitoba: *«Quinquennale de la Francophonie canadienne: Hommage à Gabrielle Roy»*, 13 août 1980 (inédite): *«Je me rappelle avoir dévoilé sur les ondes de CKSB ce mariage surprise et presque clandestin»*,

4. Le critique François Ricard situe cette visite en 1954. Mais sans doute y en eut-il plusieurs. Voir *Gabrielle Roy, Une Vie*, Éditions Boréal, Montréal, 1996, p. 361.

5. Association de femmes anglophones qui se réunissaient chaque semaine pour apprendre le français. Elles invitaient un conférencier francophone puis débattaient dans sa langue sur un thème choisi.

6. Voir «Causerie exquise de M. Arthur Corriveau sur la carrière de Gabrielle Roy au «Rendez-Vous Français», *La Liberté*, vol. 52, no13, 4 février 1965, p. 5.

7. Dans *Gabrielle Roy, Une Vie*, François Ricard explique qu'en fait, Gabrielle était partie contre l'avis de Marcel à Petite-Rivière-Saint-François pour fuir sa belle-sœur (op. cit., p. 517). C'est une possibilité, les deux femmes ayant un caractère très différent.

Antonia Roy-Houde: «Gabrielle, Ma Chère Petite Belle-Sœur»

1. Située au sud du Lac Dauphin, cette paroisse animée et cosmopolite apparaît, dans *La Petite Poule d'Eau*, comme le cadre des accouchement annuels de Luzina Tousignant. Voir également *«Mon Héritage du Manitoba» (Fragiles Lumières de la Terre)*.

2. Neuvième des enfants Roy, Germain (1902-1961) devint instituteur puis directeur d'école en Saskatchewan et au Manitoba. Il fut tué dans un accident de voiture. À son sujet, voir *La Détresse et L'Enchantement* suivi de *Le Temps qui M'a Manqué*. Le collégien Gervais de *«Les Deux Nègres»* et *«Wilhelm»* *(Rue Deschambault)* rappelle également le frère de Gabrielle.

3. Voir son témoignage dans cette partie.

4. Lucille devint agent de voyages puis professeur de français. Mariée à Bob Watson, elle eut deux fils.

5. Léon Roy avait obtenu un poste d'agent d'immigration après avoir soutenu la campagne électorale du ministre Wilfrid Laurier. Mais l'absence de prise de position de ce dernier dans la question des langues officielles au Manitoba entraîna la chute de son gouvernement. Le père de Gabrielle, qui refusa de désavouer l'homme politique, paya alors de son emploi le prix de sa fidèlté.

6. Le départ de Gabrielle pour l'Europe, en 1937, fut ressenti comme une véritable trahison par sa famille et par l'ensemble de la communauté francophone de Saint-Boniface (Voir, entre autres, le chapitre XIX de *La Détresse et L'Enchantement*).
    Marie-Anna, en particulier, reprochera à sa sœur d'avoir abandonné sa vieille mère indigente et devenue presque handicapée à la suite d'une chute. (Voir le chapitre «Gabrielle et son Ambition» dans *Le Miroir du Passé*.)

7. Née en 1962, la fille de Jean et Yolande Cyr est devenue vétérinaire et exerce au Québec.

Yolande Roy-Cyr ou la Nostalgie de Gabrielle

1. Anna (1888-1964), la seconde des enfants Roy, enseigna quelques années avant d'épouser le menuisier-charpentier Albert Painchaud, dont elle eut trois fils: Fernand, Paul et Gilles. Dans *La Détresse et L'Enchantement* suivie de

Le Temps qui M'a Manqué, elle nous est présentée comme une femme mélancolique, aigrie et déçue par le mariage. Gabrielle, qui ne s'entendait pas très bien avec elle, comprit plus tard que sa sœur avait tout simplement «*manqué son destin*».

2. Les Painchaud vivaient à Saint-Vital, un quartier de la capitale manitobaine. La romancière décrit leur maison, surnommée «La Painchaudière», comme une «*jolie propriété*» avec des «*dépendances blanches, ornées d'un trait de bleu, et blottie le long d'une boucle nonchalante de la sinueuse Rivière Rouge*» *(La Détresse et L'Enchantement).* Détruite en 1962, l'architecte manitobain Etienne Gaboury en racheta le terrain et y fit bâtir sa nouvelle résidence cinq ans plus tard.

3. Ce petit pavillon, où Gabrielle écrivit en 1947 quelques unes de ses œuvres, dont son discours d'entrée à la Société Royale du Canada: «*Retour à Saint-Henri*» *(Fragiles Lumières de la Terre),* était, selon Etienne Gaboury, en verre et en bois blanc avec des bordures bleues. Aujourd'hui, l'architecte déplore vivement la disparition de ce «*lieu historique*».

4. Plusieurs témoins soulignent également ce besoin quasi instinctif, chez Gabrielle, de protéger son espace vital.

5. De nombreux interviewés attestent pourtant du contraire.

6. Né au Manitoba, Jean Cyr fut successivement professeur et haut-fonctionnaire au Gouvernement fédéral. Bien qu'à la retraite, il continue de travailler, au Québec, en qualité de commissaire d'école.

7. Dans *Ma Chère Petite Sœur – Lettres à Bernadette*, Gabrielle rend compte de l'une de ses visites pascales à Jean et Yolande Cyr.

8. Né en 1965, Daniel Cyr est aujourd'hui médecin au Québec.

9. Dans *Le Miroir du Passé*, Marie-Anna contestera la générosité de Gabrielle envers Clémence. (Voir en particulier le chapitre «Gabrielle et son Succès».)

10. Sur la nature, principale protagoniste de l'œuvre de Gabrielle, voir, entre autres, les études de Paulette Collet, Marc Gagné, Carole Harvey, François Ricard, Annette Saint-Pierre, Antoine Sirois et Paul Socken, citées en fin d'ouvrage.

11. Dans *Ma Chère Petite Sœur – Lettres à Bernadette*, Gabrielle fait allusion à deux reprises aux périples de Yolande en France.

Sœur Bérénice Houde: Une lointaine admiratrice du Pays de La Poule d'Eau

1. Éditions Fidès, Montréal, 1975.

2. Voir note 2 du témoignage d'Antonia Roy-Houde. Gabrielle donne quelques précisions sur la mort de son frère dans *Ma Chère Petite Sœur – Lettres à Bernadette.*

3. Dans *Ma Chère Petite Sœur – Lettres à Bernadette*, Gabrielle rappelle le dévouement sans bornes dont sa belle-sœur fit également preuve envers la religieuse.

NOTES

Abbé Dom Marcel Carbotte: Images de Gabrielle

1.   Selon les dires de sa femme, Marcel n'était pas très *«écriveux» (Ma Chère Petite Sœur – Lettres à Bernadette)*. Gabrielle, par contre, a toujours entretenu une abondante correspondance avec les membres de sa famille et d'autres personnes (voir *Ma Chère Petite Sœur – Lettres à Bernadette* et *Inventaire des Archives personnelles de Gabrielle Roy*, chap. IV: «Correspondance»). Mais sans doute la romancière ne connaissait-elle pas suffisamment le petit-cousin de Marcel pour se livrer à de fructueux échanges épistolaires avec lui. Ou bien respectait-elle trop sa vie monastique pour ne point vouloir la troubler par des courriers intempestifs?

II- Les Camarades de classe

1.   Voir François Ricard: *Gabrielle Roy, Une Vie*, op. cit., p. 98. L'auteur a rencontré d'autres anciennes camarades de l'écrivain.

2.   Ibid, pp. 80-89.

3.   Voir *La Détresse et L'Enchantement*.

4.   Ibid.

5.   Ibid.

Sœur Maria Prénovost

1.   Dans *La Détresse et L'Enchantement*, Gabrielle loue le *«zèle»* et la *«ténacité»* de ces religieuses qui devaient avoir recours à toutes sortes de subterfuges pour éduquer correctement leurs élèves en français.

2.   Fondée en 1916 après le vote de l'inique loi Thornston, cette association représente officiellement la population francophone du Manitoba.

3.   Afin de pallier le manque d'instruction des instituteurs, un projet de création d'Écoles normales (collèges de formation des maîtres), en relation avec les écoles publiques protestantes de Winnipeg, avait été mis sur pied dès 1882 par le Bureau de l'Éducation du Manitoba.

4.   Sur la prédilection de Gabrielle pour les auteurs anglais, voir *La Détresse et L'Enchantement*.

5.   Pourtant, c'est Marie-Anna qui reprochera à Gabrielle d'avoir exagéré la pauvreté de ses parents et ses malheurs de jeunesse.

6.   Dans *Le Miroir du Passé*, Marie-Anna révèle effectivement que, de ses lointains postes en Alberta, elle envoyait de l'argent à sa famille et qu'elle a libéré de l'hypothèque la maison de la rue Deschambault. Cette fois, l'on ne peut mettre en doute ses affirmations.

7.   Il s'agissait d'Edward Marrin, un fils de commerçant de Winnipeg. La nouvelle de Gabrielle, *Pour Empêcher un Mariage»* (*Rue Deschambault*), rappelle les tentatives avortées que commirent les parents Roy pour briser cette mésalliance. Marie-Anna, quant à elle, se pardonna difficilement cette erreur de jeunesse.

8.   Elle enverra notamment à *La Liberté*: «Choses vues en passant», 27 juillet 1938, p. 3; «Si près de Londres... si loin», 5 octobre 1938; «Londres à Land's End», 12 octobre 1938, p. 3; «Les Jolis Coins de Londres», 21 déc. 1938, p. 3 (cités dans *Inventaire des Archives personnelles de Gabrielle Roy*, p. 56). On retrouvera également la signature de Gabrielle dans le journal français *Je Suis Partout*: «Les Derniers Nomades», 21 octobre 1938, p. 4; «Noëls Canadiens-Français», 30 décembre 1938, p. 6; «Comment nous sommes restés français au Canada», 18 août 1939, (Ibid. p. 54).

9.   Fin 1939, début 1940, Gabrielle joua le rôle de Colette d'Avril, dans *Vie de Famille*, un feuilleton d'Henri Deyglun qui fut diffusé sur les ondes de Radio-Canada. Toutefois, sa voix jugée peu radiophonique et sa diction trop défectueuse l'incitèrent à ne pas renouveler l'expérience. (Voir Marie-Anna Roy: *Le Miroir du Passé*.)

10.   Plus tard, d'aucuns reprocheront pourtant à Gabrielle de n'avoir créé que des personnages asexués et peu crédibles, tels Pierre Cadorai, le héros de *La Montagne Secrète*. Le journaliste franco-manitobain Lucien Chaput ira même jusqu'à intituler l'un de ses articles: «Gabrielle Roy, la Religieuse de la Littérature», *La Liberté*, 16-22 mars 1990.

11.   Professeur de collège et prêtre, Emile Legault (1906-1983) dirigea notamment la troupe des «Compagnons du Saint-Laurent». Homme de radio et de télévision, il anima de nombreuses émissions et fut également journaliste à *La Presse*.

12.   Institutrice manitobaine, Marie-Thérèse Goulet-Courchaine (1912-1970) était également poète et folkloriste.

13.   Marie-Anna avait proposé son ouvrage à presque tous les éditeurs de Montréal et jusqu'à Worcester (Nouvelle-Angleterre).

Marie-Ange Jalbert: «Regrettée Gabrielle»

1.   Rodolphe (1887-1971), le second des enfants Roy, fut successivement télégraphiste et chef de gare puis s'enrôla dans l'armée canadienne pendant la Seconde Guerre mondiale. Célibataire, il termina ses jours à Vancouver. Garçon instable, joueur et alcoolique, mais plein d'entrain et de drôlerie (voir *La Détresse et L'Enchantement*), il inspira à Gabrielle le personnage de Robert dans *«Les Bijoux»* et *«Les Deux Nègres» (Rue Deschambault)*.

2.   À cette époque, Marie-Anna, qui a quitté le domicile parental depuis dix-sept ans au moins, enseigne d'école en école en Alberta et ne revient guère à Saint-Boniface que pour les vacances d'été.

3.   Scandalisés par le «demi-viol» de Florentine et par son état subséquent de fille-mère, certains Franco-Manitobains avaient jugé *Bonheur d'Occasion* comme une *«œuvre pornographique»* lors de sa parution en 1945.
      En fait, et Marie-Ange Jalbert semble assez bien s'en souvenir, la fameuse «scène d'amour» n'est à aucun moment décrite dans le roman mais seulement discrètement suggérée (ce qui la rend sans doute plus troublante).

Dans son film *Bonheur d'Occasion* (1983), le réalisateur Claude Fournier respectera cette ellipse; néanmoins, certaines images paraissent avoir «dérangé» notre témoin...

Alice Dawson-Willis: «Flash-back sur Gabrielle»

1. Dans *La Détresse et L'Enchantement*, Mélina Roy n'hésite pas à qualifier de «*trous*» les villages manitobains où allait enseigner sa fille. La romancière a évoqué ses mésaventures à Marchand dans *La Détresse et L'Enchantement*, et «*L'Enfant Morte» (Cet Eté qui Chantait)*; à Cardinal dans «*Gagner Ma Vie» (Rue Deschambault)* et *La Détresse et L'Enchantement*; à Waterhen dans *La Petite Poule d'Eau* et *La Détresse et L'Enchantement*.

2. Mes recherches ne m'ont pas permis d'identifier cette parente de Gabrielle.

III- Les Collègues de Travail

1. Voir François Ricard: *Gabrielle Roy, Une Vie*, op. cit., p. 133.

2. En 1929, Gabrielle y effectua ses premières armes d'institutrice avant d'être nommée à Cardinal. Ce hameau «*désolant*» et «*ennuyeux*» avec ses cabanes bâties sur le sable et ses chétives épinettes *(La Détresse et L'Enchantement)* lui inspira pourtant l'une de ses nouvelles les plus sensibles: «*L'Enfant Morte» (Cet Eté qui Chantait)*.

3. Voir *La Détresse et L'Enchantement*.

Léonie Guyot, l'Institutrice de «Démétrioff»

1. Gabrielle a joué dans *Le Gendre de M. Poirier* (1935) d'Emile Augier et Jules Sandeau ainsi que dans *Blanchette* (1934) d'Eugène Brieux et *Les Sœurs Guédonnec* (1936) de J.J. Bernard, qui remportèrent toutes deux le Trophée National «Bessborough» de la meilleure interprétation en langue française lors des finales du Festival d'Art dramatique d'Ottawa.
    Dans *La Détresse et L'Enchantement*, l'écrivain retrace sa carrière d'actrice-amateur (chap. XIII et première partie du chap. XIV). Par le biais de son article «*Le Cercle Molière... Porte Ouverte*», op. cit., elle examine également le rôle qu'a tenu cette troupe théâtrale dans sa vie.

2. Voir «Souvenirs du Manitoba», *Mémoires de la Société Royale du Canada*, tome 18, 3ᵉ série, juin 1954, pp. 1-6.

Marcelle Lemaire: Fragments de Vie avec Gabrielle

1. Religieuse de la Congrégation des SNJM qui, de 1987 à 1993, exerça les fonctions de Supérieure de la Résidence Saint-Joseph de Saint-Boniface.

2. C'est à cette occasion que furent prises les photographies publiées dans cet ouvrage.

3. Voir la lettre de Gabrielle à Marcelle Lemaire.

Lettre de Gabrielle Roy à Marcelle Lemaire

1. Quartier de Winnipeg.

2. *La Détresse et L'Enchantement* se fait l'écho des sentiments antithétiques que Gabrielle éprouve – une fois n'est pas coutume – à l'égard de ce village du sud du Manitoba *«isolé, introuvable, cerné d'un ennui permanent»* mais qui, par la suite, prendra *«une place dure et émouvante»* dans son existence.

Lettre de Gabrielle Roy à Sœur Anna Josèphe (Françoise Carignan)

1. Née en 1921 à Saint-Claude (Man.), Françoise-Jeanne Carignan effectua ses études à l'Académie Saint-Joseph et à l'École Normale de Winnipeg avant d'entrer chez les Sœurs des SNJM en 1939. Devenue Sœur Anna-Josèphe, elle poursuivit ses études de Lettres à l'Université de Montréal puis revint enseigner le français à l'Académie Saint-Joseph.

2. Thèse de maîtrise-ès-Arts, Université de Montréal, 1958.

IV- Les Élèves

1. Voir *La Détresse et L'Enchantement*.

2. Voir François Ricard: *Gabrielle Roy, Une Vie*, op. cit. p. 122.

3. Voir *Rue Deschambault*.

4. Voir *La Petite Poule d'Eau*, chap. VI.

5. Clair (Clare Atkins), Démétrioff et Tony Tascona. Ces enfants ont réellement existé (voir le témoignage du dernier dans cette partie).

6. Voir la nouvelle éponyme *(Rue Deschambault)*.

7. Voir François Ricard: *Gabrielle Roy, Une Vie*, op. cit. pp. 127-141.

8. Je parodie ici le surnom du peintre Pierre Cadorai de *La Montagne Secrète*: *«L'Homme-au-Crayon Magique»*.

Une institutrice: «Gabrielle, L'Écrivain du Cœur»

1. Gabrielle évoque longuement ce logement précaire dans *«Gagner Ma Vie»* *(Rue Deschambault)*: *«(...) la maison, isolée au commencement du village»*; *«Quand je suis revenue, vers midi, à la cabane en tôle rouge(...)»* et dans *La Détresse et L'Enchantement*: *«(...) logée dans une frêle maison à peine chauffée»*.

2. Voir son témoignage dans cette partie.

3. Ce garçon devint journalier pour le compte de la compagnie des chemins de fer de Winnipeg. Il est aujourd'hui décédé.

4. Voir son témoignage dans cette partie.

5. Certes non, puisqu'elle pratiquait l'équitation chez son oncle Excide. Son cousin Cléophas a même reconnu qu'elle était une excellente cavalière.

6. Selon Gabrielle, un admirateur lui aurait réellement jeté un bouquet par la fenêtre du train lors de son départ de Cardinal: voir sa lettre à Antoine

Gaborieau du 15 février 1980 reproduite dans *Les Cahiers Franco-Canadiens de l'Ouest*, vol. 3, n° 1, «Spécial Gabrielle Roy», printemps 1991, p. 141.

7. Marie-Anna déplorait les dépenses inconsidérées que les goûts luxueux de Gabrielle, en matière d'habillement, occasionnaient à ses parents (Voir *Le Miroir du Passé* et *À L'Ombre des Chemins de L'Enfance*). Par contre, ses amies Sœur Berthe Valcourt et Annette Saint-Pierre loueront la mise modeste pour laquelle avait opté la romancière dans sa maturité.

8. En octobre 1936, Mélina Roy s'était brisé la hanche en tombant sur le verglas et avait effectué un long séjour à l'hôpital. Cette chute est relatée dans le chapitre XVI de *La Détresse et L'Enchantement*. Dans la nouvelle «*L'Alouette*» (*Ces Enfants de Ma Vie*), la mère de la narratrice est victime d'un accident similaire. Marie-Anna reprochera longtemps à Gabrielle d'avoir abandonné leur vieille mère handicapée pour partir en Europe.

9. Voir les témoignages d'Anna Thévenot-Girouard et celui, anonyme, «Gabrielle, Le Bourreau des Cœurs» (VIIᵉ partie: Les Amis Reniés) selon lesquels l'écrivain aurait volontiers tourné le dos à un passé jugé trop «encombrant».

10. Agriculteur de Cardinal dont la demeure inspira à Gabrielle celle des Badiou dans «*La Maison Gardée*» et de Rodrigue Eymard dans «*De La Truite dans L'Eau Glacée*» (*Ces Enfants de Ma Vie*).

11. Les anciens élèves de Cardinal se souviennent de lui comme d'un garçon ambitieux et travailleur qui partit s'établir comme tailleur à Saskatoon (Saskatchewan). Il est à présent décédé.

12. Il s'agit vraisemblablement du «*Grand Éloi*» auquel Gabrielle fait brièvement allusion dans «*Gagner Ma Vie*» (*Rue Deschambault*). Timide, selon ses anciens condisciples, il travailla tout d'abord comme tailleur chez son frère Amédée, puis comme grutier dans le Yukon. Il est également décédé.

13. D'après les témoignages recueillis, il manquait de santé, aussi ses frères durent-ils prendre soin de lui. Néanmoins, il devint grutier dans le Yukon et, aux dernières nouvelles, serait toujours en vie.

14. Il devint par la suite mineur à Akotikan (Ontario). Il est à présent décédé.

15. Au retour d'un dîner chez Rodrigue Eymard, Médéric et son institutrice sont surpris par une tempête de neige qui les oblige à passer la nuit dans la berline (Voir chap. V – «*De La Truite dans L'Eau Glacée*», *Ces Enfants de Ma Vie*).

16. Il s'agissait d'un certain Jules Vandorpe, d'origine belge, qui devint fermier et vécut à Detroit (Michigan). Dans *Ces Enfants de Ma Vie*, Gabrielle décrit ainsi la foudroyante arrivée de Médéric à l'école: «*(...) il éperonna son cheval, lui fit franchir au saut le barbelé et continua sur sa lancée jusqu'au grand mât en haut duquel flottait l'Union Jack. D'un bond, il fut à terre, occupé à attacher le cheval qui en secouant furieusement la tête ébranla le poteau et fit trembler le drapeau comme sous une rafale.*»

17. Dans la nouvelle «*Mon Chapeau Rose*», la mère de Christine, projection de l'auteur enfant, envoie sa fille passer des vacances chez une sœur à Notre-Dame de Lourdes. En réalité, Mélina Roy n'avait effectivement aucune parenté dans ce village (seulement à Saint-Léon et Somerset).

18. Le terme «Ruthène» désignait les populations chrétiennes des principautés slaves les plus occidentales de l'ancienne Russie. Depuis 1962, le Saint-Siège réserve la dénomination aux émigrés venus de la métropole de Moukatchevko-Oujgourod, au-dessus des Carpates. Le terme continue à s'appliquer au rite liturgique en usage dans les communautés catholiques byzantines originaires de ces anciens pays.

19. Selon notre témoin, Marie-Anna revint à plusieurs reprises dans la région afin de tenter d'extorquer aux habitants des renseignements susceptibles de nuire à la réputation de Gabrielle.
   Elle préparait également la rédaction de *La Montagne Pembina au Temps des Colons* (1969), ouvrage qui, à travers l'histoire de la formation des paroisses et de nombreuses cartes et photographies, rend hommage à «*tous les braves pionniers*» de cette partie de la province.

Marcel Lancelot, le plus jeune soupirant de Gabrielle

1. Elle épousa par la suite Aimé Fougeray, qui était électricien. Femme au foyer, elle est aujourd'hui décédée.

2. Plus tard, il devint vendeur à Prince George (Colombie-Britannique).

3. Fondée en 1926 par Théophile Toutant, Joseph Schumacher, Cyprien Cardinal, Jean-Baptiste Château et Lucien Vigier, cette association s'était donnée pour mission de construire une église à Cardinal. La Chapelle Sainte-Thérèse fut édifiée de 1927 à 1930. (Voir Antoine Gaborieau: *Notre-Dame-de-Lourdes, 1891-1990: Un Siècle d'Histoire*, chap. «Les Belles Années».)

4. Il fera intrusion dans une nouvelle de Gabrielle,«*Cent pour Cent d'Amour*», *Le Samedi*, Montréal, 31 octobre 1936, sous les traits d'un jeune homme très amoureux d'une institutrice de la région de la Montagne Pembina.

Philippe Cardinal, le dernier reflet de Médéric Eymard dans «*De La Truite Dans L'Eau Glacée*» (Ces Enfants de Ma Vie).

1. Le roman *Ces Enfants de Ma Vie*, qui est aussi un remarquable document sur la condition enfantine dans les années vingt et trente, met en scène la misère qui pousse les jeunes à entrer très tôt dans la vie active. Voir aussi la nouvelle «*Gagner Ma Vie*» *(Rue Deschambault)*.

2. Riches de symboles liés à l'enfance de l'auteur, ces collines représentent une sorte de lieu sacré dans sa «mythologie personnelle» et jouent un peu le même rôle que le petit bois de l'oncle Excide Landry (Voir «*De La Truite Dans L'Eau Glacée*», *Ces Enfants de Ma Vie; La Route d'Altamont; La Détresse et L'Enchantement; Ma Chère Petite Sœur – Lettres à Bernadette*).

NOTES

Aimé Badiou, le Petit Lucien Badiou de «*Gagner Ma Vie*» *(Rue Deschambault)* et de «*La Maison Gardée*» *(Ces Enfants de Ma Vie).*

1. Évoquée, elle aussi, dans «*Gagner Ma Vie*» *(Rue Deschambault)* et «*La Maison Gardée*» *(Ces Enfants de Ma Vie)*, Lucienne Badiou apparaît comme une petite femme volontaire et déterminée, à la langue bien pendue, inséparable de son frère Lucien. Elle épousa Charles Philippot, actuel conservateur du Musée de Saint-Claude (Man.).

2. Voir son témoignage dans cette partie.

Tony Tascona, l'Enfant à la Pomme

1. Tous les anciens élèves de Gabrielle sans exception soulignent la générosité dont elle fit preuve envers eux. De son père, agent de colonisation auprès des immigrants, elle avait hérité une nette préférence pour les écoliers étrangers.

2. Elle est reproduite dans cet ouvrage.

3. Fuyant toute vie mondaine et sociale, Gabrielle se faisait généralement représenter par son éditeur.

4. Cette lettre, datée du 20 avril 1963, et conservée aux Archives de l'Université de Saskatoon (Saskatchewan) a été reproduite dans *Les Cahiers Franco-Canadiens de l'Ouest*, numéro spécial «Gabrielle Roy: Voies Nouvelles», vol. 3 n° 1, print. 1991, p. 41.

5. Né en 1930 à Montréal, ce romancier – qui a également travaillé pour le théâtre et le cinéma – est l'auteur d'une œuvre qui mêle les thèmes autobiographiques de l'enfance perdue, de la fuite, de la révolte et du voyage: *Et puis tout est silence* (1960), *La Corde au Cou* (Prix du Cercle du livre de France, 1960), *La Petite Patrie* (1972). L'article mentionné ici s'intitule «Two Persons Exhibition – Tony Tascona», *La Presse*, 4 mai 1963, p. 22.

6. En 1964, l'état de santé de son fils Larry, qui était fragile des bronches, précipita le retour du peintre au Manitoba.

Simone Gentès-Côté, «L'Autre Joséphine» de *La Petite Poule d'Eau*

1. La bande de terre sur laquelle résidait la famille Côté correspond au continent. Mais dans la mesure où elle est entourée de deux rivières, on peut effectivement la confondre avec une île. Gabrielle a effectué d'amples descriptions de cet espace insulaire dans *La Petite Poule d'Eau* sous les appellations de «*L'Île de la Petite Poule d'Eau*» et «*L'Île-à-Bessette*». On la retrouve encore dans «*Mémoire et Création*» *(Fragiles Lumières de la Terre)* et *La Détresse et L'Enchantement*.
    Sur son histoire, voir, entre autres, l'ouvrage de Marie-Anna Roy: *Les Capucins de Toutes-Aides* (Chap. VI: «La Petite Poule d'Eau»).

2. Par contre, Simone figure sans aucun doute parmi les jeunes insulaires évoqués dans «*Mémoire et Création*» *(Fragiles Lumières de La Terre)* et *La Détresse et L'Enchantement*.

3. Voir l'article de Carole Thiébeault: «J'étais en amour avec elle», *La Liberté*, 22-28 septembre 1995, p. 19.

4. C'est à partir d'eux et de ses cousins Éliane et Laurent Jubinville que Gabrielle inventa le couple Tousignant de *La Petite Poule d'Eau*.

5. Il tenait un magasin général à Meadow Portage (Man.). Dans *La Petite Poule d'Eau*, le portrait-charge que Gabrielle avait brossé de lui à travers le peu scrupuleux marchand Bessette choqua profondément les habitants de la région. En effet, ceux-ci avaient connu en Jos Jeannotte un homme affable, généreux et toujours prêt à rendre service.
    Toutefois, le «modèle» n'apparaît guère plus sympathique dans le texte autobiographique *«Mémoire et Création» (Fragiles Lumières de La Terre)*.

6. À l'époque de Gabrielle, l'école accueillera sept élèves: quatre Canadiens Français, Marie, Hélène, Adélard et Alice Côté, et trois petits Métis: Adolph, Ludger et Joseph Farand (Voir *«Mémoire et Création», Fragiles Lumières de La Terre)*. Simone Gentès-Côté évoque également une certaine «Marie Marion». Les autres enfants Côté se prénommaient Noël, Arthur et Léona.

7. Dans *La Petite Poule d'Eau*, *«Mémoire et Création» (Fragiles Lumières de La Terre)* et *La Détresse et L'Enchantement*, Gabrielle décrit Meadow Portage (Portage-La-Prairie), situé entre les lacs Winnipegosis et Manitoba, comme un hameau insignifiant, désert et déprimant.

8. Cette maison, qui, tout comme l'école, disparut dans un incendie, est décrite ainsi dans *La Petite Poule d'Eau*: *«Bâtie de bois non équarri, sans étage, longue, à fenêtres basses, elle s'élevait sur une très légère montée de l'île, en plein ciel dépouillé.»*

9. Dans son interview au journal *La Liberté*, Simone Gentès-Côté explique que Gabrielle récrivait chaque matin à la machine les histoires racontées la veille par les Côté. Cette anecdote est attestée par l'auteur elle-même: dans *La Détresse et L'Enchantement*, elle reconnaît qu'elle *«récrivaillait»* déjà à cette époque et qu'en quittant La Poule d'Eau, elle possédait *«à (son) insu»* presque tous les matériaux nécessaires à la rédaction de son futur roman.

10. Gabrielle reviendra pourtant en excursion à La Poule d'Eau à l'été 1947 et à l'été 1948 (Voir François Ricard: *Gabrielle Roy, Une Vie*, op. cit., p. 325 et p. 381).

11. Dans la même interview à *La Liberté*, Simone Gentès-Côté avoue, paradoxalement, avoir été déçue par la lecture du roman de Gabrielle: *«Il y a trop de choses qui ont été rajoutées.»*

Marie Maynard-Côté: «Gabrielle, Mon Institutrice Bien-Aimée»

1. Afin de rendre plus coercitive cette mesure d'interdiction d'enseigner le français, le gouvernement nommait en priorité des enseignants anglophones dans les écoles. Ce sera le cas à La Poule d'Eau – et donc dans le roman.

2. La véracité des événements et des paysages décrits dans *La Petite Poule d'Eau* a suscité maintes controverses parmi les Franco-Manitobains et les commentateurs de l'œuvre de Gabrielle.

   Pour ma part, je me refuse à en rajouter, tant m'a toujours paru vain, en matière de création littéraire, le débat entre vérité et fiction.

Adolph Farand, l'un des Trois Petits Métis de «*Mémoire et Création*»
(*Fragiles Lumières de La Terre*)

1. Voir «*Mémoire et Création*» (*Fragiles Lumières de La Terre*).

2. Dans *La Détresse et L'Enchantement*, Gabrielle nous offre une poétique description de cette rivière qui coule en contrebas de «l'île» de La Petite Poule d'Eau.

V- Les Spectateurs de Théâtre

1. Très active au sein du Cercle Molière, Christiane Le Goff (1915-1994) fut successivement comédienne, metteur en scène et dessinatrice de décors et de costumes.

2. Éditions des Plaines, Saint-Boniface, 1980.

3. Voir *Gabrielle Roy, Une Vie*, op. cit, pp. 149-150.

4. Voir *Le Rideau se Lève au Manitoba*, op. cit., p. 80.

5. Voir *La Détresse et L'Enchantement*.

6. Acteur, metteur en scène et fondateur du Théâtre de l'Atelier, Charles Dullin (1885-1949) renouvela, par ses mises en scènes hardies et avant-gardistes, l'interprétation des répertoires classique et moderne.

7. D'origine russe, la tragédienne Ludmilla Pitoëff (1895-1951) interpréta Tchékov avec son mari Georges (1884-1939), acteur et metteur en scène.

8. Fondée par la Corporation de la Cité de Londres, cette école ouvrit ses portes en 1880 dans le quartier Aldermanbury. Elle y forma de nombreux musiciens célèbres.

9. Elle fera notamment représenter une pièce intitulée *La Femme de Patrick* (1940) par le Montreal Repertory Theatre.

10. Interview inédite du 12 mai 1992.

11. 12. Voir «*Le Cercle Molière... Porte Ouverte – Souvenirs du Cercle Molière 1936-1938*», op. cit., p. 123.

Alfred Monnin, un juge témoin de Gabrielle

1. D'origine manitobaine, Armand Dureault est juge au Banc de la Cour de la Reine à Winnipeg. En 1979, lors de «L'Affaire Forest», il fut le premier à déclarer inconstitutionnelle la loi anglophone de 1890 sur l'unilinguisme du Manitoba et à proclamer que le français était l'une des deux langues officielles.

2. Fondé en 1974, le Centre culturel Franco-Manitobain dont la devise est *«au cœur de la francophonie»*, a pour objectif de favoriser toutes les formes d'activités culturelles de langue française.

3. Gabrielle séjournera encore à Saint-Boniface jusqu'en 1975.

4. Éditions des Plaines, Saint-Boniface, 1975. S'inspirant de l'œuvre de Gaston Bachelard, cette thèse analyse la rêverie qui traverse chacun des romans de Gabrielle, en relation avec les éléments de la nature et les thèmes de l'enfance, de la solitude, du voyage et de la création.

VI- Les Amis

1. Voir *La Route d'Altamont*.

2. Voir *Ma Chère Petite Sœur – Lettres à Bernadette*.

3. Née en 1907 à l'Annonciation (C^té des Deux Montagnes, Québec), Cécile Chabot est l'auteur de nombreux recueils de poèmes et de contes célébrant l'amour, la nature et la joie de vivre. Depuis 1948, elle est Membre de la Société Royale du Canada.

4. Née en 1915 à Chicoutimi (Québec), Jeanne Lapointe poursuivit une brillante carrière de professeur de Lettres à l'Université Laval de Québec.

5. Né en 1900 à Québec, Henri Girard était critique d'art et directeur littéraire à *La Revue Moderne*. Ses relations amoureuses avec Gabrielle prirent fin avec le mariage de la romancière. Elle lui doit en grande partie le succès de *Bonheur d'Occasion*.

6. Expression empruntée à Xavier Forneret (1809-1884), écrivain français dit «Petit Romantique».

7. Expression empruntée à Alain Stanké lui-même: *Occasions de Bonheur*, Éditions Internationales Alain Stanké, Montréal, 1993, p. 7.

8. Voir François Ricard: *Gabrielle Roy, Une Vie*, op. cit., pp. 496-497. Ces propos n'engagent que moi. Me fondant uniquement sur mes lectures et l'observation des faits, je n'ai été en rien influencée par quelque jugement extérieur.

9. Voir Alain Stanké: «Gabrielle Roy, La Promesse et... Le Désenchantement», *Occasions de Bonheur*, op. cit., pp. 55-73.

10. Née à Québec, Alice Lemieux-Lévesque (1906-1983) devint journaliste aux États-Unis puis traductrice. Ses recueils de poèmes, d'une facture classique puis plus moderne à partir de 1962, expriment un profond sentiment religieux et un amour intense pour la nature.

11. Née à Shawinigan (Québec), Adrienne Choquette (1915-1973) s'orienta vers la presse écrite et radiophonique et à partir de 1948, devint rédactrice à la revue *Terre et Foyer*. Ses romans, nouvelles et récits ont pour thème central l'impuissance de l'homme face à son destin.

NOTES

12. Judith Jasmin (1916-1972) fut l'une des journalistes les plus importantes de l'histoire du Québec et une pionnière de la presse électronique. Gabrielle lui trouvait un «*don de sympathie*», une «*rare intelligence*» et une «*grande habileté professionnelle*» *(Ma Chère Petite Sœur – Lettres à Bernadette)*. Elle est la seule journaliste dont elle accepta l'interview télévisée. Voir «Entrevue avec Gabrille Roy», *Premier Plan*, télévision de Radio-Canada, Montréal, 30 janvier 1961.

13. Née en 1896 à Montréal, Ernestine dite Medjé Vézina dirigea pendant près de vingt-six ans la revue *Terre et Foyer*.

14. Né à la Chaux-de-Fonds (Suisse), René Richard (1895-1982) émigra en 1910 au Canada. Ses expériences de voyageur, de pêcheur et de trappeur dans le Grand Nord alimentèrent généreusement une œuvre picturale forte et réaliste. Il mourut à Baie-Saint-Paul, non loin de chez Gabrielle.

15. «Gabrielle ou l'Être Partagé», *Études Françaises*, 1re année no 2, juin 1965, pp. 39-65.

Sœur Berthe Valcourt, «L'Amie-Sœur» de Gabrielle

1. Dans *Gabrielle Roy, Une Vie*, François Ricard brosse un tableau nettement moins idyllique de l'entente qui régnait entre les deux époux (op. cit., pp. 371-375 et 439-442).

2. Dans *Ma Chère Petite Sœur – Lettres à Bernadette*, Gabrielle fait allusion au «*caractère impossible*» de sa belle-mère, Mme Aline Dordu, veuve Carbotte.

3. Par une étrange coïncidence, Alain Stanké, l'éditeur et ami de Gabrielle, lui proposa le même titre.

4. Dans *Gabrielle Roy, Une Vie*, François Ricard explique que, parvenant difficilement à travailler dans sa résidence principale, l'écrivain rédigea à Petite-Rivière-Saint-François tous les ouvrages postérieurs à *La Montagne Secrète* (op. cit. p. 390).

Annette Saint-Pierre, l'héritière littéraire de Gabrielle

1. Voir bibliographie en fin d'ouvrage.

2. Expression empruntée à François Hébert, auteur d'un très bel article paru lors de la publication de *La Détresse et L'Enchantement:* «Que de force derrière l'apparente précarité!», *Le Devoir*, 6 octobre 1984.

3. Voir entre autres:
   - Joseph d'Anjou: «La Montagne Secrète», *Relations*, décembre 1964.
   - David M.Hayne: «Gabrielle Roy», *The Canadian Language Review*, vol. 21, no 1, 1964, pp. 20-26.
   - Martin Last: «The Hidden Mountain», *New York Herald Tribune Books*, 11 décembre 1962, p. 11.
   - Hugo Mac Pherson: «Prodigies of God and Man», *Canadian Literature* no 15, Winter 1963, pp. 74-76.

- Gérard Tougas: «La Montagne Secrète», *Livres et Auteurs Canadiens 1961*, Les Presses de l'Université Laval, 1962, pp. 11-12.

4.   Elle accepta néanmoins de se faire photographier, entre autres, par J. Reeves pour un numéro de *Saturday Night*, Toronto, sept. 1975, ainsi que par Yousouf Karsh en 1979.

5.   Né en 1933 à Montréal, ce romancier n'a cessé d'approfondir sa vision humaniste et démocratique de la société dans des œuvres telles que *L'Aquarium* (1962), *Salut Galarneau* (1967), *Les Têtes à Papineau* (1981). L'article mentionné ici est «Gabrielle Roy, Notre-Dame des Bouleaux». *L'Actualité*, vol. 4, n° 1, pp. 30-34. L'auteur souligne la grande beauté que Gabrielle a conservée en dépit de ses soixante-huit ans.

6.   Il s'agit de la «Préface» de *Gabrielle Roy par elle-même* de M.G. Hesse, op. cit., pp. 9-22.

Clerina Karper-Girouard, l'infirmière de *La Détresse et L'Enchantement*

1.   Yvonne Girouard épousa un mécanicien agricole, Paul Thévenot, et éleva une famille de douze enfants.

2.   Voir son témoignage dans la 7e partie: «Les Amis Reniés».

3.   Les agriculteurs Excide et Zénon Landry.

4.   En fait, Gabrielle vendit ses droits à la Universal Pictures pour la somme de 75 000 dollars. (Voir François Ricard: *Gabrielle Roy, Une Vie*, op. cit., p. 286.)

5.   Le film ne fut pas tourné en raison d'une querelle syndicale qui opposait l'actrice Joan Fontaine à la Universal Pictures. La compagnie lui avait accordé l'exclusivité du rôle.

6.   Clérina Karper-Girouard semble ignorer l'existence du film québécois *Bonheur d'Occasion* que Claude Fournier réalisa en 1983. La productrice, Marie-José Raymond, avait racheté les droits sur le roman pour la somme de 35 000 dollars. La première du film eut lieu le 12 juillet 1983 à Moscou et valut à Marilyn Lightstone (Rose-Anna Lacasse) le prix d'interprétation féminine.

Annette Jeannotte, la Femme du marchand Bessette dans *La Petite Poule d'Eau*

1.   En 1937, Gabrielle était âgée de vingt-huit ans.

2.   L'épicerie apparaît à plusieurs reprises dans *La Petite Poule d'Eau*, «*Le Manitoba» (Fragiles Lumières de La Terre)* et *La Détresse et L'Enchantement*.

Henri Bergeron ou L'Appel du Manitoba

1.   Professeur à l'Université puis sous-ministre des Affaires Culturelles du Québec, Guy Frégault (1918-1977) est l'un des plus importants historiens contemporains. Son œuvre principale, *La Guerre de la Conquête* (1958) s'appuie sur une riche documentation, exploitée selon des méthodes rigoureusement scientifiques.

2.   Paru initialement dans la revue *Mosaïc*, n° 3, vol. 3, Winnipeg, printemps 1970, ce texte fut repris dans *Fragiles Lumières de La Terre* (1978), pp. 145-158.

3.   La narratrice et ses personnages, tant fictifs que réels, apparaissent toujours plus ou moins partagés entre les plaines et les montagnes (ou les collines).

4.   Inspirée par l'œuvre de Gaston Bachelard, la thèse de Jean Morency, *Un Roman du Regard: La Montagne Secrète*, C.R.E.L.I.C.Q.R., Québec, 1986, tend à démontrer que tout est regard dans ce livre: l'artiste, les personnages secondaires, la Création.

5.   Créée en 1947, l'Association canadienne d'Éducation en Langue Française (A.C.E.L.F.) est un organisme qui contribue à assurer l'épanouissement de l'éducation et le rayonnement de la culture d'expression française.

6.   Voir Henri Bergeron: «*Hommage à Gabrielle Roy*», op. cit., pp. 2-6.

7.   Voir la lettre de Gabrielle à Henri Bergeron, publiée dans cet ouvrage.

8.   «*Ce pays... je m'y sentais, ce premier jour, étrangère comme si je n'y avais encore jamais mis les pieds*». écrit Gabrielle à propos du Québec dans *La Détresse et L'Enchantement*. Le sentiment d'être une éternelle «paria» dans la Belle-Province la poursuit tout au long du livre. Mais il est vrai que l'écrivain ne s'est «*jamais sentie souvent chez (elle) au monde*», même au Manitoba – comme elle le confiera à Gérard Bessette: «Interview avec Gabrielle Roy», *Une Littérature en Ébullition*, Éditions du Jour, Montréal, 1968, p. 305.

Clelio Ritagliati: Solo de violon pour Gabrielle

1.   Cette citation intéresse en fait Stéphane Hubicki, un autre ami manitobain de Gabrielle, qui étudia, lui aussi, le violon à la Royal Academy of Music. Il fut tué dans un bombardement pendant la Second Guerre mondiale. La romancière développe assez longuement l'histoire de leur relation dans la deuxième partie de *La Détresse et L'Enchantement*.

2.   C'est en 1948 que Walter Kaufman dirigea pour la première fois le Winnipeg Symphony Orchestra, devenu aujourd'hui l'un des plus importants orchestres d'Amérique du Nord.

3.   Dans *Gabrielle Roy, Une Vie*, François Ricard fait remonter ces liens à une époque bien antérieure, lorsque Gabrielle et Clelio fréquentaient le Cercle Molière (op. cit., pp. 156-157).

VII- Les Amis Reniés

1.   Voir: «Quelques Aspects de notre Littérature d'Imagination», *Cité Libre*, Montréal, octobre1954; reproduit par Gilles Marcotte dans *Présence Critique*, Éditions HMH Hurtubise, Montréal, 1968.

Une Mère de Famille: «Gabrielle, le Bourreau des Cœurs»

1. Les confidences de *La Détresse et L'Enchantement* confirment le fait: *«(...) je m'isolais, soir après soir, pendant plus d'un mois, dans la petite chambre de façade du troisième; mon refuge tant aimé quand j'étais enfant, que j'avais réintégré vers l'âge de vingt-deux ans, ma petite chambre du grenier où m'avaient visité mes premiers songes – dont je sais maintenant qu'ils étaient assez riches et flous pour alimenter une vie entière (...) Là, je griffonnais des pages».* Dans *«Petite Misère»* et *«La Voix des Étangs» (Rue Deschambault)*, Gabrielle décrit également le grenier où Christine, son double, se retire pour lire, écrire et méditer. C'est en écoutant le chant des grenouilles, un soir, par la fenêtre, qu'elle prendra véritablement conscience, comme on le sait, de sa vocation d'écrivain.

Anna Thévenot-Girouard: Les Trahisons de Gabrielle

1. Lors de leur sortie respective, on sait que le roman et le film *Bonheur d'Occasion* avaient choqué les Manitobains. Voir les témoignages de Sœur Maria Prénovost et de Marie-Ange Jalbert (IIe partie: Les Camarades de Classe). La seconde avait été heurtée par la scène d'amour – à peine esquissée selon les standards de cette fin de millénaire – entre Jean et Florentine.

VIII- Destins Croisés

1. Voir «Terre des Hommes», *Fragiles Lumières de La Terre*.
2. Voir *La Détresse et L'Enchantement*.
3. Voir *«Mon Héritage du Manitoba»*, *Fragiles Lumières de La Terre*.
4. Voir *La Route d'Altamont*.
5. Texte publié par François Ricard dans *Les Cahiers Franco-Canadiens de l'Ouest*, vol. 8, n° 2 «spécial Gabrielle Roy», Presses Universitaires de Saint-Boniface, 1996, pp. 277-280.

Une Mère de Famille: «Gabrielle, Un Écrivain de Six Ans»

1. Surnom que Léon Roy avait donné à sa benjamine en raison de son apparence chétive et maigriotte. Gabrielle – qui le détestait – en fit néanmoins le titre d'une nouvelle de *Rue Deschambault*.
2. C'est effectivement à cet âge que Gabrielle situe ses premiers écrits. Il est possible qu'elle ait oublié les précédents ou omis volontairement d'en parler.
3. La réponse se trouve peut-être dans son œuvre, message universel d'amour, de paix et de fraternité entre les peuples. Au lecteur d'en juger!

IX- Une Interview Exclusive de Marie-Anna Roy:
Confidences à *Mezzo Voce*

1. Expression empruntée à la journaliste Odile Tremblay, auteur de l'article: «Les Visages de Gabrielle Roy: L'Ombre et La Lumière», *Le Devoir*, 22-23 février 1997.

NOTES

2. *Les Surgeons*, p. 1. Les extraits de ce manuscrit – dans lequel Marie-Anna a largement puisé au cours de nos interviews – sont reproduits ici avec sa permission.

3. Il s'agit de son grand-père maternel, Élie Landry.

4. Il s'agit du seul hebdomadaire francophone de la Saskatchewan. Créé en 1971, sa vocation est de *«faire une couverture en profondeur du fait français»* dans la province.

5. Titre d'un écrit de Marie-Anna paru dans le *Bulletin du C.E.F.C.O.* n° 28, Saint-Boniface, juin 1988, pp. 3-8.

6. *Les Surgeons*, p. 6.

7. Ibid, p. 8.

8. P. 1.

9. *À L'Ombre des Chemins de L'Enfance*, p. 18.

10. *Les Surgeons*, p. 3.

11. Marie-Anna rapportera de son périple deux manuscrits inédits: *Les Grandes Cathédrales de France* et *Voyages en Europe*.

12. William Chapman (1850-1917) est l'auteur de recueils témoignant d'un ton patriotique exacerbé et d'un style très romantique.

13. Blanche Lamontagne (1909-1958) est un poète d'inspiration conservatrice qui exalta la terre natale, gardienne des traditions religieuses, patriotiques, patrimoniales et paysannes.

14. Originaire de Roberval (Québec), Gilles Delanaudière, dit Rossel Vien (1929-1992), était animateur-radio, traducteur, historien du Manitoba et écrivain.

15. Né en 1920 à Sainte-Anne de Sabrevois (Québec), ce professeur d'université est l'auteur d'une œuvre fortement influencée par la psychanalyse. Qu'ils soient d'inspiration populaire, réaliste, post-moderne ou personnelle, ses romans traduisent tout le conflit entre l'individu et la société, et chacun de ses personnages incarne un aspect de l'existence: *La Bagarre* (1958), *Le Libraire* (1960), *L'Incubation* (1965), *Le Cycle* (1972).

16. Ancien professeur de Lettres à l'Université de Saskatoon (Saskatchewan) et auteur d'articles sur les écrits autobiographiques de Gabrielle. Il est également le biographe de Marie-Anna. (Voir: *Marie-Anna Roy, Une Voix Solitaire*, Éditions des Plaines, Saint-Boniface, 1992.)

17. Né en 1950 à Winnipeg, Roger Léveillé, dit «Jesse James» ou «Le Rimbaud Manitobain», est généralement considéré comme le «chef de file» des écrivains contemporains de l'Ouest francophone.

18. Professeur à l'Université de l'Alberta (Edmonton) et auteur d'articles sur les écrits autobiographiques de Gabrielle Roy.

19. Ancien professeur à l'Université de l'Alberta, il est l'auteur de nombreux articles sur Gabrielle Roy, influencés par la psychanalyse.

20. Né en 1925, cet horloger d'origine belge s'établit au Canada en 1951. Nommé chef du secrétariat de l'Association Culturelle franco-canadienne de la Saskatchewan, sa réputation d'ardent défenseur de la langue française et de la francophonie lui valut, en 1987, un poste de Consul Honoraire de France. Il est également l'auteur de «Ces Auteurs de l'Ouest canadien que l'on devrait connaître: Onze Chroniques sur Marie-Anna Roy», *L'Eau Vive*, Regina, Saskatchewan, 18 février-26 mai 1988.

21. Fondée en 1984 à Regina (Saskatchewan) par René Rottiers, cette maison d'édition publie des ouvrages en français écrits par des auteurs originaires des Prairies ou traitant de la réalité des provinces de l'Ouest. En 1996, elle a changé de nom pour devenir «Les Éditions de La Nouvelle Plume».

22. Expression extraite de *L'Énéide*, l'un des ouvrages préférés de Marie-Anna Roy: *«Allez, dit-il, rendez ces devoirs suprêmes à ces âmes d'élite dont le sang nous a conquis cette patrie»* (Livre 11).

23. Marie-Anna a intitulé l'un de ses manuscrits inédits *Grains de Sable et Pépites d'Or*. Celles-ci désignent les *«grandes amitiés»* qu'elle noua au Manitoba et en France.

24. Je tais volontairement le nom de ces universitaires encore vivants.

25. Voir *L'Énéide*, Livre XII.

Conclusion

1. «Gabrielle, La Promesse... et Le Désenchantement», *Occasions de Bonheur*, op. cit., p. 55.

TABLE DES MATIÈRES

287